BEM PERTO DA COSTA

JOHN UPDIKE

BEM PERTO DA COSTA
ENSAIOS E CRÍTICA

Tradução:
CARLOS AFONSO MALFERRARI

Seleção:
JOÃO MOURA JR.

COMPANHIA DAS LETRAS

Dados de Catalogação na Publicação (CIP) Internacional
(Câmara Brasileira do Livro, SP, Brasil)

Updike, John, 1932
Bem perto da costa / John Updike; tradução Carlos Afonso Malferrari. — São Paulo: Companhia das Letras, 1991.

ISBN 85-7164-158-7

1. Ensaios norte-americanos 2. Literatura — História e crítica I. Título.

CDD-814.5
91-0256 -809

Índices para catálogo sistemático:

1. Ensaios: Século 20: Literatura norte-americana 814.5
2. Literatura: História e crítica 809
3. Século 20: Ensaios: Literatura norte [illegible]

Seleção feita a partir de
Hugging the shore
Essays and criticism

Capa:
Ettore Bottini

Preparação:
Márcia Copola

Revisão:
Carmen Simões da Costa
Luciane Raspes
Teresa Cecília Ramos

1991

Editora Schwarcz Ltda.
Rua Tupi, 522
01233 — São Paulo — SP
Telefone: (011) 826-1822
Fax: (011) 826-5523

para
EDITH OLIVER, que propôs,
e
SUSAN MORITZ, que dispôs

ÍNDICE

AGRADECIMENTOS

As seguintes revistas e editoras, que publicaram pela primeira vez os artigos deste livro, por vezes com títulos e forma diferentes, merecem um crédito de gratidão:

THE NEW YORKER: "The chaste planet", "A mild 'complaint' ", "Melville's withdrawal", e todas as resenhas de livros (com a exceção de "Czech angels").

THE NEW YORK REVIEW OF BOOKS: "Whitman's egotheism" e "Hawthorne's creed" (publicado pela primeira vez em *Proceedings of the Academy and Institute of Arts and Letters*, segunda série, n.º 30).

THE NEW YORK TIMES BOOK REVIEW: "Czech angels" ("The most original book").

PREFÁCIO

A resenha literária está para a ficção e a poesia assim como velejar perto da praia está para navegar em alto-mar. Em mar aberto, temos toda aquela magnífica amplidão vazia a nossa volta, os ventos frios e radiantes, e a emoção de um vislumbre ocasional do dorso de um golfinho ou dos saltos sincronizados de peixes prateados; navegando junto à costa, sempre é possível virar de bordo e singrar ainda mais perto da terra firme com a inclusão de outra citação em corpo nove. Assim, neste livro talvez a quarta parte das palavras não me pertence, pois uma boa resenha crítica é, entre outras coisas, uma pequena antologia — e, em vista de minha experiência pessoal como escritor, sou impelido a considerar minuciosamente as expressões exatas de um autor e a condená-lo, se condená-lo for preciso, por suas próprias palavras. Por estranho que possa parecer, o que mais me deu trabalho na preparação desta coletânea de artigos foi certificar-me quais parágrafos, nos trechos citados, realmente são parte do texto: *The New Yorker*, onde a maior parte destas resenhas foi publicada, mecanicamente imprime toda citação em tipo menor e com entrada, o que me obrigou a reconsultar os originais. Além disso, por motivos conhecidos apenas dos lendários genitores primordiais do seu manual de estilo, todo título de obra é colocado entre aspas e não — minha preferência ortodoxa — em itálico. Mas, excluindo-se tais pormenores, fiz poucas modificações e nada tenho a reclamar da magnanimidade com que este, o mais escrupuloso e atencioso dos periódicos, patrocinou minha improvisada subcarreira de crítico literário, onde Edith Oliver telefona-me sugerindo livros para resenhar, ou aprovando minhas sugestões, e Susan Moritz pacientemente acompanha meus desalinhados manuscritos transformando-os em laudas fluentes e sem erros. Sob a proteção da bondade, argúcia e estimulante bom humor de ambas, o grosso deste livro foi produzido e lhes é gratamente dedicado.

[...]

Oito anos atrás, eu concluí meu *Picked-up pieces* [Artigos selecionados] com a prece: "Há que se ter a esperança, em nome da pureza artística e da conservação de papel, que daqui a dez anos os artigos a serem recolhidos formem uma pilha menor".

A pilha, porém, não foi menor, e os dez anos ainda nem terminaram. Qual é minha desculpa, e por que me sinto na obrigação de oferecer uma? De que maneira meus olhos, meu cérebro e as pontas dos meus dedos poderiam ter sido melhor empregados do que lendo e resenhando as 34 869 páginas, pelos meus cálculos, de textos originais [para a edição americana deste volume]? Teria eu, ao invés, realmente lido as obras completas de Dickens e Thackeray, ou aprendido sozinho o italiano? Ou será que teria desperdiçado meu tempo em lojas de ferragens buscando aquele troço perfeito para consertar uma engenhoca quebrada qualquer? E o que é esta praia da qual nunca me afasto e que me deixa tais resquícios de culpa? Não compus, afinal, estes exercícios de apreciação e exposição como tudo o mais, respirando profundamente e debruçando-me sobre a máquina de escrever na tentativa de mergulhar um pouco mais fundo do que as primeiras palavras vindas à mente? Alguns deles me dão um certo orgulho, como obra completada e consumação de minha instrução pessoal. De nenhum eu me envergonho, ou não teria durante o verão dedicado a eles meus esforços de amanuense, coligindo recortes já amarelados de minhas resenhas para formar este volume. Mais um livro. Mais uma floresta devastada. Outra piedosa instância sobre nossos bolsos assediados. Mesmo na época do Eclesiastes (século III a.C., segundo a maioria dos estudiosos) a necessidade de novos livros já parecia dúbia. Por outro lado, as *resenhas* de livros desempenham uma função social clara e desejável: elas nos isentam da leitura dos livros em si. Proporcionam-nos sensações literárias em forma concentrada. São mexericos de uma espécie mais requintada. São intensas como os comerciais da televisão, e divertem-nos como uma barra de chocolate. Eu mesmo geralmente procuro as resenhas de livros num jornal ou revista logo depois dos quadrinhos e da seção de esportes — e quero que sejam bem-feitas. Deve ser por isso que comecei a escrevê-las, em 1960.

O mundo anseia por resenhas de livros mais do que anseia por livros: aí está o grande logro e o perturbador constrangimento da profissão. Ao contrário do poeta e do narrador de histórias, o resenhista escreve a convite de editores, com a quase certeza de que seu produto será pago e publicado. Ele se sente, além disso, seguro em seu estilo, que precisa apenas preservar as formas gramaticais e ostentar um simulacro de sagacidade para conquistar o público, num prazeroso conluio contra a inépcia, as ilusões e a presunção do escritor de livros. A prosa crítica, como a das cartas comerciais, possui suas locuções fixas e seus ritmos inelutáveis, cuja monotonia acaba por martelar a cabeça até de seu usuário. Perde-se, navegando junto à costa, a prosa hesitante e mimética da ficção, que busca mergulhar na mente de um personagem ou na textura de um momento. O que adoramos nos autores de ficção é sua disposição e vontade de ousarem este mergulho, de abandonarem, em prol da realidade bruta, o discurso de um homem sábio e apresentável. O crítico vem a nós de terno e gravata. Ele é um cavalheiro. Ele está *certo*. Uma pústula nele, como disse Goethe.* Dentre as muitas anotações que reli atentamente para compor esta coletânea, encontrei a seguinte observação, evidentemente endereçada, pela severidade, a mim mesmo:

> Um artista é um mediador entre o mundo e as mentes; um crítico apenas entre mentes. Um artista deve, portanto, ainda que às custas da estranheza e alienação do cenário cultural contemporâneo, manter sua aliança com o mundo e uma relação fervorosa com ele.

Uma relação fervorosa com o mundo: creio que esta é a minha pedra de toque como crítico, com seu ar antiquado de reverência e Criação e da verdade que liberta. Vejo-me, nestes artigos, voltando sempre à natureza religiosa do homem e à perda irremediável, tanto para o homem como para a arte, quando esta natureza não tem com o que entrar em contato. A própria dificuldade, tão sentida hoje, de investir de seriedade a ficção é outro tema afim. A decadência — dos costumes, dos ofícios, das paisagens, da vitalidade comunal — não é, espero, indevidamente repisada. A cada momento, um velho mundo está ruindo e um novo surgindo, mas nossos olhos são mais aguçados para o colapso do que para a ascensão, pois o mundo antigo é o mundo que conhecemos. O artista, concentrando-se em sua própria criação, encontra, e oferece, alívio das tensões e tristezas provenientes do fardo de termos não só uma consciência, mas uma consciência histórica — um alívio que a função crítica só oferece minimamente. Mostrar, através de uma série de citações, ao próprio autor (vivo ou morto) o que ele de fato escreveu: isso aproxima-se da criatividade, e alguns dos artigos aqui incluídos (''Um banquete da razão'', ''Sorriso mulato, santos satânicos'') proporcionam-me em retrospecto a beatitude (como diriam Nabokov e Barthes) de haver desemaranhado coisa bastante enrolada e expressado uma conclusão clara. Em dias mais cinzentos, porém, já me senti,

(*) Ou algo parecido, em alemão. Feministas: se as sentenças acima lhes incomodam, tentem esta versão: ''... o discurso da mulher sábia e apresentável. A crítica vem a nós de vestido longo e pérolas. Ela é uma dama. Ela está *certa*. Uma pústula nela, como disse Goethe''.

como resenhista, um mero fazedor de sumários, forçado a sufocar com opiniões explícitas todas aquelas sensações intuitivas de deleite ou iluminação, ou sua ausência, que acompanham uma leitura puramente voluntária e espontânea de um livro. Numa tal leitura, não há frases sintomáticas a serem sublinhadas, nenhum índice particular garatujado na contracapa para ser usado na judiciosa recapitulação que deve seguir-se. Perscrutamos as páginas como perscrutamos a vida, semi-adormecidos, embalados no sonho da continuidade, vez por outra despertando subitamente com um clarão inesperado de beleza ou com a verdade crepitando. A atenção do leitor ideal, sua dedicação irresponsável e sua entrega livre à obra não podem ser as do resenhista; e o resenhista, na medida em que antevê (como deve necessariamente fazê-lo) do que trata o livro e o que deve ser pensado a seu respeito, destrói esta leitura ideal para todos os demais. Sua função é tão impura quanto seus pronomes, que tão insidiosamente passam de "eu" para "nós" até cederem lugar ao sujeito indeterminado, sitiando e cerceando o leitor, que se vê de repente arrolado nesta pequena turba como "o leitor", enquanto "este resenhista" permanece de fora, à margem, como um clone irônico.

Mas quem disse que a vida, ou uma vida, pode ser pura? Eis aqui então, sem outras escusas, o fruto de oito anos de leituras intencionais e dirigidas, em grande parte empreendidas para me garantirem os prazeres e benefícios de aparecer em *The New Yorker*. Algumas das resenhas melhor pesquisadas e escritas com maior alegria foram feitas nos vinte meses em que morei sozinho em Boston, dispondo de duas grandes bibliotecas — a Widener da Harvard e a pública da cidade de Boston — a minutos de distância, com minha poltrona de leitura de espuma de borracha a três passos da mesa de jantar e a dois da cama. Solidão e aposentos reduzidos são grandes incitadores da erudição. Ademais, neste país de fragmentação mantido coeso apenas por legalidades, aconteceu de a quantia que eu recebia por cada resenha mensal equivaler mais ou menos à pensão mensal que eu devia pagar a minha ex-mulher. No começo daqueles oito anos, eu deixara uma grande casa branca com vista para o oceano; hoje estou morando novamente numa grande casa branca com vista para o oceano. E deixo-me ficar olhando pela janela. O horizonte límpido me atrai. Todos os tipos de sombras prateadas formam raias na superfície da água. Barcos a vela pontilham o mar, alguns bem distantes. Parece literatura. É uma bela vista...

John Updike
Setembro 1982

O PLANETA CASTO

No final de 1999, exploradores espaciais descobriram que no interior da imensidão quente, turbulenta e semilíquida de Júpiter girava um pequeno planeta absolutamente aprazível, com um firmamento de argônio e cintilantes mares de berílio derretido. Os primeiros terráqueos a chegarem às margens desse novo mundo ficaram chocados com a despudorada nudez dos seus habitantes. Não só viviam nus — seus corpos eram cilíndricos, ligeiramente curvos e dotados de sulcos longitudinais, como picles cinza-pérola, com seis membros finos como palitos espetados para fins de locomoção, além de um sétimo com uma espécie de borla que concentrava as funções neurais — como também não parecia haver qualquer diferenciação sexual entre eles. E, de fato, não havia nenhuma. Reproduziam-se *in absentia* por meio de um processo conhecido como ''gemação'', e os habitantes de Minerva (assim o planeta foi apelidado por um funcionário de índole classicista da Agência Espacial Sino-Americana) nada viam de especial nisso. Evidentemente, sempre que o solo poroso de níquel e amianto entremesclados recebia uma quantidade suficiente de pegadas sobrepostas (ou melhor, de espetadelas, uma vez que a sua locomoção deixava marcas como as dos bastões de esqui sobre a neve dura), uma nova forma picleóide ia lentamente brotando, ou ''gemando''. Destituída tanto de ascendência quanto de desejos de progenitura, esta nova criatura, ao atingir sua altura plena* após um período de maturação de três anos minervanos,** sofregamente sacudia o níquel das suas raízes e assumia seu lugar nas proveitosas rotinas da agricultura, indústria, comércio e governo que, em Minerva, assim como na Terra, dominavam superficialmente a vida.

(*) Pouco mais de 45 centímetros nossos.
(**) Equivalente a cinco semanas da Terra.

Os interesses eróticos dos exploradores e — com o aperfeiçoamento de aparelhos para se respirar argônio — dos embaixadores, pesquisadores e colonizadores mercantis vindos do nosso planeta provocaram estupefação e mal-entendidos entre os minervanos. As tentativas iniciais de estuprá-los não foram mais bem-sucedidas do que as posteriores, por parte dos nativos economicamente marginais do novo mundo, de se prostituírem. A ausência de contato satisfatório não impediu, no entanto, que os terráqueos expatriados se apaixonassem por minervanos, produzindo-se todo o entulho habitual de sonetos, noites insones, epístolas extenuantes, ataques de ciúmes e sonhos supersaturados. Os pequeninos seres em forma de picles, embora nenhuma Pocahontas* ou Fayaway surgisse entre eles para aplacar o tremendo ardor dos forasteiros, ficaram fascinados: como é que o breve e mecânico evento descrito pelos terráqueos (que, os cientistas minervanos logo notaram, não diferia muito da preparação acidental do seu solo para a "gemação") podia gerar um tal dispêndio de energia neural? "Nós vivemos para o amor", asseguraram-lhes. "Nossas espaçonaves, nossos arranha-céus, nossas bolsas de valores são meras deflexões deste impulso fundamental. Nossas roupas, nossos alimentos, nossas artes, nossos meios de transporte e até nossas guerras são feitas para servirem à causa do amor. Um bebê terráqueo ingere amor com sua primeira mamada, e seu suspiro de morte é obscurecido por esta paixão. Tudo o mais é impostura, dissimulação e perda de tempo."

As colônias humanas acabaram incluindo mulheres. Esta subespécie era mais macia e mais bulbosa, sua agressividade mais intricada e sua aura mais complacente; os minervanos nunca superaram sua antipatia pelas mulheres, que pareciam desprovidas de ossos, odoríferas e parasitárias após a esplêndida impressão inicial deixada pelos primeiros exploradores com suas reluzentes carapaças de folhas de alumínio. As mulheres rendiam homenagem ao poder do amor de forma ainda mais ardorosa. "Por um único instante de amor verdadeiro, uma vida inteira merece ser perdida. Dê-nos amor, ou dê-nos a morte. Nosso morrer não passa de uma pequenina nódoa em meio à supremacia toda-abrangente e infinda de Eros. O amor move as estrelas, que vocês não podem ver. Impele os pássaros, que vocês desconhecem, ao canto." Os minervanos ficaram estupefatos; não podiam imaginar, sob o torvelinho de argônio fulgente do seu firmamento, nenhuma força, nenhuma presença mais absoluta que a morte — para a qual a palavra em sua língua era a mesma que para "silêncio".

(*) Pocahontas (1595-1617), filha do chefe índio Powatan, apaixona-se pelo branco John Smith num dos mais conhecidos episódios dos primórdios da história americana. (N. T).

Mas, então, as fêmeas da espécie humana, caracteristicamente desagradáveis, invertiam o objeto da curiosidade. "E vocês?", perguntavam elas a seus pequeninos interlocutores nus. "O que provoca palpitações em *vocês*? Digam-nos. Deve haver algo oculto, se não Freud terá sido apenas um oráculo local. Digam-nos: o que sonham vocês, quando seus seis olhos se fecham?" Um rubor azul-esverdeado se alastrava pelas pálidas e verrugosas epidermes enrugadas dos minervanos; e eles, soltando risotinhas encabuladas, farfalhavam como um canteiro de alcachofras, escapulindo precipitadamente com seus membros rijos e esguios, para só ressurgirem de suas requintadas tocas sob a cobertura da noite — noite tão célere que, para os sentidos dos terráqueos, alternava-se com o dia como o tremeluzir de uma lâmpada defeituosa.

O primeiro indício a surgir foram os sonetos que astronautas apaixonados costumavam recitar para suas namoradas picleóides. Embora os versos, não importa como fossem traduzidos, resultassem sempre em absurdos, a recitação em si atraía o interesse dos minervanos e parecia excitá-los com seu ritmo. Estudiosos dos diários deixados pelos pioneiros também notaram que, em mais de um relato, antes de a prostituição ser abandonada como inexeqüível, as pretensas cortesãs emitiam do âmago de si um murmúrio musical tímido, estrangulado, uma espécie de canto agudo semelhante ao chinês. Em seguida, televisualizadores robotizados foram miniaturizados o suficiente para serem manobrados no interior das esmeradas tocas dos minervanos. Em meio às indistintas e trêmulas imagens transmitidas dessas habitações subterrâneas (a estática provocada pelo níquel era terrível), percebiam-se algumas hastes mais ou menos organizadas por tamanho, além de outras, possivelmente ocas, dilatadas numa extremidade ou perfuradas lateralmente. Compreendeu-se então que o televisualizador se deparara com um bordel desprotegido. Os objetos vistos eram, é claro, toscos equivalentes minervanos de xilofones, trompetes e flautas terrestres. Os confins mais recônditos de muitas tocas particulares abrigavam objetos similares, discretamente guardados onde os recém-gemados não pudessem encontrá-los, além de proto-harpas, semiviolinos e alguns dispositivos de finalidade percussiva. Quando os televisualizadores rastejantes foram adaptados com aparelhos de áudio, verificou-se que nos túneis domésticos e até mesmo em algumas câmaras dos complexos comerciais sobejava uma música constante e furtiva — um conceito para o qual a única palavra minervana parecia ser a mesma palavra que usavam para "vida".

Concomitantemente a essas descobertas, uma equipe de alienistas da AESA persuadira alguns minervanos a se submeterem à psicanálise.

O padrão de elaboração onírica, com sua carregada simbolização de escadas, pistões, curvas senoidais e formas ocas e polidas, assim como a tendência dos pacientes de, sob efeito de drogas, deformarem sua fala com lapsos ou deslizes melodiosos, além do caso crítico de uma minervana (apelidada de Dora pelo pessoal psiquiátrico) que sofria de doença obsessiva conhecida como "cantarola", apontavam para a mesma conclusão a que levavam os indícios visuais do televisualizador: os minervanos, em seu planeta silente e assexuado, viviam para a música, da qual só tinham as mais primitivas noções.

Na corrida espoliadora que se seguiu a esta constatação, toneladas de níquel foram trocadas por uma canção. Espiões foram alistados a serviço da Terra em troca de uma gaita de plástico; diretorias de empresas e gabinetes inteiros foram corrompidos pela promessa de um esquema de dedilhado para clarineta, ou por um velho 78-rpm tocando "Muskrat ramble". Na primeira transmissão radiofônica de uma sinfonia, a Quarta em Mi Menor, de Brahms, a audiência de minervanos entrou em êxtase convulsivo quando o tema melódico passou das cordas para o oboé, e sem dúvida teria perecido *en masse* se o engenheiro de som não houvesse misericordiosamente erguido a agulha do disco e passado a tocar um arranjo de Fred Waring para "American patrol". Mesmo assim, muitos minervanos, naquela época de inocência violada, morreram de *overdose* musical; muitos outros escreveram artigos em que faziam profissão de fé, constituíram partidos políticos liberadores, e dedicaram-se, com resultados por vezes decepcionantes, a audições de música em grupo.

O significado da música para os minervanos estava muito além da compreensão dos terráqueos. A mistura repetitiva de baques surdos, guinchos agudos e cadências tintinabulantes de uma arte tão mecânica que Mozart pôde compor algumas de suas melhores peças entre duas tacadas de bilhar, parecia-lhes talvez uma vibração na qual estavam implícitas todas as vibrações, uma resolução dos antagonismos existenciais mais interiores, ou, como foi sugerido, uma síntese entre a não-condutividade do seu solo de amianto e a alta condutividade do seu firmamento de argônio. Algo de melindroso, equilibrado, prudente e suscetível permaneceu na musicalidade dos minervanos, mesmo depois de cabalmente espoliada e vorazmente expandida. Um mito antigo e confuso conferia à música uma ressonância do proibido. No Céu dos minervanos, a música seria tocada sem instrumentos, como que inaudivelmente. Um minervano idoso que quisesse celebrar a sua vida, recordar-se-ia dela quase exclusivamente em termos da música que ouviu ou compôs.

Quando os primeiros minervanos foram transportados de foguete para a Terra (uma odisséia que mereceria sua própria epopéia: a viagem para fora, atravessando milhares de quilômetros do hidrogênio pastoso que constituía o crânio espesso de Júpiter; a irrupção no espaço e o primeiro vislumbre das estrelas, do negrume do universo; o olhar para trás e a contemplação das faixas gasosas e da gritante mancha vermelha minguando à distância; a vertiginosa queda parabólica através do sistema solar, quando os minervanos, ofuscados pelo brilho, tomaram Vênus como seu destino derradeiro, o lar de seus invasores, confundindo-o com a esfera marrom aquosa que se espraiava mais abaixo e que lhes amorteceu a queda), os visitantes ficaram chocados com a ubíqua presença pública da música. Escoando das paredes de restaurantes, irradiada em aviões ao aterrissarem e em automóveis ao trombarem, repicando em campanários, trovejando em praças de armas, tinindo pelas paredes de apartamentos, carregada pelas ruas em pequenas caixas, violando até mesmo a paz dos desertos e das florestas nas comédias musicais eróticas de cinemas *drive-in*, a música a princípio os dominou; deleitou-os em seguida; enojou-os depois; e, por fim, entediou-os. Retiraram os tampões de ouvido que no início os protegeram de uma dose excessiva de prazer; a intemperança os amortecera; e deixaram de ouvir. Os minervanos haviam descoberto a impotência.

1975

UMA QUEIXA "MODERADA"

Não sei exatamente "o que", mas "algo" ocorre em um "contato" íntimo e reverente com a obra de Henry James que parece levar seus comentadores a uma utilização verdadeiramente "maníaca" de aspas. Acabei de ler — ou melhor, de "ler" até minhas pálpebras esmerilarem-se "além do suportável" com essas incessantes "alfinetadas" tipográficas — a introdução, de Alma Louise Lowe, a ***English hours*** [Horas inglesas], do "mestre". A edição foi "impressa na Inglaterra", de modo que as "aspas" intrusas eram "simples". Algumas "amostras":

> Em Haddon Hall, porque escutava com a 'devida credulidade', ele parecia ouvir as 'passadas espectrais' de Dorothy Vernon e lord John Manners 'nos pavilhões do pátio do castelo'. Em certas ocasiões, ele 'de fato via' fantasmas 'como nós hoje vemos fantasmas'. [...]
>
> O material que colheu em suas viagens explica em grande medida a 'atmosfera de realidade' da ficção de James [...].
>
> Que James, o 'mestre', a celebridade tão dedicada à 'arte' de escrever [...]
>
> Um sem-número de outros americanos sentiram o mesmo 'chamamento' da Europa.
>
> Lembrou-se das 'primeiras páginas de *Oliver Twist*' enquanto observava.

Pois bem, qual é o "sentido" disso? Devemos supor que "lugares-comuns" como "atmosfera de relidade", "arte", "chamamento" e "primeiras páginas de *Oliver Twist*", por supostamente terem aparecido antes no "vasto corpo" da prosa de James, tenham adquirido certa "magia", "um significado especial" tal que, se usados sem "adornos", "escapariam pela rede"? Ou será apenas que a "competente" srta. Lowe desejou demonstrar o seu "completo domínio" de todo o "material"? Acreditando que talvez fosse uma "excentricidade peculiar" a ela, voltei-me à introdução de ***The painter's eye*** [*O olho do pintor*] por

John L. Sweeney, e ''num instante'' encontrei:

> Seus olhos e sua memória encheram-se portanto de imagens de um 'mundo' [...] muito antes de 'eriçarem-se' as discriminações [...].
>
> [...] o que ele esperava deles em termos de 'tema' e por que, por exemplo, de Winslow Homer ele 'execrava'...
>
> Não temos nenhuma prova conclusiva de que James acabou por 'aceitar' os impressionistas. Temos, todavia, alguns indícios convincentes de que ele aprendeu a apreciá-los e a utilizar a 'sugestão' deles. [...]

A introdução de *In the cage and other tales* [Na janela e outros contos], por Morton Dauwen Zabel, produziu, no estilo tipográfico americano, uma ''dupla safra'':

> O ''germe'' que deu a James sua história [...] que a ''centelha'' e seu conto provocada pelo ''assombro'' de suas ''especulações'' ...
>
> Foi assim que sua ''jovem mulher'', a ''telegrafista engaiolada''...

Sem negar que em certas ''ocasiões'' um ''átomo'' de ''pertinência'' possa ser vislumbrado nesta ''prática'', não obstante o nosso ''assombro'' é despertado. Não ''basta'' observar que se trata aqui de uma ''enfermidade'' contagiosa originada nos ''excessos de pontuação'' do próprio ''estilo serôdio'' de James. O ''efeito'' final é ''diferente''. No caso de James, estes pontos de exclamação sem pés servem como uma espécie de ''condimento'' para o ''lauto banquete'' cujo ingrediente mais ''delicioso'' é o evidente prazer do anfitrião no ''repasto'' que ele está ''oferecendo''. Já no caso dos estudiosos que, como ''bernacas'', aferram-se ao lado inferior da ''majestosa singradura'' da reputação do ''mestre'', as ''aspas'' são sintomáticas de um mero ''comichão''; se para este uma cura apropriada ou, pelo menos, algum ''apetrecho de coçar'' puder ser encontrado, eu ficarei deveras ''grato''.

TRÊS PALESTRAS SOBRE MESTRES AMERICANOS

Destinadas a educar tanto o conferencista quanto a platéia. A platéia em cada caso tinha de ser imaginada de antemão e, em certa medida, determinou o tom da palestra. Na de Hawthorne, eu antevi um sonolento bando pós-prandial de professores universitários já suficientemente eruditos e que, portanto, ficariam gratos pela minha brevidade e concisão. Na de Melville, tinha em mente um público atento e afável, mas não-acadêmico, de habitantes do norte do estado de Nova York, para quem as vicissitudes do Melville maduro deveriam ser delineadas em pinceladas largas e vívidas. E, na de Whitman, eu previ um grupo de requintados bibliófilos de Manhattan esperando ouvir um panegírico condensado; a palestra me havia sido descrita como parte de uma série em que autores americanos contemporâneos discorreriam sobre os clássicos dos Estados Unidos. Embora os três ensaios tenham sido subseqüentemente revistos para publicação em periódicos, permanecem resquícios da informalidade oral da sua forma inicial. O tema da crença religiosa que os une surgiu como uma espécie de decalque de lápide.

*O CREDO DE HAWTHORNE**

No que acreditava Hawthorne? O autor do clássico romance americano sobre a consciência religiosa e o sofrimento religioso, e de outras obras inteiramente imbuídas de questões religiosas e de uma linguagem religiosa, orgulhava-se de não ir à igreja. Do seu batismo, se

(*) Palestra proferida como a Conferência Evangeline Wilbour Blashfield na cerimônia anual da Academia e Instituto Americano de Artes e Letras, em Nova York, em 24 de maio de 1979.

é que ele foi batizado, não há vestígio nos registros. Sua mãe, que se tornou uma viúva reclusa quando Nathaniel tinha apenas quatro anos de idade, chegou a levar o garoto e suas irmãs às cerimônias religiosas da East Meeting House em Salem, onde os Hathorne (o *w* foi acrescentado por nosso personagem, depois da faculdade) tinham um banco reservado havia 170 anos — "a velha casa de culto de madeira", escreveria Hawthorne, "que, nos sabás de inverno, costumava ser o purgatório gelado da minha infância". No Bowdoin College, ele troçava do "mal-estar de domingo" e era freqüentemente penalizado por faltar aos serviços religiosos. Foi de lá que escreveu a sua mãe: "Ser pastor, é claro, está fora de cogitação. Quero crer que nem mesmo você desejaria que eu escolhesse uma vida tão maçante". Durante seu namoro apaixonado com Sophia Peabody, ele se recusou resolutamente a acompanhá-la para ouvir o pregador preferido dela, o metodista Edward Thompson Taylor, conhecido como padre Taylor e imortalizado como padre Mapple em *Moby Dick*. Pouco depois de iniciado o idílio de sua vida conjugal, Hawthorne confidenciou em seus cadernos: "Minha esposa foi para a igreja de manhã, mas não o seu marido". Como cônsul americano em Liverpool, ele chegou a encabeçar orações em família, talvez por deferência à sua posição oficial na Inglaterra vitoriana. Mas seu filho Julian, em suas memórias do pai, admitiu: "Ele nunca discutiu religião em termos convencionais, seja nos seus escritos seja nas suas conversas [...]. Nossa mãe expressava ocasionalmente sua fé e devoção quando falava; nosso pai, só em cavernas submersas e insondáveis — e, todavia, de alguma forma aparentes". Melville, um dos poucos homens a conseguir romper a reserva de Hawthorne, manteve com ele, em Lenox, em 1850, conversas noites adentro que Hawthorne em seu diário descreveu como sendo "sobre o tempo e a eternidade, coisas deste mundo e do próximo, e livros, e editores, e todas as coisas possíveis e impossíveis"; mas ele não anotou sua posição sobre estes assuntos profundos. Seis anos depois, quando Melville apareceu em Liverpool e os dois iam caminhar juntos pelos areais de Southport, Hawthorne observou: "Melville, como sempre, começou a ponderar sobre a Providência e o futuro, e sobre tudo o que está além do entendimento humano [...]. É estranho como ele persiste — e tem persistido em vagar por desertos tão ermos e monótonos como os montes de areia nos quais nos sentamos. Ele não consegue nem crer nem sentir-se à vontade em sua descrença". Em Concord, Hawthorne manteve-se cético com relação aos entusiasmos transcendentalistas de Emerson e Channing; em Roma, foi atencioso, mas no final cético, diante das multíplices consolações da Igreja Católica Romana. Puritanamente, ele desprezava toda diluição. Seu conto "The celestial railroad" ["A ferrovia celestial"] satiriza o unitarismo; quanto às cerimônias da Igreja anglicana, afirmou serem uma "pantomima, pior a meu ver que o papismo por ser dele uma corruptela". Todavia, esse mesmo cético era capaz de escrever que "a fé religiosa é o mais valioso e o mais sagrado dos bens do ser humano" e de dizer, a respeito do evangelista John Eliot: "Não há impiedade em se acreditar que, ao findar sua longa vida, o apóstolo dos índios foi recebido nas moradas celestiais pelos profetas da Antiguidade e pelos primeiros apóstolos e evangelistas que obtiveram sua inspiração na presença imediata do Salvador". É verdade que o contexto da primeira afirmação é uma biografia de campanha, e o da segunda um livro de narrativas históricas dirigidas a crianças. Mas, num ensaio cujo tema era exatamente sua recusa em freqüentar a igreja, intitulado "Sunday at home" ["Domingo em casa"], ele assegura o leitor de que "dúvidas podem adejar ao meu redor, ou parecer cerrar suas asas ferinas para pousarem em mim; mas [...] jamais minha alma perdeu o instinto de sua fé. [...] ainda que minha figura esteja ausente, o homem interior vai sempre à igreja".

Ora, o protestantismo, no início do século XIX, oferecia uma ampla gama de ênfases doutrinais e nuances de fervor. Em dado momento, Hawthorne foi atraído pelos shakers, e em seguida repelido por sua doutrina; em uma ocasião posterior, interessou-se, ainda que com sua prudência característica, pelos swedenborguianos. A crença religiosa é um aspecto esquivo e volátil do homem, e nossas indagações seriam aqui impudentes, além de impossíveis, se nos concentrássemos na questão sempre "submersa", e hoje completamente naufragada, de qual teria sido a bem sedimentada crença ou descrença de Hawthorne que lhe permitiu achar curioso o perpétuo desconforto de Melville. Ao contrário de Whitman, Hawthorne não se apresentou como um pagão feliz; nem pretendeu, como Emerson, ser um profeta pós-cristão. O vocabulário de Hawthorne manteve frases da devoção convencional, embora nem sermões nem ritos enriquecessem sua vida pessoal. Nisso ele se assemelhava a muitos cidadãos de sexo masculino da cristandade de seu tempo. No entanto, em seus escritos, a vida religiosa não esvaece; pelo contrário, intensifica-se, e é sua própria obra que nos incita a buscar o credo involuntário que ele profere na repetição de seus temas e reflexos artísticos. Um espírito muito vívido do cristianismo nos contempla em sua prosa, assustador e bizarro por não estar uniformemente morto, pois vive em alguns membros e foi amputado em outros, é obscuro em alguns aspectos e incisivo como o basilisco em outros.

O credo de Hawthorne talvez comece assim, com ele sentindo-se delicado, frágil e intimidado, e identificando a ameaça do mundo com o puritanismo de seus antepassados. Seu ensaio "Main Street" ["Rua Principal"] reza: "Agradeçamos a Deus por ter nos dado ancestrais como os nossos; e que cada geração agradeça a Ele, com não menor fervor, por ter se afastado deles mais um passo na marcha das épocas". "E o que tens a ver com todos esses homens férreos e suas opiniões?", clama Hester Prynne para Dimmesdale, num mundo permeado pelo cinzento do ferro. Em 1850, em *The scarlet letter* [A letra escarlate], ao contrário de todos os seus outros romances, não sentimos que a ambientação social dos personagens principais seja insuficiente, pois é solidamente fundamentada na antiga virtude comunal de Boston. E Dimmesdale, na medida em que representa o puritanismo, não é o herói, mas o vilão, de maneira que nos rejubilamos com sua derrocada; assim D. H. Lawrence leu o romance, como a história triunfante de um marido e sua esposa, o sr. e sra. Chillingworth, conspirando para seduzir e atormentar um agente intoleravelmente vicioso de uma dominação ferrenha. Em *The house of seven gables* [A casa das sete torres], de 1851, o sangue dos Pyncheon cai como uma maldição; Hawthorne não precisa de nenhum Max Weber para associar o puritanismo às forças sombrias do empreendimento material. Em sua imaginação, o falecido coronel que caçava bruxas e o político contemporâneo, ganancioso e farisaico, são gêmeos; num capítulo embaraçosamente rancoroso, o autor regozija-se sobre o cadáver do juiz Pyncheon como sobre o corpo de um inimigo eliminado. Com *The Blithedale romance* [O romance de Blithedale] (1852), os homens de ferro foram reduzidos a um único ferreiro, o filantropista Hollingsworth, que Hawthorne novamente fustiga em termos dificilmente justificáveis pela ação do romance. Um outro ferreiro surge no conto "The artist of the beautiful" ["O artista do belo"], de quem o artista-herói reclama: "Sua força dura e bruta obscurece e confunde o elemento espiritual que há em mim".

Do cristianismo Hawthorne aceitou o dualismo, e o radicalizou ainda mais. A doutrina ortodoxa concilia matéria e espírito numa Encarnação escandalosa, Jesus Cristo. Em Hawthorne, a matéria está no limiar de ser má; a virtude, no limiar de ser insubstancial. Sua insistência em heroínas frágeis e etéreas contraria não só o feitio moderno, mas também sua própria índole — pois em *The Blithedale romance* parece claro que não é a ectoplasmática Priscilla que o narrador ama, como a última sentença proclama em letras maiúsculas, mas a sombria, sensual e desditosa Zenobia. Zenobia não se enquadra nas concepções do narrador: "Não sei como bem expressar que o rubor inato de seu rosto, e mesmo a pele cálida de seus braços roliços, e o que se podia vislumbrar do seu busto farto — numa palavra, sua feminidade encarnada — impeliam-me às vezes a fechar os olhos, como se não pudesse ser privilégio da modéstia contemplá-la". *The Blithedale romance*, há tempos considerado o menor de seus quatro romances maduros, é, todavia, o mais verdadeiro, o de maior vivacidade nervosa, por sua narrativa na primeira pessoa e pela ardente heroína perversamente aviltada

— "o mais perto que Hawthorne já chegou da criação completa de uma *pessoa*", pensava Henry James. O romance, em seus mínimos detalhes, transmite a convicção instintiva de Hawthorne de que matéria e espírito estão inevitavelmente em guerra. "A alma sai vitoriosa quando o corpo sucumbe a uma doença devastadora", informa-nos Miles Coverdale; e, quando ele se recupera o suficiente para voltar a trabalhar na fazenda, é sua mente que sai derrotada: "Os torrões do solo, que atacamos com tanta persistência e que não cansamos de revolver, nunca se refinavam em pensamento. Nossos pensamentos, pelo contrário, iam rapidamente se tornando torrões".

Quando os dois domínios incompatíveis do universo de Hawthorne colidem, algo vaza: há uma espécie de *nódoa* ou mácula. Uma sensação de sobreposição blasfema, de alguma vasta substância traindo-se quimicamente, é fundamental na tradição gótica da qual as narrativas de Hawthorne são encantadores frutos tardios. Esta nódoa, este sinistro transbordamento de um outro mundo, pode tomar a forma de um veneno, de uma poção, de sonhos e espelhos, de símbolos sobremaneira insistentes como a letra escarlate ou as orelhas presumivelmente pontiagudas de Donatello. O desejo de Hawthorne de saturar suas imagens com implicações simbólicas é em si um tipo de nódoa, e suas meditações sobre escultura em *The marble faun* [O fauno de mármore] adquirem um matiz lúgubre diante da sua noção da arte como uma possível invasão do inanimado pelo animado. A alegoria, da qual ele foi o último praticante sincero, é uma forma similar de animação, não no mármore, mas no domínio das abstrações. Uma aura de fantoches sobrenaturais, de iminente geração espontânea, paira em suas narrativas; não nos surpreendemos, portanto, quando em "Feathertop" um espantalho adquire vida.

O assombroso é uma forma degenerada do sagrado. Duas idéias sagradas particularmente preciosas para o calvinismo, Providência e culpa, assombram a mente de Hawthorne, mas de forma curiosa. A Providência parece ser seu próprio senso de fragilidade interior projetado sobre o universo externo, onde é ameaçado pela monomania humana; filantropistas e experimentalistas obsedìantes ressurgem para, desgraçadamente, romper o equilíbrio universal — homens, escreveu ele em "The hall of fantasy" ["A antecâmara da fantasia"], que, "tendo obtido a posse de algum fragmento cristalino da verdade, estontearam-se de tal forma pelo seu brilho que nada mais enxergaram na imensidão do universo". A culpa, da qual Hawthorne era um exímio *connoisseur*, permeia sua obra sem que haja qualquer convicção corroboradora de pecado — pois não sentimos que Dimmesdale e Hester, ou Donatello e Miriam, sejam culpados de algo mais do que se encolerizarem momentaneamente contra "o desalento moral do mundo", na frase de seu criador. Não obstante, eles vivem esfregando e esfregando a fim de limpar suas máculas, sob uma Providência por demais eqüitativa para conceder-lhes absolvição. No magistral conto "The birthmark" ["A marca de nascença"], a mancha no rosto da heroína é intrínseca a sua vida e beleza, e ela acaba morta pelo marido que tenta remover a mancha através da alquimia. "E assim", dita a moral, "sempre a tosca fatalidade da terra exulta em seu invariável triunfo sobre a essência imortal que, nesta pálida esfera de semidesenvolvimento, exige a perfeição de um estado superior." Hawthorne, descrito certa vez por um conhecido como "um belo fantasma numa jaula de ferro", manteve-se rigidamente fiel ao senso que tinha da nossa "pálida esfera de semidesenvolvimento" como uma das essências necessariamente incompatíveis, quando, em Roma, sua suscetível Sophie abraça o espiritismo, ele se interessou pelos indícios aparentes das sessões espíritas e das psicografias; mas acaba concluindo (em *English notebooks* [Cadernos ingleses]): "Não posso consentir que Céu e Terra, este mundo e o próximo, sejam batidos juntos como a clara e a gema do ovo".

O eixo Terra-carne-sangue *versus* Céu-mente-espírito torna-se, com uma ligeira rotação, o eixo mundo *versus* eu. É nesta oposição que o eu luta para não submergir. O primeiro herói de Hawthorne, o autobiograficamente recluso Fanshawe, morre aos vinte anos de uma doença indefinida; ele simplesmente abandona "um mundo para o qual não era apto", deixando atrás de si "as cinzas de um estudante aplicado e um bom erudito" — um epitáfio cujo modelo real concluía com "e um grande cristão". Embora não reivindiquem para si este último título, os delicados personagens dos romances de Hawthorne acabam se fortalecendo à medida que evoluem. Dimmesdale só irá perecer após um combate prolongado, e zomba do mundo ao deixá-lo. Em *The house of seven gables*, há dois personagens delicados: Clifford e Phoebe que, com a morte do juiz Pyncheon, herdam a fortuna deste. A fragilidade, transformada em feminilidade, adquire uma nova elasticidade. Em *The Blithedale romance*, a translúcida Priscilla vê sua rival descer à cova e passa a exercer um domínio esponsal sobre o arrasado Hollingsworth. A sombria veia puritana, aqui reduzida a um só homem acuado, torna-se no romance final, *The marble faun*, de 1860, apenas uma agradável índole ianque nessa corporificação culminante da fragilidade que é Hilda — Hilda que, com a ajuda pragmática da confissão católica a qual não teria direito, expunge a mácula de ter sido testemunha de assassinato, e aceita a plena felicidade do corpo.

Este Pilgrim's progress [A viagem do romeiro] submarino tem paralelos na carreira do próprio Hawthorne. Foram circunstâncias maravilhosamente encadeadas que puseram fim aos doze anos que o jovem eremita cheio de fantasias passou em Salem — ele que só se arriscava a sair depois do pôr-do-sol e que só publicava suas obras sob pseudônimo, avançou lentamente, através de uma carreira no serviço público, de um casamento respeitável, do sucesso literário e de um cargo político, até obter um pleno conhecimento das coisas do mundo.

Ele retornou da Inglaterra para sua terra numa época em que esta, em uma luta consigo mesma ainda mais hedionda do que a de Dimmesdale, expungia de si a mácula da escravidão. Hawthorne adoeceu e veio a falecer, como um de seus próprios personagens supliciados. No entanto, o escritor que melhor soube aproveitar seu exemplo, Henry James, disse: "Sinto que o princípio dele era equivocado [...]. A imaginação está deslocada; somente o mais estrito realismo pode dar certo". O próprio Hawthorne invejava romances como os de Trollope — "tão reais como se algum gigante houvesse arrancado da terra um grande bloco e o colocado sob uma redoma de vidro". Todavia, o que é realidade? Não sentimos materialidade em nós mesmos, e a própria matéria é efêmera. " 'The hall of fantasy' ", escreveu Hawthorne, "provavelmente há de perdurar por tempo maior do que a mais substancial estrutura que jamais sobrecarregou a terra." Ele acreditava, juntamente com seus antepassados puritanos, que o espírito humano é o que importa; que a alma pode ser deformada, maculada, e perdida; que o impalpável exerce uma força contra o material. Nossos sonhos nos impelem; esta é uma verdade psicológica mais do que religiosa, mas numa terra onde, como disse Emerson, "são as coisas que mandam", é ela que faz a força do artista.

*O RETRAIMENTO DE MELVILLE**

Na mitologia das letras americanas, o fracasso de público e crítica de Moby Dick, e o subseqüente retraimento de Melville em um silêncio desgostoso, constituem uma imagem central, lado a lado com o auto-exílio de Henry James na Inglaterra, com a fase final de Mark Twain vestindo terno branco e sendo o predileto dos ricos, com o colapso alcoólico e morte prematura de Fitzgerald, e com os extravagantes exercícios de autocelebração de Hemingway. Estas imagens nos dizem haver algo errado em ser escritor nos Estados Unidos; um dos biógrafos de Melville, Newton Arvin, diz que o tratamento a ele dispensado pelo público foi "a mais grave incriminação da mente americana nos anais da nossa literatura".

(*) Proferida como a terceira Conferência Anual Harold Hacker, patrocinada pelos Amigos de Rochester, Nova York, Biblioteca Pública, no Xerox Square Auditorium, em 23 de outubro de 1981.

Tendo sido convidado pelos amigos de uma biblioteca a proferir esta palestra, decidi aproveitar para reparar uma lacuna em minhas leituras: as últimas obras de Melville. Eu parti dos pressupostos de que *Moby Dick* é uma obra-prima e de que Melville, por seus dons naturais de talento e ambição, equipara-se aos melhores autores americanos de ficção. Como tantos outros, eu lera *Moby Dick* com um deleite e uma admiração não inteiramente isentos de um senso de obrigação, juntamente com aquelas duas outras narrativas do mar, *Typee* e *Billy Budd*, que constituem o alfa e o ômega da carreira de Melville. *Moby Dick*, na realidade, inspirou-me entusiasmo tal que fui adiante até *Omoo* e *Redburn*, ainda que não tenha chegado ao final de *Mardi*. *Pierre*, *Clarel* e *The confidence man* [O vigarista], até eu ser fatidicamente convocado aqui para Rochester, eram para mim apenas títulos, enquanto dos detalhes biográficos envolvendo o famoso silêncio de Melville eu permanecia igualmente ignorante. Porém, minha ignorância tendo sido recentemente remediada, venho perante vocês esta noite partilhar algumas surpresas e algumas idéias. Se houver especialistas em Melville na platéia, peço que se retirem.

A primeira surpresa que nos saúda é o quão jovem era Melville ao escrever *Moby Dick*: tinha trinta anos quando, no primeiro dia de fevereiro de 1850, retornou a Nova York de uma viagem de quatro meses à Inglaterra cujo propósito ostensivo fora acertar os detalhes da publicação do seu quinto livro, *White jacket* [Jaqueta branca]. Havia se casado apenas três anos antes com Elizabeth Shaw; seu primeiro filho, Malcolm, não completara ainda um ano. É de se presumir que, pouco após sua volta, ele, que escrevera ao mesmo tempo *White jacket* e *Redburn* em apenas cinco meses, tenha começado a redigir um sexto livro baseado em seus dias de marinheiro — em suas experiências de caça à baleia no caso. A mais prolongada de suas viagens havia sido os dezoito meses que passou no baleeiro *Acushnet*, com passagens mais breves em outros baleeiros, *Lucy Ann* e *Charles & Henry;* porém, até 1850, a caça à baleia mantivera-se conspicuamente ausente dos contínuos relatos ficcionalizados que fez de suas aventuras. Os baleeiros em *Typee*, *Omoo* e *Mardi* eram todos pontos de partida; é como se a sua verdadeira finalidade não devesse ser descrita até o autor sentir-se digno da tarefa. Melville trabalhou na saleta de uma casa em Nova York onde moravam sua mãe, quatro irmãs solteiras, e um irmão casado com a esposa grávida e dois filhos, além dos empregados domésticos. O novo livro é mencionado pela primeira vez numa carta de 1º de maio de 1850 a outro marinheiro literário, Richard Henry Dana Jr.:

> A respeito da minha "jornada baleeira" — estou a meio caminho andado na obra [...]. Mas, temo, será um tipo estranho de livro; gordura de baleia é gordura de baleia, você sabe; embora possamos dela extrair óleo, a poesia

> flui tanto quanto a seiva de um bordo congelado; — &, para conceber a coisa toda, será preciso temperar com um pouco de fantasia, que, dada a natureza da coisa, deverá ser tão desairosa quanto as cabriolas das próprias baleias. Todavia, pretendo narrar a verdade da coisa, apesar disso.

Em meados do verão daquele ano, enquanto um amigo, Evert Duyckinck, informava seu irmão que "Melville tem um novo livro quase pronto — uma representação romântica, fantasiosa & literal & extremamente agradável da Pesca da Baleia — algo bastante novo", Melville, que visitava a fazenda de seu primo Robert em Pittsfield, Massachusetts, assim que recebeu um exemplar dos contos *Mosses from an old manse* [Musgos de uma velha mansão], de Hawthorne, decidiu trazer sua esposa e filho pequeno de Nova York para passarem as férias de verão em Pittsfield, encontrou-se com Hawthorne no famoso piquenique em Monument Mountain, escreveu uma apaixonada apreciação anônima deste escritor para o periódico dos irmãos Duyckinck, *The Literary World*, e decidiu comprar a fazenda, distante dez quilômetros da nova casa de Hawthorne perto de Lenox, a que Melville deu o nome de Arrowhead. Ele e sua família iriam viver em Arrowhead durante os treze anos seguintes. Naquele primeiro ano, Melville foi estimulado e encorajado pela proximidade do autor mais velho, de quem ele escrevera em sua resenha: "Sinto que este Hawthorne lançou sementes que germinam em minha alma. Ele tanto mais cresce e se aprofunda quanto mais eu o contemplo; cada vez mais fundo ele lança suas fortes raízes da Nova Inglaterra no solo quente da minha alma sulista". Melville revisou inteiramente sua narrativa baleeira, transformando-a na obra elaborada, simbólica, rapsódica e pessimista que acabou se tornando. Terminou os últimos capítulos em Nova York, quando os primeiros já estavam sendo impressos, e reviu as últimas provas no final de julho, pouco mais de uma semana antes do seu 32º aniversário.

Uma segunda surpresa é que as críticas do livro não foram assim tão negativas. Certamente não tão negativas quanto as críticas com que *Mardi* fora recebido dois anos antes. Em Londres, *The Athenaeum*, cuja resenha, em 25 de outubro, da edição inglesa do livro (intitulada *The whale* [A baleia]), foi a primeira e talvez a mais vigorosa investida contra o livro ao chamá-lo de "uma mistura equivocadamente aviada de romance e realidade", não obstante conferiu-lhe um elogio às avessas ao julgar que "o nosso autor deve daqui para a frente ser incluído na companhia daqueles seres incorrigíveis que ocasionalmente nos incitam com indícios de gênio enquanto nos convocam constantemente para suportar monstruosidades" e ao afirmar que ele, Melville, "parece não tanto incapaz de aprender quanto desdenhoso de aprender o ofício de um artista". A revista *John Bull*, por outro lado, e no mesmo dia, admitiu: "Dentre todos os livros extraordinários saídos da pena de

Herman Melville, este é de longe o mais extraordinário'', ressaltando ''os lampejos de verdade [...] que reluzem na superfície de um mar espumoso de idéias... As profundas reflexões proferidas pelos personagens numa selvagem caçada aquática [...] e as representações vívidas da natureza humana nas máscaras espantosas que ela veste no convés do *Pequod*''. Em Nova York, três semanas depois, *Moby Dick; or The whale* foi recebido calorosamente pelo *Morning Courier and New York Enquirer*: ''Nenhum escritor americano tem mais assegurada, a cada novo livro, uma recepção mais cordial e afetuosa do que o autor de *Typee* [...]. Este livro tem todo o encanto de seus predecessores; na verdade, possui um interesse mais enfeitiçador [...]. O autor escreve com o entusiasmo do verdadeiro gênio, e só um espírito deveras entorpecido não se avivaria com a pungência de seu humor e a fragrância de sua imaginação''. *The Albion* considerou que *Moby Dick* ''carecia de pouco para ser uma grande obra'', e fez uma crítica que até o mais reverente melvilliano moderno teria de admitir como pertinente: que os marinheiros não falam como marinheiros, e que o personagem central do capitão Ahab foi ''deploravelmente estragado, se não totalmente arruinado, por um desprezível e excessivo verniz de eruditismo livresco e misticismo''. *The Home Journal* noticiou que ''o resultado é um livro muito vigoroso, pungente, curioso e agradável, apresentando uma quantidade considerável de informação enquanto alicia a curiosidade, incita a simpatia e freqüentemente encanta a imaginação''. A *Harper's New Monthly Magazine* afirmou que *Moby Dick*, ''em termos de riqueza e variedade de incidentes, originalidade de concepção e esplendor descritivo, ultrapassa todas as produções anteriores deste autor tão bem-sucedido''. Basta, talvez, de citações para mostrar que até mesmo aqueles com grandes ressalvas a *Moby Dick* manifestaram-se respeitosamente quanto ao talento do autor, e que vários dentre os primeiros entusiastas desta obra obstinada e extravagante foram seus resenhistas. É verdade que Melville não recebeu o que poderia lhe ter sido psicologicamente útil no momento: uma irrestrita e generosa saudação pública da parte de algum colega magnânimo, como a que ele fizera a Hawthorne, ou que Emerson faria a Whitman (numa carta particular que se tornou pública) ao receber *Leaves of grass* [Folhas de relva]. A carta ''inspiradora de júbilo e geradora de exultação'' que Hawthorne escreveu a Melville acerca da obra deste que recebera tanto encorajamento da proximidade e amistosidade de ambos foi destruída, juntamente com quase toda a correspondência recebida por Melville. Hawthorne, numa carta a Evert Duyckinck, exclamou: ''Que livro Melville escreveu! Transmite-me uma idéia de poder muito maior do que os seus anteriores''. E Melville poderia ter recebido consolo adicional se espreitasse por sobre os ombros de Longfellow, que numa noite de novembro anotou em seu diário: "sentei-me a noite toda para ler o novo livro de Melville, *Moby Dick, or The whale*. Muito selvagem, estranho e interessante". A posição crítica e popular de Melville após a publicação de *Moby Dick* ainda continuava elevada; ele era freqüentemente referido como um gênio e, quando em Londres se fez um levantamento de fim de ano das novas presenças na literatura americana, foi arrolado junto com Hawthorne e os hoje esquecidos Richard Burleigh Kimball e Sylvester Judd. Não havia nada em sua situação que se assemelhasse à obscuridade em que, com sua idade, Hawthorne e Whitman trabalharam — ou em que Joyce, Proust e Kafka produziram seus clássicos modernos. Recém-estabelecido na região dos montes Berkshire, com sua fazenda e seus parentes ricos prontos para suplementar seus rendimentos com a literatura, Melville tinha todos os motivos e meios aparentes para prosseguir triunfante em sua vocação literária.

Moby Dick, de fato, está bem no meio da sua produção literária: dois romances, uma coletânea de contos, as memórias romanceadas de outro homem, quatro livros de poesia e uma novela vieram depois. Em algum momento do outono em que *Moby Dick* foi publicado e o segundo filho de Melville, Stanwix, nasceu, ele começou a escrever seu romance seguinte, *Pierre*. Trabalhou com a sua fúria costumeira. Sarah Morewood, vizinha dele em Pittsfield, escreveu a Evert Duyckinck: "Ouvi falar que ele está agora empenhado tão intensamente numa nova obra que não deixa seu escritório antes de ser noite escura — e aí, pela primeira vez no dia, ingere alimento sólido. Deve, portanto, escrever num estado de excitação mórbida que logo prejudicará sua saúde. Gracejei com ele e disse-lhe que a vida reclusa que estava levando fazia seus amigos da cidade pensarem que ele estava ligeiramente maluco — ele respondeu que também chegara à mesma conclusão havia muito tempo". O dr. Amos Nourse, marido da tia predileta de Melville, Lucy, e ocasionalmente médico de sua esposa, também se preocupava, a ponto de afirmar numa carta ao pai de Elizabeth: "Temo que o marido dela esteja se dedicando a escrever com um afinco que irá lhe custar caro em breve". Melville expressou grandes esperanças com relação a esta nova obra; para Sophie Hawthorne, ele prometeu que seria "uma bucólica tigela de leite"; para seu editor inglês, Richard Bentley, descreveu-a como "muito mais calculada para a popularidade do que qualquer outra coisa minha que você já publicou — sendo um romance comum, com um enredo misterioso & paixões arrebatadas em ação, representando um aspecto novo & exaltado da vida americana". No caso, porém, *Pierre* revelou-se — e esta é a nossa terceira surpresa — excruciante e ridiculamente ruim. É provável que nunca em toda a história da literatura, dois livros, um tão bom e outro tão ruim quanto *Moby Dick* e *Pierre*, tenham sido escritos um após o outro. A ação é histérica, o estilo frenético e volátil, os personagens são arremessados de um lado para outro por algum furor inexplicável do autor. Estas quinhentas páginas, como T. S. Eliot disse de algumas peças do elisabetano John Marston, "produzem o efeito de um trabalho realizado por um homem tão exasperado por ter de escrever de uma forma que execrava que deliberadamente escreveu pior do que poderia ter escrito a fim de mitigar seus sentimentos".

O enredo é o seguinte: Pierre, um jovem cavalheiro do campo, tranqüilamente refestelado em sua riqueza rural e liricamente noivo de uma moça devidamente prendada do lugar chamada Lucy, ao descobrir que seu falecido pai era provavelmente o pai também de uma filha ilegítima chamada Isabel, reage renunciando a sua noiva, sua fortuna e ao afeto da sua mãe, e arrastando a sua irmã transvestida como sua esposa para a grande cidade, onde, tendo sido seguido com igual quixotismo por sua bela e desesperada noiva, os três acabam perecendo. Se em *Moby Dick* a figura de Ahab incorpora em si toda a loucura, a insânia aqui pertence ao autor; enquanto a trama básica de perseguição do primeiro livro leva-nos através de todas as elaborações, digressões e explosões de sagacidade e espirituosidade do autor, em *Pierre* a baleia branca nunca vem à tona, esgueirando-se como um terror invisível sob ondas estrepitosas e inverossímeis. Quando Pierre recebe a notícia de que tem uma irmã bastarda e, desfalecendo, jura amá-la e protegê-la "acima de tudo", lemos o próprio Melville admirando-se por escrito com uma reação tão violenta "a uma notícia que, no curso natural das coisas, muitos cavalheiros afáveis, jovens ou idosos, sabidamente receberam com um sentimento momentâneo de surpresa, seguido de uma pequena curiosidade de saberem mais e, por fim, de um desinteresse absoluto". No decorrer de todo o livro, nós ansiamos por este afável cavalheiro, por este representante de uma sociedade metódica, flexível e mundana. Mas, ao invés, o livro mantém um ininterrupto ritmo febricitante e parece particularmente irreal na ambientação bucólico-pastoral de sua metade inicial, embora Melville tivesse sua própria formação aristocrática e os montes circundantes de Berkshire para inspirá-lo. Na realidade, Melville, embora na terra, estava no mar. A organização doméstica e social que ele imagina é tão gótica e opressiva quanto a concebida por Poe, havendo poucos dos detalhes naturalmente afetuosos da vida familiar que seria de se esperar de um homem que, sob seu teto em Arrowhead, era simultaneamente pai, filho, irmão e marido. Seus seis primeiros livros foram todos narrativas na primeira pessoa baseadas em sua experiência no mar. "The paradise of bachelors" ["O paraíso dos solteiros"] é o título de um de seus contos, e parece representar seu ideal de uma vida boa: homens vagando despreocupados e tranqüilos em companhia masculina, comendo e conversando e lutando juntos contra o destino, constituem seu tema constante e suficiente. A terça parte do mundo que é terra seca e a metade que é do sexo feminino desviavam o rumo de sua imaginação. Nunca mais, depois de *Pierre*, tentará ele transformar mulheres em personagens importantes e, dali para a frente, a sustentação das suas principais obras de ficção será aquosa — se não o mar, então o rio Mississippi em *The confidence man*, ou o deserto palestino de *Clarel* transformado por inúmeras metáforas náuticas em um oceano espectral. A obra-prima de sua velhice, *Billy Budd*, é evidentemente uma narrativa do mar, como o são "Benito Cereno" e "The Encantadas", em *The piazza tales* [Contos da praça]. Até mesmo os personagens de *Pierre* buscam no final alívio em uma curta viagem de balsa, quando o herói anuncia: "Preciso ir para algum outro elemento que não a terra. Tenho estado sentado no dorso da terra até o fastio".

Pierre logra inflamar-se de realidade na parte urbana do romance, na evocação da ameaça da miséria e das provações da literatura. Pierre, ficamos sabendo um tanto tardiamente, tenta ser um escritor; ao evadir-se para Nova York não só com Isabel, mas também com outra jovem abandonada, Delly Ulver, e ao adquirir em seguida mais uma dependente na pessoa da desditosa mas fiel Lucy, da mesma forma como o lar de Melville nos montes Berkshire era composto de uma multiplicidade de mulheres, Pierre tem a intenção de sustentá-las todas escrevendo um livro. A descrição de seus labores é terrível e sinceramente sentida:

> Das oito da manhã às quatro e meia da tarde, Pierre permanece lá sentado em sua sala — oito horas e meia!...
>
> Ninguém deve chamá-lo; ele não deve ser perturbado. Às vezes o ouvido atento de Isabel na sala ao lado escuta o silêncio alternado, e o demorado e solitário riscar de sua pena. É como se escutasse a diligente garra de uma toupeira noturna escavando a terra. Às vezes escuta uma tosse baixa; outras, o raspar da bengala de cabo torto dele [...]. No âmago de tal silêncio, certamente algo está em atividade. Será criação, ou destruição? Construiria Pierre o nobre universo de um novo livro? Ou estaria a Doentia Palidez arruinando seus pulmões e a vida que há nele? — Inacreditável que um homem possa estar assim!
>
> [...] Ele nada come senão à força, tendo assassinado o dia natural; como haveria então de comer com apetite? Se deitar-se, ele não consegue dormir, tendo despertado a vigília infinda que há em si; como haveria então de dormitar? Ainda assim, seu livro, como um vasto planeta desajeitado, revolve em sua dorida cabeça.

Temos aqui um livro descrevendo sua própria composição, e a de todos os volumosos e apressados livros anteriores que, todavia, não garantiram ao escritor imortalidade certa ou renda duradoura.

Em *Pierre*, a julgar por seus comentários nas cartas citadas acima, Melville imaginou estar engendrando "um romance comum", "calculado para a popularidade". O livro em que o pobre Pierre tão arduamente labutou é rejeitado pela editora com a seguinte nota: "Prezado Senhor. O senhor é um escroque. Sob a alegação de estar escrevendo um romance popular, o senhor vem recebendo de nós vários pagamentos antecipados, enquanto envia ao prelo páginas de uma rapsódia blasfema, surrupiada dos vis ateístas, Luciano e Voltaire". Entre as resenhas de *Pierre*, a da *The American Whig Review* mencionava as "doutrinas atrozes" e as "abominações flagrantes", enquanto a do *Southern Literary Messenger* advertia: "quem não desejar contemplar a virtude e a religião pelos olhos de Mefistófeles [...] fará bem em não comprar *Pierre, or The ambiguities* [Pierre, ou as ambigüidades], deixando-o nas estantes da livraria". Autor e herói, igualmente, são incapazes de dedicar suas penas à tarefa necessária, chafurdando em vez em uma "rapsódia blasfema". *Pierre*, tanto no estilo quanto na ação, beira a paródia, uma qualidade que certos críticos tentaram recentemente transformar em virtude, mas que os leitores modernos haverão de achar tão desconcertante quanto os poucos resenhistas contemporâneos do romance. *Typee* e *Omoo* lograram resgatar com sucesso o estilo cativante de um fornecedor de romance e aventura. Com a tremenda expansão intelectual e o relativo fracasso comercial de *Mardi*, Melville iniciou uma relação amargurada com seus possíveis leitores. *Redburn* e *White jacket*, escritos às pressas para recuperar o desastre de *Mardi*, foram, como Melville escreveu a seu sogro e principal fiador do seu lar, o abastado juiz de Massachusetts Lemuel Shaw, "duas *tarefas*, que empreendi por dinheiro — sendo forçado a isso, como outros homens são forçados a serrar lenha [...]. No que me toca pessoalmente, & sem considerar meu bolso, meu sincero desejo é escrever o tipo de livros que se diz irão 'fracassar' — se me for perdoado este egotismo".

Melville, assim como Norman Mailer e lord Byron, começou, aos vinte e poucos anos, com um sucesso ao qual precisou fazer jus o resto da vida. Em ambos os lados do Atlântico, *Typee* provocou uma comoção que ainda reverberava quando toda a produção restante de Melville já havia sido esquecida. Mas o que significava ser um *best-seller* nos Estados Unidos em meados do século XIX? Dois anos e meio após a publicação de *Typee* em 1846, o irmão de Melville, Allan, contabilizou a edição americana do livro lançada por Wiley & Putnam. De uma tiragem total de 6500 exemplares, 2178 cópias encadernadas em musselina a um dólar cada e 3575 brochuras a 75 centavos haviam sido vendidas, perfazendo uma receita total de (aproximadamente) US$ 3235,94, menos US$ 1663,01 do custo da edição, perfazendo um lucro de US$ 1572,93; a Melville coube a metade, US$ 786,46. *Omoo* também vendeu bem, mas não tão bem. A edição da Harper & Brothers vendera, até 1º de agosto de 1847, em torno de 3600 exemplares, proporcionando a Melville um lucro de US$ 718,79, menos um adiantamento de quatrocentos dólares. Depois de *Mardi*, que vendeu pouco mais de 2 mil exemplares, os balanços da Harper mostram que Melville, como resultado dos adiantamentos recebidos, estava em débito com a editora, embora *Redburn* e *White jacket* tenham vendido bastante bem. *White jacket*, na realidade, foi seu segundo livro de maior sucesso. *Moby Dick*, dezoito meses após o lançamento, vendera nada desprezíveis 2300 exemplares; entretanto, oito meses após a publicação, *Pierre*, pelo qual Melville recebera um adiantamento de quinhentos dólares, encontrara compradores para ínfimos 283 livros de uma esperançosa edição de 2310 exemplares. Durante toda a vida de Melville, os *royalties* sobre a "tigela de leite" alcançaram míseros 157 dólares. Evidentemente, as edições inglesas não devem ser esquecidas, pois podiam conferir a um autor dos Estados Unidos do século XIX mais prestígio e tanto lucro quanto as americanas, e o acerto de contas em geral era feito mais cedo. Pelos cálculos de Allan, as receitas britânicas de Melville provenientes de seus cinco primeiros livros totalizaram US$ 3775,05, ou pouco mais do que o total americano de US$ 3591,21. Estes montantes, somados a um adiantamento de setecentos dólares, pela publicação inglesa de *Moby Dick*, totalizam mais de 8 mil dólares, ou seja, uma renda anual média, ao longo de cinco anos, de 1600 dólares — tornando Melville um dos autores americanos mais bem remunerados da época. Todavia, em 1851, ele estava profundamente endividado, devendo à Harper & Brothers centenas e, ao seu sogro, milhares de dólares. Na Inglaterra, a firma de Richard Bentley recusou-se a pagar qualquer adiantamento por *Pierre*, alegando ter tido um prejuízo de 450 libras esterlinas com os quatro livros anteriores de Melville.

Pois bem, como é que estas cifras se traduziriam em valores de hoje? Os Estados Unidos tinham em 1850 cerca de 23 milhões de habitantes, de modo que os 6 mil exemplares de *Typee* vendidos podem ser multiplicados por dez para obtermos uma equivalência moderna; uma vendagem de 60 mil exemplares de capa dura poderia colocá-lo nos postos mais baixos da lista de mais vendidos do *The New York Times* durante cerca de um mês. Poderíamos aplicar a mesma regra de dez aos valores em dólar, num mundo onde um livro encadernado custava um dólar, uma maçã um centavo, um selo três centavos, uma refeição em restaurante quarenta centavos, um escravo mil dólares, e uma fazenda em Pittsfield 6500 dólares. Mesmo que façamos o dólar de 1850 valer quinze dos nossos, Melville não seria rico de acordo com, digamos, os padrões de seu cunhado Lemuel Shaw Jr. — que deixou um espólio de mais de 300 mil dólares —, ainda que suas vendas prosseguissem no mesmo ritmo das de *Typee*. Quando, enfim, nos últimos meses de 1866, Melville obteve o cargo público de inspetor adjunto da alfândega da cidade de Nova York, seu salário era quatro dólares por dia, o que equivaleria a cerca de 1200 dólares por ano — uma "ninharia", de acordo com o seu cunhado John Hoadley em 1873, mas o suficiente para viver, somado à renda do capital de sua esposa, e muito mais do que ganhou em média nos vinte anos de escritor. Os Estados Unidos de seu tempo talvez se parecessem com os países do Terceiro Mundo de hoje: capazes de gerar uma precária comunidade literária, mas com um público leitor insuficiente para, por si só, sustentar escritores em tempo integral. Os primeiros escritores profissionais americanos de renome, Washington Irving e James Fenimore Cooper, foram homens relativamente ricos; irritava ainda mais Melville ter parentes ricos cujos donativos não faziam mais do que ressaltar o *pathos* da sua luta pessoal para manter uma família com uma pena cada vez mais voluntariosa. "Os dólares são a minha danação", escreveu ele a Hawthorne. "Aquilo que eu me sinto mais impelido a escrever, isto é proibido — não rende. Mas, definitivamente, escrever do *outro* jeito eu não consigo. De modo que o resultado acaba sendo uma mixórdia final, e todos os meus livros são feitos de remendos grosseiros."

Restava-lhe o universo em expansão das revistas e periódicos, que empregara e publicara Poe, e que introduzira o jovem eremita de Salem, Hawthorne, no âmbito da palavra impressa. A esta forma de profissionalismo voltou-se Melville, com resultados surpreendentemente sólidos. Depois de *Pierre*, cuja recepção pelo público fora quase tão devastadora para seu autor quanto o enredo fora para o herói, a família de Melville tentou conseguir para ele um posto consular como o que Hawthorne obtivera do novo governo de Franklin Pierce; mas nenhuma sinecura dessa espécie despontou. Todavia, em outubro de 1852, os editores de um novo periódico, *Putnam's Monthly Magazine*, enviaram a Melville uma carta convidando-o a tornar-se colaborador. Ele, evidentemente, largou vários projetos de livros que vinha desenvolvendo — um deles uma "Tortoise hunting adventure" ["Aventura de caça à tartaruga"], pelo qual a Harper lhe adiantara trezentos dólares, e o outro uma idéia que ele tentara persuadir Hawthorne a executar, a história de Agatha, uma esposa separada do marido marinheiro — para escrever em 1853 o célebre conto "Bartleby, the scrivener" ["Bartleby, o amanuense"]. No ano seguinte, ele preparou cinco outros contos e uma obra mais longa chamada *Israel Potter*, que apareceu em série na *Putnam's* antes de ser publicada em forma de livro. Nos dois anos subseqüentes, Melville compôs outras oito narrativas, além do seu adeus à arte do romance, *The confidence man*. Ao que se sabe, a *Putnam's* recusou somente uma de suas peças, "The two temples" ["Os dois templos"], mas não por motivos estéticos e sim por temor de ofender as suscetibilidades dos paroquianos da Grace Church de Manhattan. Melville era pago por página: recebeu da revista 85 dólares por "Bartleby", 37,50 pelo conto hawthorniano "The bell tower" ["O campanário"] e generosos 421,50 por *Israel Potter*. Era uma boa remuneração para a época, mas as gratificações de publicar em periódicos não induziram Melville a permanecer muito tempo no ramo. Depois da Guerra Civil, a *Putnam's Monthly*, que falira em 1857, foi revivida como *Putnam's Magazine*, e seu prospecto indagava: "E onde [...] está Herman Melville? Teria esse copioso e imaginativo autor [...] abandonado a pena justamente quando ela poderia tornar-se tão remuneradora para si e tão satisfatória para o público?" Embora Melville tenha escrito aos editores: "Podem me incluir na lista de prováveis colaboradores", ele jamais voltou a escrever para a revista. Quando, em 1856, reuniu em *The piazza tales* seus contos e bosquejos publicados, deixou metade deles de fora e nunca mais vendeu peças curtas para revistas. Sua renda total durante esses três anos recebendo por tarefa foi estimada em 750 dólares.*

The piazza tales é, junto com *Moby Dick*, *Typee* e *Billy Budd*, a obra mais lida de Melville, e sinto que não preciso falar muito sobre elas aqui, além do fato de evidenciarem uma surpreendente competência, maestria mesmo, que Melville optou por pouco exercer. "Preferiria não fazê-lo" é uma famosa frase de Bartleby, e há em todas essas narrativas uma certa reserva, um esmaecimento para o marrom e cores sombrias do colorido vivaz e negros brilhantes da obra anterior, uma desolação que figura obsessivamente no sinistro navio tomado por escravos de "Benito Cereno" e nas ilhas vulcânicas de "The Encantadas". O estilo, embora seja uma recuperação triunfante dos tropos frenéticos de *Pierre*, não tem o mesmo tom intrépido, jocoso, precocemente fluente e ávido dos romances do mar. É um estilo ligeiramente *castigado*, com um quê de abrasivo e uma agressividade latente. Por mais admiráveis, estas narrativas não parecem inteiramente à vontade; suas superfícies não são límpidas e sedutoras, como nas narrativas de Hawthorne. Todo o desconforto de Melville acabará por explodir em *The confidence man*, cuja textura é a de dentes rangendo. Porém, antes de nos atracarmos com esta obra, gostaria de considerar por um instante *Israel Potter*, o único livro esgotado de Melville, apesar de encantador, e um que mostra como ele sabia entreter quando forçado pelas exigências de um animado intento profissional.

(*) Citado por William Charvat, em seu ensaio extremamente informativo "Melville's income" ["A renda de Melville"], em *American Literature* xv, 1944, p. 251-61.

Assim como "Benito Cereno", *Billy Budd* e o abortado (e totalmente perdido) *Agatha*, *Israel Potter* é baseado em um documento — um panfleto, impresso em Providence, em 1824, que Melville "salvara por mero acaso das mãos dos catadores de lixo". O título da capa, *Life and remarkable adventures of Israel R. Potter*, descreve a vida e as notáveis aventuras de Israel R. Potter, "que foi soldado na Revolução Americana e teve papel eminente na Batalha de Bunker Hill [...] após a qual foi feito prisioneiro pelas tropas britânicas, enviado para a Inglaterra, onde durante trinta anos ganhou a vida para si e sua família gritando 'Consertam-se cadeiras velhas' pelas ruas de Londres — [...] tendo finalmente conseguido (no 79º ano de vida) obter uma passagem de volta a sua terra natal, após uma ausência de 48 anos". É na seqüência dessas bizarras e não muito conseqüentes memórias que Melville vai enveredando com afabilidade, elaborando, poetizando e inventando biografias de eminências como Benjamin Franklin, John Paul Jones e Ethan Allen — proporcionando-nos pelo caminho uma noção vívida do panteão patriótico americano quando suas deidades jaziam ainda havia algumas poucas décadas na cova. Embora ocasionalmente cáustico, o livro tem algo do patriotismo ingênuo de seu herói, e aquela inocência de um Estados Unidos edênico que se perdeu para sempre na década de 1850. *Israel Potter* é notável por conter o único esboço, em todo o Melville pós-melanesiano, de uma mulher concebida como um objeto sexual atraente: nosso herói é hóspede do embaixador Franklin em Paris e

> dá com uma jovem francesa, de faces rosadas, lacinhos cor-de-rosa no chapéu, vivacidade em todo o seu jeito, graciosa até a ponta dos cotovelos. A mais encantadora aiazinha de Paris. Tudo nela era arte, embora fosse o próprio retrato de ingenuidade.
>
> — Monsieur! *pardon*!
>
> — Ah, eu te *pardono* sim — disse Israel. — Vieste visitar o embaixador?
>
> — Monsieur, és de... de... — mas, sucumbindo aos próprios limites do seu inglês, desfiou uma longa fieira de francês cristalino, cuja finalidade era transmitir uma profusão de finos elogios ao forasteiro, com inúmeras indagações ternas e carinhosas sobre ele estar confortavelmente alojado, e se não haveria algo, por mais insignificante, faltando para completar o seu bem-estar.

Para encontrarmos equivalentes destes lacinhos e cotovelos graciosos, teríamos de voltar até Fayaway em *Typee*. *Israel Potter* também contém algumas inigualáveis descrições de batalhas no mar, olímpicas na atmosfera e estonteantes por sua poesia:

> O sol ia agora se pondo calmamente sobre a verdejante terra da Irlanda. O céu estava sereno, o mar liso, o vento suficiente apenas para impelir firme e gentilmente as duas embarcações. Após os primeiros disparos e

> algumas manobras, os dois navios deslizaram adiante desimpedidos, lado a lado naquele ar ameno, alternando seus costados mortíferos, como dois cavaleiros amigos montados em seus corcéis numa planície, conversando pelo caminho.

Metáforas abundam: Melville transmuta numa meditação sobre a humanidade o fato insignificante de Potter haver trabalhado certa época numa olaria; na fornalha da imaginação, tijolos transformam-se em homens e Israel Potter, enquanto despeja argila úmida nos moldes, pensa: " 'Que importa o que somos, ou onde estamos, o que fazemos?' *Slap-dash*!* 'Reis ou palhaços, todos não passam de velhos malucos — quem há que não seja um ninguém?' *Splash*! 'Tudo é barro e vaidade' "

Nenhum escritor, nem mesmo Dickens, pode tecer uma trama a partir do nada; mas Melville, em especial, foi um bordador que, para pôr sua agulha em ação, precisava de um tecido já preparado, fosse o de suas próprias aventuras rememoradas, fosse o de algum relato alheio. Seu senso de verdade retinha-o obstinadamente ao real; ele foi, num estilo que podemos hoje reconhecer como moderno, ao mesmo tempo livresco e autobiográfico. Embora um tal escritor jamais esgotará os livros de outros homens, ele pode exaurir a autobiografia.

Ora, muitas coisas opressivas aconteceram a Melville nos anos após a publicação de *Moby Dick* além da recepção indiferente ao romance. Hawthorne e sua família, um tanto abruptamente, deixaram a região dos Berkshire e foram para o leste de Massachusetts, após breves dezoito meses. Embora, a meu ver, seja possível exagerar o amor de Melville por Hawthorne, esta afeição certamente existiu, como mostram a monodia melvilliana composta por ocasião da morte de seu colega mais velho e o personagem intenso mas estranhamente inerte de Vine em *Clarel*. Melville, como Hollingsworth diante de Coverdale em *The Blithedale romance* (que Hawthorne escreveu no ano imediatamente depois de deixar os Berkshire), insistiu demasiado no desejo de ser chamado "irmão", ainda que seja improvável que esse tenha sido o motivo do afastamento de Hawthorne; a amizade continuou persistindo esporadicamente durante anos. No tocante ao lar, duas novas filhas foram acrescidas às responsabilidades de Melville, e sua saúde, constante tema de preocupação nas cartas de sua esposa, indubitavelmente deteriorou-se em 1855; reumatismo e ciática mantiveram-no de cama por

(*) Onomatopéia representando o som do barro caindo nos moldes mas também substantivo que significa desleixo e brusquidão. (N. T.)

semanas a fio. Em convalescença, ele escreveu o bosquejo "I and my chimney" ["Eu e minha chaminé"], que, apesar de citado com simpatia pelos atuais curadores municipais de Arrowhead, é uma excruciante revelação ao mesmo tempo chistosa e transparente das suas atitudes domésticas. O conto é uma fantasia em que a esposa e as filhas do narrador conspiram para derrubar uma enorme chaminé de tijolos que é seu grande conforto e orgulho. A chaminé parece ser um símbolo fálico da independência masculina e também, com seus muitos compartimentos secretos, um símbolo de sua vida criativa.

"Devo dizer algumas palavras sobre esta minha empreendedora esposa", adverte-nos o narrador. "Sua máxima é: 'Tudo o que existe está errado; tudo o que existe a mais deve ser alterado; e tudo a mais que ainda exista deve ser alterado imediatamente'. Apavorante máxima para a esposa de um velho e entorpecido sonhador como eu." Esta esposa-ogra propõe ela própria "assumir toda a responsabilidade pelos meus negócios", e um certo sr. Scribe é chamado para verificar a solidez da chaminé. A referência talvez não seja apenas à ciática de Melville, mas também a uma outra ocasião anterior, por volta da publicação de *Pierre*, quando — de acordo com o estudioso William Braswell, que baseou sua informação em conversas com a bisneta de Melville, Eleanor, e com Raymond Weaver, seu primeiro biógrafo — "ele provocara em si mesmo uma tão alarmante condição de nervos que a família solicitou um exame médico da sua sanidade".* Os médicos o consideraram são, assim como Scribe considera sólida e firme a chaminé, mas os resenhistas de *Pierre* contestaram brutalmente a sanidade de seu autor. Segundo o *Post* de Boston, "dir-se-ia que [...] a mais louca obra de ficção existente [...] proveio de um hospício de lunáticos e não dos recantos tranqüilos de Berkshire", e *The Southern Quarterly Review* afirmou: "Quanto antes este autor for internado num asilo, melhor". Embora Melville não tenha deixado registro de sua reação, tais insultos certamente magoariam a fundo um homem que aos doze anos viu seu pai morrer como um louco furioso. A questão da "sanidade" pairava sobre Melville, e muitas dúvidas sobre si mesmo devem tê-lo rondado freqüentemente no leito naqueles anos extenuantes de meados da década de 1850. Porém, mais importante do que todas as opressões e privações, reais ou imaginadas, foi, talvez, algo ocorrido no próprio corpo da sua obra: *Moby Dick* despendeu a derradeira porção significativa do capital artístico de Mel-

(*) Citado por Willard Thorp em "Melville's 'I and my chimney' " (*American Literature* XIII (1941), p. 142-54), que também discute a possibilidade de Oliver Wendell Holmes — vizinho ocasional dos Melville nos Berkshire que, é claro, além de médico era também escrevente — ser o intrometido Scribe do conto.

ville, seus anos no mar. Dali para a frente, ele precisaria recorrer aos relatos de outros marinheiros ou escrever sobre terra firme. Mas pouco do que via à sua volta em Pittsfield interessava-o o suficiente para escrever a respeito, e pouco havia sobre o qual pudesse escrever com franqueza. "I and my chimney" é um tal ataque às mulheres de sua vida que Elizabeth Melville sentiu-se obrigada a tomar a pena em defesa própria, nas margens de um exemplar guardado junto com o álbum de recortes das contribuições de seu marido a revistas e periódicos: "Tudo isso sobre a sua esposa aplicava-se a sua mãe, que era muito vigorosa e enérgica com relação à fazenda etc. A proposta de demolir a chaminé é inteiramente mítica".

A última tentativa por parte de Melville de reconquistar o público que outrora existira para seus romances abordou um tema da moda: o Oeste americano e o vigarista das barcaças do Mississippi, o trapaceiro da fronteira. É quase certo que Melville tenha lido no periódico *Harper's New Monthly*, que assinava e do qual era colaborador, o bosquejo de Thomas Bangs Thorpe, "Remembrances of the Mississippi" ["Lembranças do Mississippi"], que foi publicado no número de dezembro de 1855, pouco antes de ele iniciar *The confidence man*. Melville estivera no Mississippi em 1840, em visita ao fascinante, excêntrico e malsucedido tio Thomas. Quaisquer esperanças que tenha nutrido em relação a essa viagem revelaram-se vãs; no final do ano ele retornara para a costa leste e partira para a sua primeira fatídica viagem baleeira. Lembranças da viagem ao Mississippi, de sua infortunada família e de sua melancólica juventude podem ter contribuído para o lúgubre pessimismo de *The confidence man*. Esta obra rabugenta e inerte tem sido objeto de muitas críticas e comentários eruditos nas últimas décadas, só perdendo neste aspecto para *Moby Dick*. E não resta dúvida de que há muito a ser dito a favor dela: sua engenhosidade literária propicia análises acadêmicas, além de antecipar uma tendência apocalíptica da ficção americana, do Twain maduro a Nathanael West e aos humoristas negros mais recentes. Tétrico é o livro, de fato, e jocoso é o seu intento; mas qualquer apreciação deve começar por reconhecer que ele é sufocante a ponto de ser quase ilegível. Como disse com sagacidade o comentador R. W. B. Lewis, a obra presta-se mais a ser relida do que lida e "parece mais inchar e espessar do que avançar". Se *Pierre* ao menos é um mau romance, *The confidence man* nem sequer chega a ser um romance: é uma série de conversas afetadas e pouco prazerosas sobre o tema da confiança. O Vigarista* em si, implausivelmente ataviado numa das primeiras cenas como um "grotesco negro aleijado [...] reduzido à estatura de um

(*) Coloquialmente, *confidence man* é o homem que usa a confiança de sua vítima para lográ-la. (N. T.)

cão terra-nova'', vai assumindo uma série de disfarces menos deformados e privando seus co-passageiros na barcaça fluvial *Fidèle* de alguns de seus dólares; porém, por volta da metade da viagem, Melville parece esquecer-se da questão das patifarias e permite que seu matreiro personagem central permaneça num único traje e regozije-se num desfile de diálogos bombásticos. Vários críticos notaram o efeito estonteante, vertiginoso, de *The confidence man*; tem-se a sensação de um infindo rodopiar sem propósito. O objetivo da vigarice desaparece em alguma outra finalidade mais escusa, satisfeito, ao que parece, pelo mero discurso. O romance, com praticamente nenhum personagem feminino, embora não poucas mulheres devam ter viajado naquelas barcaças fluviais, parece-me a mais homossexual das obras de Melville; como em muitas peças da *off*-Broadway, os homens tentam ''atacar'' uns aos outros com uma espécie de gralhar impiedoso e grudento. A ação é inteiramente verbal, e desenrola-se num vácuo sensorial; não há qualquer esforço para tornar real o barco em si ou o rio ou suas margens — quão longe estamos daquelas sensações de mar que os primeiros livros nos proporcionavam! Aqui o estilo de Melville rejeitou a voluptuosidade que excitara e até escandalizara seus primeiros leitores, e varia do ríspido, brusco e seco ao monstruoso, como na sentença abaixo:

> Por analogia, ele associa o corte enviesado das abas da casaca do sofismador ao relance sinistro de seu olhar; pondera a fala macia do velhaco à luz conferida pelo teor evasivo da suave sinuosidade do roto calcanhar de suas botas; os servilismos bajulatórios do insinuador concatenam-se com os da besta servil que vai enroscando-se em sua barriga.

Entretanto, o tema, a confiança, é poderoso. A confiança é o lubrificante do espírito empreendedor americano, ''a base indispensável de todos os tipos de transações comerciais'', o incentivo necessário para lançar uma estrutura econômica franzina e vacilante sobre uma nação ainda rude e esparsamente povoada; o tema mereceria uma sátira ou uma tragédia, nenhuma das quais Melville estava bem preparado para escrever. É impossível não pensar o que Mark Twain teria feito com esse material; e, curiosamente, em certos momentos o Vigarista soa muito como Whitman: ''Homem nenhum é um estranho. Você aborda qualquer um. Caloroso e confiante, você não está preso a nenhuma formalidade''. Mas Melville, embora nascido no mesmo ano e na mesma região que Whitman, voltou os olhos à direção oposta — não para a frente, em direção à apoteose democrática, mas para trás, ao calvinismo e suas lúgubres negações. O que o fascinava e o enfurecia era a universalização da confiança como fé religiosa. Os elos entre o sentido comercial e o sentido religioso deste conceito estavam, e estão, firmemente estabelecidos na fórmula americana de sucesso. O Vigarista, em sua figuração mais ampla, a de "o cosmopolita", congrega tudo isso, exaltando a imprensa como "defensora da fé no triunfo final da verdade sobre o erro, da metafísica sobre a superstição, da teoria sobre a falsidade, da máquina sobre a natureza, e do homem bom sobre o mau". O otimismo, fosse o de Emerson ou o de Goethe ou o da imprensa americana, mortificava Melville. Seu navio dos tolos chama-se *Fidèle* — fiel. "Uma concepção correta do universo", tagarela o Vigarista, "uma concepção propícia à geração da confiança adequada, ensina [...] que [...] todas as coisas são regidas com justiça." Melville duvidava disso; mas consternava-se por duvidar; e sua consternação o fazia titubear.

Ismael, no famoso capítulo (XLII) sobre a brancura de Moby Dick, tenta nos dizer do que a grande baleia é símbolo:

> Será que por sua indefinição ela representa os vazios e imensidades sem coração do universo, e assim nos apunhala por trás com o pensamento da aniquilação, quando contemplamos os brancos abismos da Via-Láctea? Ou será porque, no fundo, o branco não é bem uma cor, mas a ausência visível da cor, e ao mesmo tempo a suma de todas as cores; será por isso que há uma brancura muda e cheia de sentido numa ampla paisagem nevosa — um descolorido, onicolor ateísmo ante o qual recuamos?*

Melville recuou ante o ateísmo, e esquivou-se de todos os teísmos fáceis. Para ele, a cabeça da grande baleia é como um "muro fechado, inerte, sem um único órgão ou tenra proeminência de qualquer tipo"; "sua fronte é vasto firmamento, trançada com enigmas; submergindo e arrastando cegamente a ruína de barcos, navios e homens". "Vendo-o assim, totalmente de frente, sente-se a Deidade e os poderes medonhos mais intensamente do que ao se contemplar qualquer outro ente da natureza viva." No clímax do livro, numa frase muito curiosa, quando Moby Dick arrebenta o navio de seus perseguidores com "o branco e sólido botaréu de sua fronte", o animal é visto "vibrando sua cabeça predestinadora". Predestinação: a terrível ausência de Deus, do Deus calvinista, torna-se, de certo modo, Deus. Moby Dick representa o horror absoluto de um universo sem Deus, um horror tão aterrador que incita à adoração. Melville já foi descrito como místico; para mim, contudo, ele nada tem do misticismo que poderíamos atribuir a Wordsworth ou D. H. Lawrence. Melville é um homem racional que quer que Deus exista. Quer que Ele exista pelos mesmos motivos que todos nós queremos: para nos resgatar e nos valorizar, para ser nosso confidente em momentos de crise e para nos assegurar que, transposto o horizonte da nossa morte, haveremos de sobreviver. Depois de completar *The confidence man*, mas sem aguardar sua publicação, Melville fez uma viagem à Terra Santa pa-

(*) Tradução de Péricles Eugênio da Silva Ramos. (N. T.)

ra se recuperar e fortalecer. Desembarcou antes na Grã-Bretanha, onde encontrou-se com Hawthorne, que na época era o cônsul americano em Liverpool, e lhe disse, numa famosa conversa anotada nos diários de Hawthorne, que "havia basicamente decidido aniquilar-se". "Porém", prossegue Hawthorne em seus apontamentos, "Melville não parece encontrar repouso em tal antecipação." Ficamos a imaginar se Melville estava ciente de que naquele momento o prodigioso escritor em prosa dentro de si já encontrara repouso definitivo.

Ao retornar de suas viagens pela Europa e Oriente Médio, de acordo com seu cunhado Lemuel Shaw Jr., Melville fez o seguinte anúncio: "Herman avisa que por ora não irá mais escrever & que deseja obter um posto na alfândega de Nova York". Somente em 1866, contudo, sua ambição foi satisfeita; durante o resto da década crucial de 1850, Melville dedicou-se a proferir conferências, nunca recebendo mais do que cinqüenta dólares por palestra. Nesse circuito, discorrendo sobre escultura romana ou sobre as ilhas da Polinésia, ele recebeu críticas boas e más. No começo de dezembro, o *Daily Journal* de Boston noticiou:

> A palestra foi bastante interessante para aqueles de pendor artístico; mas imaginamos que uma parte maior da platéia teria preferido algo mais moderno e mais pessoal.

Um mês depois, o *Daily Herald* de Cleveland expressou a seguinte opinião:

> O sr. Melville possui uma voz melodiosa, e sabe discursar muito corretamente; mas o seu tom contido e uma falta geral de animação impede-o de ser um conferencista popular [...]. Nós repetimos nosso axioma: bons escritores não são necessariamente bons conferencistas.

Em Rockford, Illinois, os jornais locais foram menos filosóficos; um deles protestou: "Raras vezes tivemos a oportunidade de presenciar uma imposição mais dolorosa sobre uma platéia", enquanto outro concluía: "Nenhum homem tem o direito de declarar-se conferencista a cinqüenta dólares por noite se não é capaz de nem por um instante despregar os olhos do manuscrito".

Diante de tais imprecações, apresso-me em pôr um fim ao meu relato do retraimento de Melville, e em comprimir os últimos trinta anos de sua vida em algumas poucas sentenças. Melville proferiu sua última palestra no início de 1860, tendo recebido com esta atividade um total de 1273,50 dólares, e em 1863 ele e sua família mudaram-se de Pittsfield, da fazenda que nunca fora idílica, para o número 104 da rua 26 Leste, em Nova York, quando Melville passou a trabalhar como funcionário da alfândega e a contribuir para sua própria obscuridade cada vez mais profunda. Perto do fim de sua vida, havia periodicamente nas colunas literárias uma comoção sobre o fato de ele ainda estar vivo. O inglês Robert Buchanan, versificador e estudioso das letras americanas, em visita a Nova York em 1885, não conseguiu encontrar o homem que ele denominou "o único grande autor imaginativo, naquele continente, digno de figurar ao lado de Whitman", e publicou um poema reclamando que

> Melville, cuja magia suscitou Typee,
> Radiante como Vênus, do fundo do mar,
> Permanece esquecido e ignorado,
> Enquanto merceeiros são adorados!
>
> [*Melville, whose magic drew Typee,*
> *Radiant as Venus, from the sea,*
> *Sits all forgotten and ignored,*
> *While haberdashers are adored!*]

Contudo, os encantos de *Typee* e *Omoo* nunca chegaram a ser inteiramente esquecidos, e estão presentes nas memórias de escritores mais jovens, como Jack London e Robert Louis Stevenson. Estranhamente, naqueles últimos e silentes anos, os balancetes que a Harper & Brothers enviava a Melville passaram a indicar não mais um débito, e sim um modesto rendimento em direitos autorais.* Após sua morte no outono de 1891, um comunicado para o *Times* de Nova York intitulado "The late Henry Melville" ["O finado Henry Melville"] lembrou como certo romeiro, ao visitá-lo em sua casa, ouviu solenemente do autor que ele mesmo não possuía um só exemplar de seus próprios livros.

Entretanto — e esta é nossa última surpresa —, Melville na verdade nunca deixou de escrever; ele jamais renunciou a sua busca de eminência literária, apenas alterou o modo e reduziu o ritmo. Tão logo abandonou a prosa, começou a estudar e escrever poesia, como um meio talvez melhor adequado à pureza de suas aspirações e a sua inclinação metafísica. Em maio de 1860, ele completara um volume de poemas, que Charles Scribner não quis publicar. Durante toda a Guerra Civil, escreveu poemas baseados em notícias chegadas dos campos de batalha — um dos melhores fala de um acontecimento que ele testemunhou à distância, os motins contra o recrutamento militar obrigatório em Nova York, em 1863 — que foram reunidos em *Battle pieces* [Peças de batalha], publicado pela Harper em 1866. Depois de aposentar-se na alfândega em 1885, Melville publicou por conta própria duas pequenas coletâneas de poemas em brochuras, com edições de apenas 25 exemplares cada uma: *John Marr and other sailors* [John Marr e outros mari-

(*) E, em 1892, a U. S. Books lançou novas edições de *Typee*, *Omoo*, *White jacket* e *Moby Dick* — Elizabeth Melville escreveu que elas "venderam muito bem".

nheiros] (1888) e *Timoleon* (1891). A poesia de Melville foi a última de suas produções a ter seu mérito novamente reconhecido. Hoje, porém, pode ser encontrada em qualquer antologia, e críticos do porte de um Randall Jarrell ou de um Robert Penn Warren colocam-no ao lado de Whitman e Emily Dickinson. Talvez sejamos hoje mais tolerantes com a estranheza e as evasivas que tornaram seus versos abomináveis para os críticos da época. Porém, nem mesmo o mais entusiasmado e solidário leitor de Melville pode hoje deixar de impressionar-se com uma sensação de esforço deliberado e obstinado que os poemas deixam atrás de si, com um efeito de *murmúrio* totalmente distinto do jorro gutural de sua prosa. Assim como Hardy, outro romancista que se tornou poeta por desgosto, Melville nos comove com seu empenho em verter sobre nós sua honestidade e complexo discernimento através dos resistentes sarrafos da métrica e da rima. Enquanto Whitman e Dickinson renegaram a pomposa variedade das formas poéticas vitorianas e criaram prosódias pessoais, Melville almejou instruir através da métrica tradicional, brandindo as estrofes das trovas inglesas com freqüentes arcaísmos de elocução e obtendo uma melodia resoluta de ferro e madeira. *Battle pieces* foi a última tentativa de Melville para atrair a atenção do público, e seu último volume lançado comercialmente. A publicação de sua *magnum opus* poética, *Clarel*, foi financiada por ele mesmo com uma doação de seu tio Peter Gansevoort, em 1876. Nenhum volume mais incongruente poderia ter sido lançado no centenário da independência americana, em meio aos floreios vulgares da Era Dourada. Uma obra maçuda de mais de 18 mil versos em tetrâmetros rimados, *Clarel* é um poema épico sobre a dúvida, composto para doze vozes masculinas e situado, por assim dizer, em meio às rugas ameaçadoras da fronte de Moby Dick.

The confidence man tem um final abrupto, à maneira de Beckett, atulhado por Melville com mais significado cósmico do que é capaz de suportar. Sob o convés, o Vigarista convence um velho de poucas luzes de que um criado-mudo, juntamente com o urinol que o acompanha, poderiam servir de salva-vidas, e com essa garantia arrasta-o escuridão adentro. "Algo mais poderá advir desta Mascarada", diz a última sentença — e, embora outros mais entendidos em Melville tenham se debatido com esta pista sem chegar a uma conclusão, ouso afirmar, seguindo uma sugestão de Jay Leyda,* que se trata de fato da promessa

(*) Na página 563 de *The portable Melville*, organizado por Leyda, este observa numa nota: "Não é de se admirar que ele tenha planejado uma continuação para sua *Mascarada*, sem se dar conta, porém, de que escrevera o último romance que veria publicado. [...] Os personagens que 'recolheu' no Egito, Ásia Menor e Europa haveriam de permanecer meros apontamentos em seu diário".

de uma continuação, e que *Clarel* é esta continuação. Imediatamente após terminar *The confidence man*, Melville embarcou para a Terra Santa com, atrevo-me a dizer, uma esperança razoável de que essa viagem lhe proporcionasse material suficiente para outra sátira picaresca com o mesmo tema da confiança e do logro. Ele manteve escrupulosamente um diário, e por ele ficamos sabendo que suas impressões da Palestina foram negativas mas intensas. Sobre Jerusalém, ele escreveu: "A cor da cidade inteira é cinza & nos fixa com o olhar gélido e cinzento de um velho cinzento e gelado [...] no vazio da antiguidade inanimada de Jerusalém os judeus emigrantes são como moscas que construíram sua morada numa caveira". Aridez e decadência tomaram de assalto seus sentidos, sobre o local da ressurreição de Cristo, Melville observou: "É como penetrar um alumiadouro aceso. Forçados para dentro, semiestonteados, contemplamos por um instante a ineloqüência da laje arrebicada até que, felizes por sair, enxugamos a testa, alegres como se houvéssemos escapado do calor & abafamento de uma tenda circense. Tudo reluz & nada é ouro. Um embuste nojento. O semblante do mais pobre & ignorante peregrino parece tacitamente confessar isso tanto quanto o nosso". Lentamente, no decorrer dos quase vinte anos seguintes a estas anotações, Melville, seguindo o estado de ânimo e a métrica das "Stanzas from the grande chartreuse" ["Estâncias da grande chartrense"], de Matthew Arnold, e recorrendo a guias de viagem e a toda a amarga sabedoria de sua vida de desilusões, construiu uma narrativa emaranhada e verborrágica sobre peregrinos caminhando de Jerusalém ao mar Morto e a Belém, e voltando, através de desertos pedregosos; um verso já perto do fim exclama: "Ó cego, cego, ermo universo!" ["*O blind, blind, barren universe*!"]. Os personagens, como em *The confidence man*, pretendem ser uma amostra representativa, mas são desenvolvidos com mais tolerância e menos pressa. Melville incluiu duas versões de si mesmo no poema, o atormentado jovem estudante de religião, Clarel, e o humanista mais robusto de meia-idade, Rolfe, além de uma versão de Hawthorne chamada Vine, e um clérigo anglicano meliorista de nome Derwent, bem como uma variedade de monomaníacos europeus e americanos no exílio, e vários acompanhantes muçulmanos que falam um inglês muito elegante. O poema chega a ser cômico em suas canhestras inversões de rima:

Sob as ruínas tombadas antigas
Em série de Moriá roladas
Caminha Kedron furtivo?

[*Beneath the toppled ruins old*
In series from Moriah rolled
Slips Kedron furtive?]

E na sua inocente insipidez:

> Vagando pela orla tortuosa
> Ensaiando estes problemas como ardil,
> Clarel na outra margem
> Avistou Vine. Sobre uma rocha
> Agachado e emudecido assim,
> Curvado sobre a onda Vine sentava-se imóvel.
>
> [*Roving along the winding verge*
> *Trying these problems as a lock,*
> *Clarel upon the further marge*
> *Caught sight of Vine. Upon a rock*
> *Low couchant there, and dumb as that,*
> *Bent on the wave Vine moveless sat.*]

Mas pode também ser bastante vívido, com suas imagens de deserto compulsivamente associadas a lembranças do mar:

> Duas torres coroam o pico da montanha de Sabá;
> Uma, a de mais ampla atalaia intimorata,
> Monges com freqüência galgam ou dia ou noite
> Perscrutando por árabes. Ao vento
> Também marinheiros no alto da gávea vigiam
> Os mares azul-argênteos,
> Para se prevenirem do esguio malaio,
> O perigoso diabrete cujo exíguo parau
> Grandes quilhas já lastimaram — como na hora sinistra
> A baleia lamenta a delgada acometida do espadarte.
>
> [*Towers twain crown Saba's mountain height;*
> *And one, with larger outlook bold,*
> *Monks frequent climb or day or night*
> *To peer for Arabs. In the breeze*
> *So the ship's lifted topmen hold*
> *Watch on the blue and silver seas,*
> *To guard against the slim Malay,*
> *The perilous imp whose slender proa*
> *Great hulls have rued — as in ill hour*
> *The whale the sword-fish's lank assay.*]

Comparada com a de *Pierre* e *The confidence man*, a atmosfera de *Clarel* emana alívio; ainda há dor na temática, mas menos no ato da escrita. Melville ocupa-se aqui de seu passatempo favorito: devanear sobre questões absolutas num clima de companheirismo másculo. Os personagens não ficam plenamente delineados, mas, como se fossem coleções de fatos, são vistos de diferentes perspectivas à medida que a mente controladora move-se inquieta. Depois de nos convencer cabalmente da desolação da Palestina e do cristianismo, Melville vem à frente como autor paternal num epílogo em pentâmetro para tranqüilizar sua progênie fictícia, Clarel:

Mas por tão estranhas ilusões atravessaram
Eles que na peregrinação da vida em baldo laboraram —
Até a morte revelar-se-á irreal ao final
E estóicos serão estarrecidos até os céus.

Guardei, então, teu ainda não resignado coração —
Clarel, de teu coração não olvide os intuitos;
Qual açafrão brotando na neve —
Qual nadador vindo das profundezas —
Qual segredo ardente que se esvai
Mesmo do seio que o entesouraria,
Possas tu emergir do extremo e tormentório mar
E provar que a morte não mais que instiga a vida à vitória.

[*But through such strange illusions have they passed*
Who in life's pilgrimage have baffled striven —
Even death may prove unreal at the last,
And stoics be astounded into heaven.

Then keep thy heart, though yet but ill-resigned —
Clarel, thy heart, the issues there but mind;
That like the crocus budding through the snow —
That like a swimmer rising from the deep —
That like a burning secret which doth go
Even from the bosom that would hoard and keep;
Emerge thou mayst from the last whelming sea,
And prove that death but routs life into victory.]

Trinta e três anos após sua morte, Melville despontou com uma derradeira prova de grandeza, o concluído mas inédito *Billy Budd*, iniciado como um simples prólogo ao poema que o conclui. A novela reúne as preocupações de Melville de maneira magnificamente calma e enigmática. Como *Tempest* [A tempestade], de Shakespeare, parece conclusiva, levando-nos para debaixo da agitação das ondas. No final, Billy jaz a cinco braças de profundidade e algas limosas retorcem-se em torno do seu corpo.* A mensagem de *Billy Budd* não é mais consoladora, verdadeiramente, do que a do sermão do padre Mapple em *Moby Dick;* isto é, uma falsa e forjada lenda de Cristo nos é mostrada sendo cunhada, e Billy vai para a morte abençoando seu carrasco, como homens crédulos em toda parte têm encontrado a ruína louvando a Deus. Mas

(*) Referência ao último verso do poema que encerra *Billy Budd*: "I am sleepy, and the oozy weeds about me twist". (N. T.)

a narrativa é envolta em serenidade, como foram, segundo as poucas evidências biográficas existentes, os últimos anos de obscuridade e silêncio de Melville — anos de dever público fielmente cumprido, de muita leitura cujos trechos sublinhados e comentários à margem são os principais indícios de seu pensamento que sobreviveram, e de heranças oportunas de sua família e da família de sua esposa. Já o destino de seus filhos lhe impôs uma dupla tristeza nesses anos: Malcolm suicidou-se aos dezoito anos, e Stanwix, um patético vagante, morreu de tuberculose aos 35. Como algum tipo de afloração metamórfica, a desgraça de seus filhos aponta para as terríveis tensões do lar em que foram crianças; não foi inocuamente que Melville fez de sua figura paterna mais ternamente concebida, o capitão "Starry" Vere de *Billy Budd*, o executor do filial Billy.

Considerações sobre o retraimento de Melville, seja o retiro a partir de *The confidence man* em 1856, seja a mudança de Pittsfield em 1863, seja *Battle pieces* em 1866, tendem a se concentrar nos sintomas neurastênicos refletidos nas cartas familiares do início da década de 1850, sintomas que culminaram no seu longo assédio pela doença em 1855. Todos os biógrafos de Melville — sendo Newton Arvin o mais sensível e Edwin Haviland Miller o mais implacável — vasculharam sua vida e suas obras em busca do mecanismo neurótico que, após *Moby Dick*, alijou e truncou uma carreira infinitamente promissora. O pai ineficaz, morto precocemente numa cena medonha de loucura; a mãe dominadora; a pobreza humilhante em meio a pretensões de distinção; a homossexualidade latente (ou, nos anos ao mar, ativa) — tudo isso existiu, bem como suas prementes limitações financeiras e uma incompreensão generalizada dos experimentos expressivos que o Melville maduro estava determinado a empreender. Mas os tempos dourados da literatura americana, como os chamou Lewis Mumford, não foram nenhum festim de *best-sellers*; das quatro obras-primas desta época — *The scarlet letter* (1850), *Moby Dick* (1851), *Walden* (1854) e *Leaves of grass* (primeira edição, 1855) — somente *The scarlet letter* foi um sucesso mundial imediato.* Mas existem outros tipos de sucesso, e o retraimento de Melville — nem tão imediato ou tão completo, como vimos, quanto sua imagem mítica — pode ser visto como necessário em si e, portanto, como uma atitude artística bem-sucedida.

A palavra *novela* [isto é, o *romance* literário] significa, em suas raízes, "notícia", e nenhum "novelista" [isto é, *romancista*], mesmo que

(*) Dois outros livros do mesmo período que foram bastante populares e cujos méritos, juntamente com seu valor, ainda podem ser apreciados como parâmetros do gosto da época, são *Uncle Tom's cabin* [A cabana do Pai Tomás], de Harriet Beecher Stowe (1852), e *Hiawatha*, de Longfellow (1855).

não explore além dos armários e escadas do quintal da sua própria casa, pode subsistir sem ter alguma notícia que deseje transmitir. Melville, por uma série de acidentes, dos quais o não menos notável foi o luxuriante dom verbal que descobriu em si mesmo, trouxe notícias dos mares do Sul — o primeiro, e ainda um dos melhores, a fazê-lo. A notícia seguinte da qual foi portador — que Deus está morto e que a vida é um cruel embuste — teria sido recebida menos calorosamente mesmo que Melville houvesse se deleitado mais com ela. Um escritor que tenha um público democrático como freguês deve desejar que sua obra instintivamente se coadune com a noção de entretenimento e informação de um número suficiente de pessoas para que ela compense em termos financeiros. *Pierre* e *The confidence man*, a despeito de todo o enorme talento revelado em sua concepção, e apesar de toda a misteriosa antecipação de aspectos do modernismo, foram escritos com o instinto rebelde de Melville; são romances de protesto redigidos num tom pretensamente popular, e repletos de tensões que o autor não consegue expressar. *Israel Potter* e *Clarel*, ainda que relativamente desconhecidos, são produções relativamente relaxadas, embora curiosas. A história provoca um certo fatalismo naqueles que a estudam, e este pequeno projeto que me impus deixou-me com a sensação de que Melville estava certo em se retrair de uma batalha que ia se tornando impossível de vencer. Rompera-se sua empatia com um público que se interessava por ele basicamente como o "homem que vivera entre os canibais". Ele conferira às narrativas do mar o significado mais profundamente cósmico de que foi capaz, e despendeu o capital artístico que acumulara na juventude. Melville chegara à literatura aos 25 anos, súbita e inesperadamente, sem qualquer vestígio anterior de ambição literária, e não morria de amores pelas ninharias da profissão de escritor — a leitura de provas, as discretas cavações, o polido puxa-saquismo. Já de meia-idade, embora ainda não tivesse quarenta anos, passou a interessar-se apenas pela grandeza, no sentido em que Shakespeare e Dante a possuíam, e que Hawthorne — sereno e frágil Hawthorne — chegara a representar certa vez em sua juventude ardorosa e impressionável. Nessa época de vigor juvenil, escreveu ao autor mais velho relatando o seu próprio desenvolvimento rápido e cheio de fúria: "Até os 25 anos, eu nada me desenvolvi. É do meu 25º aniversário que começo a contar minha vida. Raras vezes passaram-se três semanas, em qualquer época entre então & agora, que eu não tivesse desabrochado em mim mesmo. Mas sinto que agora cheguei à folha mais interior e mais tenra do bulbo, e que em breve a flor deverá tombar sobre o humo". Aquiescendo a esta queda orgânica, abstendo-se de uma produtividade forçada e voltando-se para o silêncio público e a poesia particular, Melville preservou sua comunhão com a grandeza, e acentuou com a dignidade de uma abstenção calculada a comunhão que desfrutamos com ele.

*O EGOTEÍSMO DE WHITMAN**

"A confirmação de um poeta é seu país absorvê-lo tão afetuosamente quanto ele o absorveu": assim Walt Whitman concluiu o prefácio de *Leaves of grass* [Folhas de relva], e as doze décadas desde que esta corajosa afirmação foi lançada ao ar por um obscuro jornalista do Brooklin confirmaram-na. Whitman não só é o primeiro nome que vem à mente quando pensamos em um poeta americano, como também realizou o que nem mesmo Shakespeare conseguiu na literatura do seu país: ele apropriou para sua própria imagem a idéia mesma de poesia. Poesia é verdade, assevera ele: feita de fatos e franqueza; a poesia é livre, sem constrições, inclusiva e destemida; seus temas são "as agrestias e hirtezas e espaço e aspereza e desprendimento que a alma adora", a sua maneira é a de um "desempenho que desdenha o trivial". Whitman arrebatou da poesia americana para sempre a possibilidade de ela ser um mero ofício, e infligiu-lhe o dever de ser celebração e profecia — de ser nada menos do que a apropriação verbal do universo. Além disso, lançou sobre os Estados Unidos a idéia de que essa crassa e imatura nação era uma nação poética. "Os americanos, dentre todas as nações em qualquer época sobre a terra, provavelmente possuem a mais plena natureza poética. Os Estados Unidos são, em sua essência, o maior de todos os poemas."

Tais idéias não surgiram subitamente com Whitman. Seis anos antes da primeira publicação de *Leaves of grass* em 1855, Longfellow colocou na boca de um personagem de *Kavanagh*: "Nós queremos uma literatura nacional inteiramente rude e desgrenhada, capaz de sacudir a terra, como uma manada de búfalos estrepitando pelas planícies". E dezoito anos antes, num discurso para a Sociedade Phi Beta Kappa de Cambridge, Emerson entoara a ufania americana com um retumbante recurso à primeira pessoa do singular que poderia bem ter vindo de Whitman:

> O mundo — a sombra da alma ou *outro eu*, jaz difuso em toda parte. Seus atrativos são as chaves que destravam meus pensamentos e tornam-me conhecido de mim mesmo. Corro sofregamente para esse estrondeante tumulto. Tomo as mãos daqueles que estão próximos de mim, e assumo meu lugar na arena para sofrer e trabalhar, ensinado por um tal instinto que também o abismo emudecido há de ter voz para falar. Eu rompo sua ordem; eu dissipo seu medo; eu disponho dele no circuito da minha vida em expansão. Mas apenas o tanto da vida que conheço por experiência, e o tanto dos desertos que subjuguei e cultivei, ou o tanto que estendi meu ser, meu domínio.

(*) Palestra proferida na Biblioteca Pierpont Morgan de Nova York em 4 de outubro de 1977.

Perto do fim de sua peroração, Emerson lança o desafio aos jovens eruditos da platéia: "Temos dado ouvidos tempo demais às musas cortesãs da Europa [...] se o indivíduo plantar-se indomitamente em seus instintos, e lá permanecer, a imensidão do mundo lhe será revelada [...]. E uma nação de homens existirá pela primeira vez [...]".

Se o indivíduo plantar-se indomitamente em seus instintos, e lá permanecer. O mundo em que Emerson, e o artista americano, se encontra não é um mundo submetido aos costumes humanos pelas gerações passadas, mas um "abismo emudecido", um deserto radicalmente estranho no qual foi plantada outra estranheza radical, a do nosso eu. Emerson delineia o problema em termos perenes, a busca é uma busca de poder, o meio de obter poder é a autenticidade, e a autenticidade começa com o ser em estado bruto. Quando viu esta prescrição cumprida, Emerson soube reconhecer o fato: ao receber um exemplar não solicitado da obra escrita, publicada, divulgada, vendida e resenhada por Whitman, e ignorada por todos os outros, ele retribuiu com o mais generoso e presciente elogio da história literária americana:

> Caro Senhor,
>
> Não estou cego ao valor da sua magnífica oferenda de *Leaves of grass*. Considero-a a mais extraordinária peça de sagacidade & sabedoria que os Estados Unidos já produziram. Sinto-me muito feliz por lê-la, pois todo grande poder nos deixa feliz. Está de acordo com a exigência que sempre faço do que parecia ser uma Natureza estéril & avara [...] regozijo-me com suas livres & bravas idéias. Deram-me grande alegria. Vejo coisas incomparáveis ditas incomparavelmente bem, como devem ser. Vejo a coragem de tratamento, que tanto nos deleita, & que somente a amplitude de percepção pode inspirar. Saúdo-o no início de uma grande carreira, que, todavia, deve ter tido longa preparação em alguma parte, dado este começo.

No entanto, a preparação para esta carreira permanece um mistério; os críticos concordam que até a publicação de *Leaves of grass* aos 36 anos, Whitman mostrou poucas promessas. Talvez uma longa jornada no seio da banalidade tivesse de preceder sua explosiva celebração do mundo. Acreditando, ao que parece, na reencarnação, ele inventou uma nova encarnação para si, uma *persona* que lhe conferiu, na palavra enfática de Emerson, poder. Desta encarnação datam algumas idéias que ainda permanecem conosco, a saber:

O Poeta como Bardo
O Escritor como Egoísta
O Escritor como Celebridade
O Poema como Confissão
A Poesia como Poder, como a Simples Realidade em Si.

Em seu prefácio, entre muitas outras palavras, Whitman escreveu estas: "A arte da arte, a glória da expressão e a jubilosa claridade das letras é a simplicidade. Nada é melhor que a simplicidade [...] falar, em literatura, com a perfeita retidão e o jovial desapego dos movimentos dos animais e com a inatacabilidade do sentimento das árvores nos bosques e da relva à beira de estrada é o impecável triunfo da arte [...]. Grande gênio e os povos desses estados jamais devem ser aviltados com romances. Tão logo as histórias são narradas com acerto cessa a necessidade de romances. Os grandes poetas hão também de ser conhecidos pela ausência neles de artifícios e pela justificação da absoluta franqueza pessoal". Whitman acrescentou a franqueza à lista das virtudes poéticas e, devido às calúnias de que foi vítima, incluiu ainda a perda de um emprego público e — prova definitiva dos altos princípios de um autor — uma mudança de editora. Além disso, e com repercussões a longo prazo ainda mais ambíguas, fez constar a ambição no cânone das virtudes artísticas, arrolou sua própria arte no expansionismo americano ao qual Thoreau dera incisivamente as costas, e enfeitiçou gerações subseqüentes com um ideal de oni-abrangência, uma imagem intrigante mas fadada ao fracasso de "vastas marés oceânicas" de sentimentos e notação que fariam do poeta nada menos que a própria "era transfigurada". A imagem totêmica do poeta que Whitman profetizou e pareceu corporificar ainda jaz no âmago da poesia americana, para qualquer um que tente decifrá-la — uma espécie de Excalibur que ninguém senão os puros de coração poderão arrebatar e brandir.

O longo poema sem nome que abre a primeira edição de *Leaves of grass* proclamou a estrela de Whitman com um estrondo, e Malcolm Cowley chamou-o "a obra maior de Whitman, talvez sua única obra completamente realizada, e um dos grandes poemas dos tempos modernos". Cowley é persuasivo em preferir o primeiro texto, não-revisado — citado aqui —, mas não consigo partilhar de sua antipatia pelo título que veio a receber, "Song of myself" ["Cântico de mim mesmo"]. Whitman só foi dar este nome ao poema na edição de 1881, após chamá-lo em edições anteriores de "A poem of Walt Whitman, an American" ["Um poema de Walt Whitman, um americano"], e também, cruamente, "Walt Whitman". O título finalmente escolhido é plenamente justificado no texto, a começar pelo célebre primeiro verso: "Celebro a mim mesmo"["*I celebrate myself*"], e com ecos em outros, tais como:

> A sensação de bem-estar... o chilreio do meio-dia... a canção de
> eu levantando-me da cama e saudando o sol.

[*The feeling of health... the full-noon trill... the song of me rising from bed and meeting the sun*]

e

E nada, nem Deus, é mais magno a nós que nós mesmos

[*And nothing, not God, is greater to one than one's-self is*]

e

O que for mais comum e mais reles e mais próximo e mais fácil, isso sou Eu.

[*What is commonest and cheapest and nearest and easiest is Me.*]

O título proclama, e este é o magnífico tema do poema, o egoísmo exultante ao qual somente um americano poderia ter dado voz. Em meados do século XIX, o credo do individualismo americano estava em ascensão: a consciência comunitária dos vilarejos puritanos já havia muito ficara para trás, e as cruéis degradações pessoais do industrialismo ainda não haviam se feito sentir agudamente. Nossas instituições políticas e nossos ainda vastos territórios inexplorados permitiam a um indivíduo empreendedor iludir-se acerca de sua ilimitada importância e de seu potencial sublime como em raras outras oportunidades desde o Jardim do Éden. Whitman elaborou uma filosofia religiosa a partir deste fato geopolítico, certamente inspirado por experiências pessoais, sexuais ou místicas, no início da década de 1850. Entretanto, as vivências e as impressões específicas da infância passada em Long Island e da iniciação na vida adulta no Brooklin não constituem a mensagem, e sim o vocabulário, inteligível à maioria de seus compatriotas, em que ele expressa sua mensagem — a saber, o múltiplo, majestoso e todavia unificado milagre de sermos quem nós somos.

"Egoísmo" aqui não significa a supervalorização que o egotista faz de seus atributos — embora Whitman *fosse* absurdamente vaidoso de seu próprio corpo — e sim um reconhecimento de que cada homem está imerso num ego único, singular e não-permutável que, num certo sentido, é tudo o que possui, mas que, fora da loucura e da sepultura, é algo efetivamente seu. Isso é e foi verdade para todos os homens de todos os tempos; somente um americano, talvez, a teria proclamado como descoberta, como algo assombroso. Henry James, numa resenha de juventude, mas evidentemente não pouco inteligente, de *Drum taps* [Rufar de tambores] acusou Whitman de perpetrar um "estratagema para adaptar o esquema do universo às suas próprias limitações". Chamou ainda o volume de "uma ofensa contra a arte", como se — descontando-se as deficiências de *Drum taps* — tal plano de adaptação não fosse em si hábil e artístico. A postura whitmanesca é absolutamente fabricada, mas, sendo o dever do artista fazer da necessidade uma virtude, Whitman é existencialmente hábil e artístico numa profundidade que ultrapassa em muito a dos versejadores com quem James se sentia à vontade.

Em 1855, Tennyson, em seu "Song of the brook" ["Canção do riacho"], escrevia:

> Pois homens podem vir e homens podem ir,
> Mas eu prossigo eternamente.
>
> [*For men may come and men may go,*
> *But I go on forever.*]

Whitman inverteu os termos do velho e desgastado *memento mori* ao anunciar que os riachos, e todos os fenômenos insensíveis e repetitivos, dependem para existir da consciência humana individual:

> Eu sei que sou sólido e são,
> A mim os objetos convergentes do universo fluem perpetuamente...
> Através de mim a inspiração impele e instiga... através de mim a corrente e o índice.
>
> [*And I know I am solid and sound,*
> *To me the converging objects of the universe perpetually flow...*
> *Through me the afflatus surging and surging... through me the current and index.*]

O enlace da apreensão santifica tudo o que a "alma" traz para dentro de si:

> Eu e este mistério aqui pairamos.
> Límpida e doce é minha alma... e límpido e doce tudo o que não é minha alma.
> Longe dos afãs e dos arrastos permanece aquilo que eu sou...
> Passo a morte junto aos moribundos, e o nascimento com a criança há pouco banhada... e não estou contido entre meu chapéu e minhas botas,
> E atento para os múltiplos objetos, nunca dois iguais, e todos eles bons,
> A terra boa, e as estrelas boas, e seus complementos todos bons.
> Das pessoas sou o parceiro e companheiro, todas tão imortais e insondáveis quanto eu;
> Elas não sabem quão imortais, mas eu sei.
>
> [*I and this mystery here we stand.*
> *Clear and sweet is my soul... and clear and sweet is all that is not my soul.*
> *Apart from the pulling and hauling stands what I am...*
> *I pass death with the dying, and birth with the new-washed babe... and am not contained between my hat and boots,*
> *And peruse manifold objects, no two alike, and every one good,*
> *The earth good, and the stars good, and their adjuncts all good.*

I am the mate and companion of people, all just as immortal and fathomless as myself;
They do not know how immortal, but I know.]

O seu egoísmo — o egoísmo desta *persona* não contida entre seu chapéu e suas botas — é amigável, aceita companhia; e ele o recomenda com insistência a todos; o "você" do seu poema é tão importante, tão vivaz, quanto o "eu":

Quem vai lá! cheio de desejo, rude, místico, nu?
Como é que extraio vigor da carne que ingiro?

O que é um homem afinal? O que sou eu? e o que é você?
Tudo o que marco como sendo meu você anulará com o seu,
Ou será tempo perdido ouvindo a mim.

[*Who goes there! hankering, gross, mystical, nude?*
How is it I extract strength from the beef I eat?

What is a man anyhow? What am I? and what are you?
All I mark as my own you shall offset it with your own,
Else it were time lost listening to me.]

Seu egoísmo é espargido com uma estrênua empatia, e por ela moderado. Egoísmo certamente não seria a palavra adequada para o que se obtém aqui: o dicionário Webster especifica, com a advertência *Raro*, o verbete *egoteísmo*. O herói de "Song of myself" é um deus, cujas palmas abarcam continentes, mas também um Deus, que penetra o ego daqueles que sofrem: "Eu sou o escravo acossado... Eu estremeço diante dos cães que mordem... Sou o fogueiro esmagado com o esterno quebrado... Eu sou o homem... Eu sofri... Eu estive lá" ["*I am the hounded slave... I wince at the bite of the dogs... I am the mashed fireman with breastbone broken... I am the man... I suffered... I was there*"]. Ele está aberto a sofrimentos mais estranhos, mais extáticos. Uma soprano que canta com uma orquestra força-o a clamar:

Estou exposto... lacerado por cortante e venéfico granizo,
Imerso em melíflua morfina... minha traquéia estrangulada nas aduchas da morte,
Afrouxada então para sentir o enigma dos enigmas,
E o que chamamos Ser.

[*I am exposed... cut by bitter and poisoned hail,*
Steeped amid honeyed morphine... my windpipe squeezed in the fakes of death,
Let up again to feel the puzzle of puzzles,
And that we call Being.]

O universo centrado no Eu possui uma propriedade geométrica que Whitman não ignora: cada fenômeno, ao ingressar no campo sensorial do ego, é absoluto. Não há relatividade, praticamente não há forma:

> Ser, em qualquer forma, o que é isso?
> Se nada mais evoluído houvesse, a amêijoa e sua empedernida carapaça bastariam.
>
> A minha não é uma carapaça empedernida,
> Tenho condutores instantâneos cobrindo-me por inteiro, quer eu ande quer eu pare,
> Apreendendo todo objeto e trespassando-me com eles inofensivamente.
>
> Eu apenas me remexo, aperto, sinto com meus dedos, e fico feliz,
> Aproximar de outra a minha pessoa é só o que posso suportar.
>
> [*To be, in any form, what is that?*
> *If nothing lay more developed the quahaug and its callous shell were enough.*
>
> *Mine is no callous shell,*
> *I have instant conductors all over me whether I pass or stop,*
> *They seize every object and lead it harmlessly through me.*
>
> *I merely stir, press, feel with my fingers, and am happy,*
> *To touch my person to some one else's is about as much as I can stand.*]

Num outro poema, "There was a child went forth" ["Houve uma criança que se foi"], Whitman aproxima-se dos limites do solipsismo, da impossibilidade de se provar a existência real do que quer que seja exceto a do ego perceptivo:

> As dúvidas do dia e as dúvidas da noite, os curiosos modos e acasos,
> Acaso aquilo que parece ser é, ou são tudo partículas e clarões?
> Homens e mulheres, aglomerando-se depressa nas ruas, não sendo partículas e clarões, o que são?
>
> [*The doubts of day-time and the doubts of night-time, the curious whether and how,*
> *Whether that which appears so is so, or is it all flashes and specks?*
> *Men and women crowding fast in the streets, if they are not flashes and specks what are they?*]

Em "Crossing the Brooklyn ferry" ["Atravessando a balsa do Brooklin"], ele triunfantemente, beneplacitamente, apostrofiza:

> Aparências, ora ou doravante, indicam o que somos
> Névoa necessária, continue a envolver a alma.
>
> [*Appearances, now or henceforth, indicate what you are.*
> *You necessary film, continue to envelop the soul.*]

Nesse envolvimento — nessa *fusão*, diria Whitman —, a saúde carnal do ente que percebe esparge o universo percebido com benevolência e confiança; o otimismo compulsório do arrojo americano encontrou sua teologia, um egoteísmo panorâmico. Uma igualdade ideal que se estende não só às pessoas, mas também às coisas; no êxtase da consciência,

> O insignificante é para mim tão grande quanto tudo,
> O que é menos ou mais que um toque?
>
> [*The insignificant is as big to me as any,*
> *What is less or more than a touch?*]

A perfeita democracia dos estímulos — "Nem uma polegada nem uma partícula de uma polegada é vil" ["*Not an inch nor a particle of an inch is vile*"] — confere às infindáveis catalogações de Whitman, em seu apogeu, uma beleza seqüencial surpreendente, e uma inesperada ternura de exatidão, à medida que a admiração ora se concentra aqui ora ali:

> Eu creio que uma folha de relva não é menos que a jornada diária das estrelas,
> E a formiga é igualmente perfeita, e um grânulo de areia, e o ovo da corruíra,
> E a perereca é uma obra-prima para o altíssimo,
> E a sarça da amoreira-preta subindo adornaria os salões celestiais,
> E a mais acanhada articulação da minha mão deixa humilhadas todas as máquinas,
> E a vaca ruminando com a cabeça abaixada supera qualquer estátua,
> E um rato é milagre suficiente para estarrecer sextilhões de infiéis,
> E eu poderia vir todas as tardes de minha vida para ver a filha do fazendeiro fervendo sua chaleira de ferro e assando bolo com frutas.
>
> [*I believe a leaf of grass is no less than the journeywork of the stars,*
> *And the pismire is equally perfect, and a grain of sand, and the egg of the wren,*
> *And the tree-toad is a chef-d'oeuvre for the highest,*
> *And the running blackberry would adorn the parlors of heaven,*
> *And the narrowest hinge in my hand puts to scorn all machinery,*
> *And the cow crunching with depressed head surpasses any statue,*
> *And a mouse is miracle enough to stagger sextillions of infidels,*
> *And I could come every afternoon of my life to look at the farmer's girl boiling her iron tea-kettle and baking shortcake.*]

E será que eu, o "você" entre os milhões de "vocês" a quem Whitman dirige este hino gigântico, passado um longo século, ainda o considero tão enaltecedor, liberador e esteticamente agradável quanto ele pretendeu que fosse? Minha resposta seria 85% afirmativa. O empreendimento é amplo, quase inflacionário, mas os instrumentos são novos, os detalhes múltiplos e vívidos, as transições entre seções são brilhantemente céleres e vitais. Um realismo americano instintivo, um estado quase malicioso de vigília que é o oposto da complacência, contrabalança o lado monista e hindu de Whitman. Surpreendemo-nos com muitas das coisas que se imiscuíram em "Song of myself": as palavras *beisebol* e *fotografia*, por exemplo, constam já da edição de 1855. E quatro anos antes de *Origin of species* [A origem das espécies], de Darwin, temos uma passagem francamente evolucionista:

> Meu embrião nunca foi tórpido... nada poderia toldá-lo;
> Para ele a nebulosa coeriu num orbe... longa e lentamente rochas estratificaram-se para que sobre elas repousasse... enormes vegetais proveram-lhe o sustento,
> Sáurios monstruosos transportaram-no em suas bocas e com zelo o assentaram.
>
> [*My embryo has never been torpid... nothing could overlay it;*
> *For it the nebula cohered to an orb... the long slow strata piled to rest it on... vast vegetables gave it sustenance,*
> *Monstrous sauroids transported it in their mouths and deposited it with care.*]

Ficamos também surpresos ao encontrar a palavra *puff* [elogio] aparentemente usada no seu sentido moderno:

> O dia se aproxima para mim quando hei de fazer tanto bem quanto os melhores, e de ser igualmente prodigioso,
> Acreditando que quando o for não me agradará muito receber elogios do púlpito ou da imprensa...
>
> [*The day getting ready for me when I shall do as much good as the best, and be as prodigious,*
> *Guessing when I am it will not tickle me much to receive puffs out of pulpit or print...*]

E, no prefácio, a expressão "well hung" [fluente no falar]: "Ajudará a gerar um homem de belas feições e bom no falar, e uma mulher para ser sua companheira perfeita e independente?" [*"Will it help breed one good shaped and well hung man, and a woman to be his perfect and independent mate?"*].

O observador errante do "Song of myself" original é uma personalidade muito menos distinta e intrusa do que Walt Whitman mais tarde se tornou, pois está impregnada de outros homens e mulheres, de esboços grandes e pequenos de personagens humanos, de descrições extemporâneas tão misteriosamente específicas quanto

> O estribeiro do albergue, com seus dentes tortos e cabelos ruivos redimindo pecados passados e por vir,

> Vendendo tudo o que possui e viajando a pé até biltres advogados para seu irmão e permanecendo ao seu lado enquanto é julgado como falsário...
>
> [*The snag-toothed hostler with red hair redeeming sins past and to come,*
> *Selling all he possesses and traveling on foot to fee lawyers for his brother and sit by him while he is tried for forgery...*]

Seu prefácio afirma, do poeta: "Ele concebe saúde para si em ser um com a massa [...]. A atitude dos grandes poetas é animar os escravos e atemorizar os déspotas". Ainda mais sem rodeios, o poeta deve "defender os estúpidos e os loucos". As irregularidades e desventuranças da própria família de Whitman, que incluía um irmão idiota com quem dividiu a cama durante anos, certamente contribuíram para sua empática compulsão pelos humildes, pelos miseráveis e até pelos criminosos. Um curto poema de 1860, intitulado "To a common prostitute" ["Para uma prostituta qualquer"], contém um eloqüente voto de tranqüilidade: "Não antes de o sol lhe excluir, eu lhe excluirei". O verso anterior, vale acrescentar, diz: "Serene-se — fique à vontade comigo —, eu sou Walt Whitman, liberal e robusto como a Natureza" [*"Be composed — be at ease with me — I am Walt Whitman, liberal and lusty as Nature,/ Not till the sun excludes you, do I exclude you"*]; e embora sua atividade sexual precisa tenha permanecido bem oculta em fantasia e segredo, podemos especular que a natureza andrógina e as paixões homossexuais enaltecidas nos poemas punham-no a descoberto para estratos da sociedade com os quais um pai de família extremoso sentir-se-ia constrangido a se misturar. Mesmo sua celebrada enfermagem de soldados feridos em Washington tinha um aspecto pessoalmente gratificante; para sua mãe, Whitman escreveu: "É a coisa mais comovente que se pode ver, os bandos de jovens miseráveis, doentes e feridos que dependem tanto, qualquer que seja a palavra, de eu acarinhá-los ou confortá-los ou alimentá-los [...]". Sentimos que a dependência fluía em ambos os sentidos. Numa carta a dois ex-pacientes, ele achou interessante confidenciar:

> Minha saúde, meu vigor, minha beleza pessoal etc. permanecem, fico feliz em lhes informar, sem diminuição, antes, pelo contrário, exatamente o oposto. Estou pesando 220 libras [cem quilos] e, todavia, ainda mantenho minha figura perfeita de sempre — um verdadeiro modelo. Minha barba, pescoço etc. estão mais lanosos, velosos e alvos do que nunca.

Entre os documentos autógrafos na Biblioteca Morgan, existe uma introdução ostensivamente desapaixonada que ele próprio redigiu para a edição inglesa de *Leaves of grass*, mas tão descarada que nunca chegou a ser usada. No segundo parágrafo lê-se:

O Poeta comemora agora o seu 49º [riscado], 53º [riscado], 62º aniversário & é descrito por alguém que o conhece intimamente como de estatura elevada, membros formosos, movimentos lentos, rosto límpido & rosado, com barba & olhos cinza-azulados, uma expressão de grande equanimidade, uma presença marcante & um singular magnetismo pessoal.

É preciso, então, reconhecer que junto com sua por vezes saturante vaidade há em *Leaves of grass* uma certa melodramaticidade pouco convincente do quadro vivo humano e das aflições humanas; a despeito de todo o ardor que professava pela humanidade, os versos da reclusa Emily Dickinson mostram mais apetite pelos detalhes e sutilezas da psicologia humana do que os peãs de Whitman. Vezes demais, enquanto ele sofre com o escravo, exaure-se com a parteira, contrai núpcias com o caçador de peles, arde em desejos com a solteirona etc. etc., somos lembrados do motejo de D. H. Lawrence:

> Tão logo Walt *ficava conhecendo* alguma coisa, ele assumia uma identidade Una com ela. Se soubesse de algum esquimó sentado num caiaque, lá ia Walt imediatamente ficando pequenino e amarelo e untuoso, e sentando-se num caiaque.

Um paradoxo da mobilidade democrática é que nosso acesso às outras pessoas via imaginação, por mais que nos esforcemos, é menos garantido do que sob um sistema de classes claramente demarcadas. Sendo livres para formar nossa própria sociedade, nós acabamos formando-a com aqueles que têm ressonância conosco, e usufruímos pouco dos contatos iluminadores gerados por uma sociedade mais feudal e com papéis e funções mais delimitados. Whitman, no fundo, é um tanto tímido, menos um poeta de almas do que de paisagens. Tendo proposto que "uma sobrequilha da criação é o amor", ele instintivamente, nos versos precisos, desolados e tão americanos que seguem, volta sua atenção para a natureza inumana:

> E ilimitadas são as folhas rijas ou pendentes nas campinas,
> E as formigas marrons nas pequeninas cavidades sob elas,
> E os fungões musgosos dos mourões, as rochas empilhadas,
> e os sabugueiros e os verbascos e as ervas-dos-cancros.
>
> [*And limitless are leaves stiff or drooping in the fields,*
> *And brown ants in the little wells beneath them,*
> *And mossy scabs of the wormfence, and heaped stones, and elder and mullen and pokeweed.*]

Mas Whitman nunca deixou de ansiar por uma Unidade com seu semelhante, e isso redime seu solipsismo do egotismo e da pequenez. "E nada, nem Deus, é mais magno a nós que nós mesmos." Porém, se recorrermos incessantemente a nós mesmos, do mesmo modo como esvaecem as ilusões juvenis de infinita capacidade, acabaremos no árido vazio de numa desesperada investida além das fronteiras da sanidade. Este fim, tão comum entre os poetas posteriores a Whitman, foi evitado por ele, que no verso seguinte adverte: "E quem caminhar um estádio sem compaixão caminha para seu próprio funeral, envolto numa mortalha" [*"And whoever walks a furlong without sympathy walks to his own funeral, dressed in a shroud"*].

Lado a lado com sua magnanimidade havia uma qualidade esquiva que só posso chamar de bom humor — uma espécie de atmosfera desanuviada na qual as sombras que porventura existam servem para moldar verdades palpáveis. Essa translucidez, isenta de qualquer miasma pessoal, é, acredito, sempre atributo da mais nobre literatura, e é o que nos leva a buscá-la nos momentos de mesquinha depressão e nos malogros e fiascos de nossas vidas. Nós a sentimos mais no tom das palavras do que no conteúdo delas — na simplicidade da afirmação: "E eu digo que é tão magnífico ser mulher quanto ser homem" [*"And I say it is as great to be a woman as to be a man"*], na comédia da famosa passagem sobre os animais:

> Creio que poderia voltar-me e viver um pouco entre os animais...
> Eles não labutam nem se lamuriam da sua condição,
> Não jazem despertos na escuridão pranteando por seus pecados,
> Não me enojam discutindo suas obrigações perante Deus...
>
> [*I think I could turn and live awhile with the animals...*
> *They do not sweat and whine about their condition,*
> *They do not lie awake in the dark and weep for their sins,*
> *They do not make me sick discussing their duty to God...*]

na beleza surreal, shakespeariana em sua incerta compressão, do seu adeus:

> Aparto-me como ar... Sacudo meus alvos cachos ao sol fugitivo,
> Esparzo meu corpo em remoinhos e resguardo-o em talhes de renda.
>
> Lego-me ao lodo da terra para florescer da relva que amo,
> Quem me quiser de novo busque sob a sola de suas botas.
>
> [*I depart as air... I shake my white locks at the runaway sun,*
> *I effuse my flesh in eddies and drift it in lacy jags.*
>
> *I bequeath myself to the dirt to grow from the grass I love,*
> *If you want me again look for me under your bootsoles.*]

O reflexivo, judicioso e ponderado "Backward glance" ["Vislumbre do passado"] que Whitman redigiu para a edição de 1888 — a chamada *Deathbed edition* [Edição do leito de morte] — de *Leaves of grass* afirma: ''Que eu não tenha obtido a aceitação de minha própria época, mas me atido a sonhos aprazíveis do futuro [...] provavelmente não é mais do que eu deveria esperar''. Isso nos surpreende, pois nossa impressão, passados noventa anos, é de uma aceitação triunfante, de uma vocação resoluta, batalhada, da obscuridade total à adoração popular. Tal perspectiva eclipsa a grande coragem de Whitman. Esta parecia, por volta da metade de sua vida, uma coragem espontânea, ''jovial como o desapego dos movimentos dos animais'', mas que com certeza foi uma coragem deliberada sobre a qual ele meditou mais demoradamente do que a maioria das aparições nos esparsos céus da genialidade — a coragem não só de um estilo novo e fácil de ridicularizar, ou de sua franqueza e desprezo pelos mansos e dóceis, mas também a coragem de imaginar para si um público, de afirmar que nesta terra apressada e culturalmente rarefeita havia um lugar para o poeta, um enorme lugar, e que ele, Walt Whitman, iria ocupá-lo. Como tantos outros de sua radiante geração literária, ele tomou emprestada a coragem de Emerson; mas as bravas advertências de Whitman não têm o sotaque dos púlpitos e alardeiam poucas das qualidades do estóico. No tumultuado âmago da postura e das exortações whitmanescas há uma curiosa tranqüilidade, uma reserva de razoabilidade. O *eu* que ele celebrou incluía a capacidade de se avaliar e se criticar. Seu ''Backward glance'' contém algumas sentenças bastante pragmáticas: ''Por trás de tudo o mais que possa ser dito, considero *Leaves of grass* e sua teoria experimentais — como, no sentido mais profundo, também considero experimentais a república americana e a sua teoria''.

Esta frase serena me empolga, assim como a seguinte: ''O que quer que tenha acontecido em anos passados, o verdadeiro uso da faculdade imaginativa dos tempos modernos é proporcionar uma vivificação derradeira aos fatos, à ciência e às vidas comuns, dotando-os do brilho, da glória e da eminência final que pertencem a todas as coisas reais, e somente às coisas reais''. O mistério do Eu proclamado — o que Emerson chamou de ''outro eu'', o mundo em si — poderá ser entoado em toda a sua cristalina realidade, e às coisas reais poderá ser atribuída a condição sacra que em tempos remotos era concedida aos mistérios. Se existe um ''realismo americano'' característico, sua metafísica é a de Whitman.

O SINGELO JIM

Selected letters of James Joyce, ed. Richard Ellmann. 440 p. Viking Press, 1975.

James Joyce não escrevia cartas por prazer. As da primeira metade destas *Selected letters* [Cartas escolhidas] tratam principalmente de sua falta de dinheiro, e as da segunda principalmente de sua obra, e sua explicação e promoção. Entre essas duas espécies de demanda há uma terceira, a das cartas eroticamente prementes ("Escreva-me longas cartas... sobre você, querida [...]. Fale-me das mais ínfimas coisas a seu respeito, desde que sejam obscenas e secretas e sujas. Não escreva sobre nada mais. Que cada sentença seja repleta de palavras e nuances imundas e impudicas. Todas são lindas de se ouvir e mesmo de se ver no papel, mas as mais imundas são as mais lindas"), cartas que mandou para a esposa, Nora, quando estiveram separados por alguns meses em 1909. Estas *foram* escritas por prazer, ainda que a seu modo sejam tão utilitárias quanto as demais, pois escritas com a intenção de estimular a masturbação no remetente e no destinatário. São aqui publicadas pela primeira vez na íntegra numa seleção de quatrocentas páginas feita por Richard Ellmann a partir das aproximadamente 1400 páginas de cartas de Joyce anteriormente reunidas em três grandes volumes — o primeiro (1957) compilado por Stuart Gilbert, amigo de Joyce; os dois seguintes (1966), editados por Ellmann, consistindo em grande parte das cartas que ele trouxe à luz no curso de suas pesquisas para escrever a enorme e belíssima biografia *James Joyce* (1959). A imersão de Ellmann na vida e obra de Joyce é uma das maravilhas dos estudos literários americanos contemporâneos. É uma profunda satisfação encontrar um desejo expresso numa das primeiras cartas ("poderíamos ir para um pequeno chalé nos arredores de Dublin") associado, em nota de rodapé, ao seu eco quase quatro décadas depois em *Finnegans Wake* ("um casebre *roseschelle* à beira-mar por nada para sempre")!* As cartas de Joyce não poderiam ter encontrado um editor mais escrupuloso e mais atento. Ellmann aproveitou a oportunidade da publicação desta seleção para preencher lacunas não só nas cartas escandalosas para Nora Joyce, como também na correspondência de Joyce com sua protetora, Harriet Shaw Weaver, legada — lacrada — ao British Museum. Afora isso, duas novas cartas para lady Gregory apareceram, e Ellmann atualizou todas as transcrições e notas de rodapé de Gilbert, restaurando ao original todas as cartas escritas em línguas que não inglês — acompanhadas de traduções, certamente impecáveis, em notas de rodapé. Dado, porém, o imoderado interesse por James Joyce (e ele não esperava nenhum outro tipo de interesse), é preciso dizer que, contrabalançando a evidente vantagem de se ter um volume de fácil manuseio, embora ainda grosso e pesado, da essência epistolar de Joyce, os volumes integrais, que apresentam maior continuidade e maior proporção de cartas *para* Joyce, oferecem uma melhor noção da vida cotidiana do mestre, e de sua vida e época. Ellmann, tendo já narrado uma vez com tamanha plenitude os aspectos exteriores das escusas e peripatéticas aventuras terrenas de seu herói, parece querer agora extrair um testamento, um registro de sua vida interior. Diz ele no prefácio: "Ao fazer esta seleção, escolhi as cartas que me pareceram mais interessantes em vez daquelas mais conspícuas por sua informação [...]. [Os leitores] reconhecerão aqui as principais declarações de Joyce acerca de seu caráter e de seus objetivos literários".

Joyce começou a fazer declarações acerca de seu caráter e de seus objetivos literários bem cedo na vida; pouco depois de seu 19º aniversário, enviou a famosa carta para Ibsen, que ele próprio traduziu para dinamarquês-norueguês, saudando o 73º aniversário do altivo recipiendário num tom equivalentemente altivo:

> Entoei seu nome sobranceiramente pela faculdade, onde era ou desconhecido ou conhecido parca e obscuramente. Reivindiquei para o senhor o seu legítimo lugar na história do teatro. Mostrei qual, a meu ver, era sua mais sublime excelência — seu altivo poder impessoal [...]. Suas lutas inspiraram-me — não as óbvias lutas materiais, mas aquelas empreendidas e vencidas no interior de sua fronte; como sua obstinada resolução de arrancar o segredo da vida encheu-me de coragem e como, em sua absoluta indiferença aos cânones públicos da arte, aos amigos e às palavras de ordem, o senhor caminhou à luz de seu heroísmo interior.

(*) "*A roseschelle cottage by the sea for nothing for ever.*" *Schelle*, ou *schelly*, remete-nos talvez a *skerry* ("ilha de pedra" em dialeto escocês) e a *gwyniad* (peixe do norte do País de Gales). (N. T.)

Deste projeto de nobres intenções e absoluta indiferença, Joyce, enquanto artista, nunca se afastou significativamente. Seu primeiro livro, o pálido *Chamber music* [Música de câmara], foi publicado sem encontrar resistência, mas *Dubliners* [Dublinenses] precisou aguardar oito anos enquanto advogados esquivos, editores irresolutos e tipógrafos censórios discutiam, antes que seu "espelho bem lapidado" pudesse ser apresentado ao público. *A portrait of the artist as a young man* [Retrato do artista quando jovem] e *Ulysses* só chegaram à sua forma final após atravessarem o lacerante campo de obstáculos da serialização, das tentativas de expurgo e da incompreensão. E, depois que *Ulysses* transformara o "altivo poder impessoal" de Joyce num tema de discussão internacional, muitos admiradores e amigos de longa data recuaram desalentados diante das intrincadas e chistosas obscuridades de *Finnegans Wake*. Sua "obstinada resolução" impeliu-o de livro em livro, cada um deles um gênero em si mesmo, cada um deles um rompimento de estilo, enquanto a batalha no interior de sua fronte para "arrancar o segredo da vida" dava-lhe ânimo para suportar um milhar de distrações e humilhações.

O que Joyce realizou derradeiramente deve ser avaliado com base em suas condições iniciais, conforme ele as descreveu a lady Gregory (uma estrela mais próxima, embora menor, do que Ibsen) em 1902: "Interrompi meus estudos de medicina aqui [...]. Pretendo estudar medicina na Universidade de Paris, e me sustentar lecionando inglês. Parto sozinho e sem amigos [...]. Mas não estou desanimado, pois sei que mesmo que fracasse em traçar assim o meu rumo tal fracasso prova muito pouco. Irei expor-me aos poderes do mundo. Todas as coisas são inconstantes exceto a fé na alma, que modifica todas as coisas e preenche sua inconstância com luz. E, embora pareça que eu tenha sido escorraçado de meu país para cá por minha incredulidade, não encontrei ainda homem que tivesse fé como a minha". E, embora um leitor destas cartas possa enfastiar-se com sua incansável estima de si mesmo, e, como fez Ellmann, um biógrafo paciente possa ficar desconcertado com seus "absurdos", com o "poder de [Joyce] interpretar suas próprias inclinações como imperativos da cruel necessidade", o heroísmo permanece; Joyce é o ardiloso Odisseu do modernismo, o sobrevivente que realizou tudo o que exigira de si mesmo. Enquanto empreendia sua última e mais longa aventura, a composição do "livro noturno" *Finnegans Wake*, ele atribuiu uma parte da "indignada hostilidade diante do meu experimento" aos "rancores pessoais de artistas desiludidos que desperdiçaram seus talentos e talvez até mesmo seu gênio enquanto eu, com dons menores e terríveis sofrimentos físicos e mentais, fiz ou pareço ter feito algo". Alguns anos antes, escrevendo a John Quinn a respeito de *Ulysses* (uma carta valiosa não incluída nesta seleção), Joyce encerra dizendo apenas: "O livro reduziu-me a um estado de desamparo e impotência face a muitas dificuldades materiais [...], mas estou satisfeito de ter feito o que me propus a fazer". O cineasta Eisenstein, ao encontrar Joyce na década de 30, comentou com um amigo: "Este homem realmente *faz* o que todos vocês *queriam* fazer".

Ellmann, reutilizando parcimoniosamente as interpolações biográficas preparadas para suas coletâneas anteriores das cartas, organizou o livro em cinco seções, cada uma com sua própria localização geográfica e principais correspondentes. A primeira, "Dublin e Paris (1882-1904)", mostra Joyce como um jovem dublinense, e divide-se entre as epístolas grandiloqüentes aos grandes a quem pretende se juntar e as cartas para casa, muitas delas do tipo apressado e desesperado. A doença da mãe ("Mãe Querida Por favor escreva-me imediatamente se puder dizendo o que se passa", diz um cartão-postal na íntegra) o traz de volta de Paris, e em junho do ano seguinte ele conhece Nora Barnacle. Logo Joyce está dirigindo a ela frases como: "É estranho de que pélagos turvos os anjos suscitam um espírito de beleza", confessando sua "natureza insolente e desconfiada" e comprometendo-se com sua "querida singela, vozeadora, excitável, sonolenta e impaciente Nora". "Como eu odeio Deus e a morte! Como eu gosto de Nora!", exclama ele numa carta e, pouco mais de um mês depois, em outubro de 1904, uma rajada de bilhetes para seus amigos ("Eu estou absolutamente sem botas/ J A J") indicam sua partida para o Continente, com a companheira ao lado e o material da obra de sua vida trancafiado dentro da cabeça.

Seus dois principais confidentes na década de "Pola, Roma, Trieste (1904-1915)" são o irmão Stanislaus, que ficara em Dublin e, durante um certo período em que Joyce está também em Dublin, a esposa Nora, que permanecera em Trieste. Durante esses tempos, quatro de seus livros foram escritos, e o quinto (*Ulysses*) é planejado, mas o mundo prossegue ignorante de seu gênio. A Stanislaus ele confidencia os detalhes domésticos de sua luta pela sobrevivência, as agonias do trabalho na Escola Berlitz e das aulas particulares de inglês, o nascimento dos filhos, e o progresso das obras. O tom bombástico e folgazão do estudante ilustre e arrogante transforma-se em uma desconfiança inflexível: "Os contos de *Dubliners* parecem-me indiscutivelmente bem escritos, mas, afinal, talvez muitos outros pudessem escrevê-los igualmente bem. Não me sinto gratificado com qualquer sensação de haver superado dificuldades". E Joyce lê; embora seja difícil agradá-lo ("Sem me gabar, acho que tenho pouco ou nada a aprender com os romancistas ingleses"), ele é capaz de entusiasmos generosos — "Quanto a Tolstói, discordo totalmente de você. Tolstói é um escritor magnífico. Ele nunca é maçante, nunca cansativo, nunca pedante, nunca teatral!". Quando o editor Grant Richards começa uma série de evasivas que protelariam a publicação de *Dubliners* por oito anos, Joyce, então com apenas 24 anos, faz soar com estrídulo sua integridade plenamente desenvolvida:

> Não posso fazer mais que isso. Não posso alterar o que escrevi. Todas essas objeções, das quais o impressor é agora porta-voz, vieram-me à mente ao escrever o livro, tanto no que se refere à temática dos contos quanto ao modo de tratamento. Se tivesse dado ouvido a elas, eu não teria escrito o livro. Cheguei à conclusão de que não posso escrever sem ofender as pessoas... Posso ver claramente que há os dois lados da questão, mas infelizmente só posso me ocupar de um deles.

Nos anais das relações entre autor e editor não há passagem mais nobre do que esta.

As cartas "pornográficas" para Nora são responsáveis por boa parte da atenção que este livro recebeu, e Ellmann dedica várias páginas de sua introdução geral a uma consideração das atitudes eróticas de Joyce. "A atmosfera não é uma de culpa católica, mas certamente também não é uma de despreocupação pagã. Ele se sente compelido a pôr lado a lado imagens de pureza e imagens de impureza." O que Joyce viu em Nora, e por que ficou com ela, são enigmas que deixavam perplexos seus contemporâneos; suas primeiras cartas a Stanislaus revelam indícios de uma "simplicidade" cúmplice. "Ela diz que eu tenho um lindo caráter. Ela me chama de singelo Jim." Numa das cartas, Joyce reclama com brandura: "Nora, é claro, não dá a mínima para a arte"; e, na seguinte, a defende: "Você é ríspido com Nora porque ela tem uma mente pouco instruída. [...] A índole dela, a meu ver, é muito mais nobre que a minha, e seu amor também é maior do que o meu por ela. Eu a admiro, e a amo, e confio nela — não posso lhe dizer o quanto. Eu confio nela. Basta portanto". Seis meses depois, ele escreve: "Cosgrave também afirmou que eu jamais faria dela alguma coisa, mas parece-me que em muitos pontos nos quais Cosgrave e eu somos deficientes ela não requer absolutamente nenhuma melhora". Um desses pontos, evidentemente, era uma sexualidade sadia — admiravelmente sadia, talvez, para uma garota provinciana criada no catolicismo irlandês. As cartas de 1909 mencionam uma ocasião em que ela lhe ensinou uma nova posição, e registram a colaboração dela — inicialmente relutante — numa troca das cartas pornográficas. Nenhuma das cartas de Nora chegou até nós, mas Joyce admite, a respeito de uma delas: "Sim, é pior [do que uma dele próprio] em uma ou duas partes". Já as cartas de Joyce vão se tornando arrebatadas. A amorosidade deste "amante extraordinário", como ele mesmo se concebe, tinha um vigoroso componente voyeurístico, e uma pronunciada gravitação em torno da bunda e suas funções. O fato de ela ter de bom grado saciado a natureza sexual anal, pueril e mesmo masoquista de Joyce explica seu valor como esposa para este homem que, na maioria dos aspectos não-sexuais, era uma resoluta "minoria de um". Suas cartas, selvagens e risivelmente obscenos como são alguns de seus trechos, em outras partes — no mesmo fôlego, na realidade — tornam-se extremamente ternas e, no geral, testificam, de maneira comovente e convincente, aquele dom que Joyce achava tão difícil conferir, a confiança. Nestas pouco mais de dez páginas, meros rumores até agora, e certamente destinadas a serem pirateadas pela imprensa pornô, encontramos a corporificação do laço conjugal dos Joyce — a sensualidade agraciada com a sensualidade mais perene das palavras.

Em "Zurique, Trieste (1915-1920)", Joyce, imobilizado pela guerra com sua família na Suíça, desponta enfim como um autor publicado, uma celebridade, e, para o crescente número de protetores e amigos, uma causa. Grant Richards lança finalmente *Dubliners*, e o amigo de Yeats, "Ezra Pound, que é de fato capaz de fazer milagres", conseguiu a publicação serial em *The Egoist* de *A portrait of the artist as a young man*. Harriet Shaw Weaver, editora de *The Egoist*, tornou-se benfeitora de Joyce, enviando-lhe, anonimamente de início, presentes em dinheiro; as cartas de Joyce para ela possuem um tom de genuína gratidão humilde única na sua correspondência:

> O seu foi o mais oportuno e generoso auxílio. Gostaria de poder sentirme digno dessa ajuda, seja como poeta, seja como ser humano. Tudo o que posso fazer é agradecer-lhe.

Em 1916, ele desdenhosamente orienta seu primeiro editor americano, B. W. Huebsch, a buscar informações biográficas suas no *Who's who*. Suas cartas começam a conter menções ao "desditoso livro" [*wretched book*] que está escrevendo, "por meios diferentes em partes diferentes, como diria Aristóteles". Acertadamente, ele prevê: "Os elementos necessários irão fundir-se somente após uma prolongada convivência juntos". E em Zurique ele conhece Frank Budgen, um pintor inglês expatriado com quem estabelece uma calorosa camaradagem, ausente de suas cartas desde o esfriamento de suas relações com Stanislaus: "Preciso lhe dizer a grande privação que é para mim não ter por perto sua pessoa sempre amiga e paciente?". A vida de Joyce ia adquirindo uma bagagem mais adequada, de dinheiro, fama e amigos. Ainda assim, em 1920 como em 1904, ele aparentemente continuava sem botas, pois escreve a Ezra Pound: "Uso as botas de meu filho (dois números acima do meu) e o terno que descartou, estreito demais nos ombros [...] Passo a maior parte do meu tempo escarrapachado entre duas camas, rodeado por montanhas de anotações".

"Paris (1920-1939)" nos mostra o Joyce da lenda literária, do *Ulysses* e da Shakespeare and Company, dos encontros mítico-cômicos com Proust ("Tenho dores de cabeça todos os dias. Meus olhos estão péssimos", Joyce teria dito de acordo com um relato, e Proust teria respondido: "Meu pobre estômago. O que hei de fazer?") e com Hemingway ("Diz-se que ele e toda a sua família estão morrendo de fome", Hemingway escreveu para Sherwood Anderson em 1922, "mas você pode encontrar o bando celta inteiro todas as noites no Michaud, aonde Binney e eu só temos condições de ir uma vez por semana"). As cartas de Joyce dessa época são um tanto maçantes. O acontecimento épico ocorre e finda logo no início da década. Em 1920, ele escreve a Harriet Weaver: "O livro contém (infelizmente) um episódio a mais do que você supõe em sua última carta. Estou muito cansado dele, como estão todos". Para Frank Budgen, ele escreve sobre "Circe, que por sinal é um péssimo espetáculo". A um amigo italiano, ele fala do "*libraccio*" (livro horrível). Para sua tia Josephine em Dublin, três semanas antes da data prevista de publicação, pede informações sobre o protótipo de Molly Bloom e seus parentes: "Pegue uma folha qualquer de papel almaço e um lápis e rabisque qualquer bobagem ou porqueira que você se lembrar sobre essas pessoas". O livro então é publicado (no quadragésimo aniversário de Joyce, graças aos esforços heróicos dos tipógrafos de Dijon), e tanto o leitor quanto o autor destas cartas são varridos pela contracorrenteza de um grande feito, descobrindo que celebridade não traz tranqüilidade, nem reconhecimento riqueza. "Minha posição é uma farsa", Joyce escreveu em 1927. "Picasso não tem um nome maior que o meu, imagino, mas ele consegue 20 mil ou 30 mil francos por algumas horas de trabalho. Eu não valho um centavo a linha..." Nos doze anos seguintes, ele é absorvido pelo progressivo enlouquecimento da filha Lucia, pelo mau casamento do filho Giorgio, pela cegueira que vai lhe acometendo e, sobretudo, pela composição de *Finnegans Wake*. Nós tendemos a imaginar a obra joyciana como um único pico rodeado por algumas colinas (onde reluz o córrego raso de *Chamber music* e o vilarejo totalmente cinzento de *Dubliners* lagarteia em sua própria mesquinhez escrupulosa) que vão se avolumando com o material confessional de *Portrait* e *Exiles* [Exílios], até atingirem a montanha de *Ulysses*; para além destes majestosos rochedos haveria uma espécie de vertiginosa névoa irlandesa que ninguém senão doutores em filologia ousam penetrar. Mas da perspectiva da vida de Joyce em si, conforme traçada nestas cartas selecionadas, a criação de *Finnegans Wake* foi o trabalho mais prazeroso, mais demorado e mais corajoso de todos. Em 1923, ele enviava à srta. Weaver fragmentos do estranho "Omniboss"* que estava construindo na cabeça; em março de 1924, escreveu:

(*) *Omnibus*, além de ser ônibus, nomeia o público em geral e também qualquer coletânea de peças variadas de um autor num só volume. Entre os vários significados de *boss*, afora o de chefe ou patrão, Joyce talvez estivesse se referindo à matriz para moldar metais ou à rocha ígnea que é exposta pela erosão. (N. T.)

> Terminei o trecho de Anna Livia. Ei-lo. Mal tenho energia para segurar a caneta depois disso e em conseqüência do trabalho, das preocupações, da má iluminação, das circunstâncias gerais e tudo o mais. Algumas palavras para explicar.

Ele continuou explicando-lhe *Finnegans Wake*, esperando que ela gostasse; várias das cartas publicadas aqui pela primeira vez são desmontagens, palavra por palavra, de trechos específicos que apareceram na revista literária parisiense *Transition*. "Uma grande parte de toda existência humana transcorre num estado que não pode ser descrito com sentido usando-se a linguagem da vigília, uma gramática inertexangue e uma trama de iravante [... *entandry grammar and goahead plot*]." Ela respondeu: "Parece-me que você está desperdiçando seu gênio", e citou Ezra Pound em seu favor. Joyce retrucou: "É possível que Pound esteja certo, mas não posso recuar". E, em meio a uma saraivada de problemas familiares e de saúde, ele seguiu lentamente em frente, desfazendo-se de antigas alianças e conquistando algumas poucas novas, acumulando os trocadilhos compactos do livro mais esotérico jamais escrito, um *Book of Kells** verbal que precisa ser lido letra por letra. Quando se mergulha em *Finnegans Wake* com um espírito de ingenuidade, sem o auxílio das análises que podem hoje ser encontradas em brochura em qualquer livraria de esquina, tem-se, inesperadamente, uma impressão de gáudio, de exclamação (algum outro livro possui tantos pontos de exclamação?), de um incessante parlapatório irlandês. Embora o significado seja quase sempre obscuro, o sotaque é em toda parte inconfundível. No decorrer de seu longo exílio, Joyce tentou recriar o som das vozes que o haviam envolvido nas casas e ruas e *pubs* de Dublin. Com respeito a *Ulysses*, ele disse a Djuna Barnes: "Estão todos lá, os grandes faladores, eles e as coisas que esqueceram" — a observação é ainda mais verdadeira para *Finnegans Wake*. "Uma velha e alta vaga para os barardentes públicos e o dia inteirinho de grassa!" [*"A high old tide for the barheated publics and the whole day as gratiis!"*] Talvez não se deva sequer resistir à impressão de que são resmungos de bêbados e erros infantis de pronúncia. O livro é repleto de brincadeiras, de manipulações pueris, de gritos, e em cada página há algo capaz de nos fazer rir. Os últimos capítulos de *Ulysses* e todo o *Finnegans Wake* são extraordinariamente engraçados. Através da riqueza polimática das alusões — os "enigmas e quebra-cabeças que [...] manterão professores ocupados durante séculos discutindo o que eu quis dizer" — nós contemplamos uma estranha simplicidade, a singeleza que Nora Barnacle pressentira em seu jovem amante e que Joyce confes-

(*) Manuscrito, requintadamente ornado com iluminuras, dos Evangelhos em latim, com algumas inscrições locais no estilo celta-irlandês dos séculos VII a IX. (N. T.)

sou a Frank Budgen quando disse: ''Comigo, o pensamento é sempre simples''. No início, Joyce atribuiu a Ibsen ter arrancado ''o segredo da vida''; *Finnegans Wake*, este clímax da literatura de tão iletrada aparência, este tartamelar loquaz de vozes ''barardentes'', revela-nos o segredo de Joyce. Seu paradoxo de simplicidade e complexidade provém do pai sobre quem, por ocasião de sua morte, Joyce escreveu a Harriet Weaver em 1932: ''Ele era o homem mais tolo que eu jamais conheci e, todavia, cruelmente sagaz... Centenas de páginas e um sem-número de personagens de meus livros vieram dele''. Naquele mesmo ano, Joyce confidencia a Alfred Bergan: ''Homem nenhum poderia merecer um amor tão intenso como o que meu pai tinha por mim''. Seu segredo, então, e o segredo de seus poderes demoníacos para celebrar e contestar, talvez seja assim simples: ele se sentia amado por um pai que amava.

''Saint-Gérand-le-Puy, Zurique (1939-1941)'' acompanha Joyce à sepultura. O advento da guerra expulsara-o de Paris, como fora expulso de Trieste em 1915. Ele agora escreve a maioria das cartas em outras línguas — em francês, italiano e alemão. Pórém, embora ocioso, não começa outro livro. Sua última obra parece ter caído no silêncio. ''*Vous me parlez d'un certain 'roman' que j'ai écrit*'', escreve ele da vila de Saint-Gérand, perto de Vichy. ''*Ici personne n'a soufflé mot de son existence.*'' Nem uma palavra de sua existência. Nem uma palavra, também, de um novo começo; Joyce relê *Finnegans Wake*, ''acrescentando vírgulas''. Um velho amigo e amanuense, Paul Léon, surge no vilarejo, fugindo dos alemães. Os dois compilam metodicamente a lista de novecentos erros de impressão em *Finnegans Wake*, que é o último empreendimento literário de Joyce. Em 1906, ele escrevera ao irmão: ''Escrevi já o bastante e antes que faça algo mais nessa linha eu preciso ver algum motivo — não sou um Jesus Cristo literário''. Em 1941, envia a Stanislaus, em italiano, uma lista de pessoas que poderão ajudar o irmão a sobreviver na Europa de Hitler. Um mês depois, ele está morto, de uma úlcera no duodeno que vinha cultivando. Sua mesa estava vazia.

HEM LUTA CONTRA O BANDO TODO: E VENCE E PERDE

Selected letters, 1917-1961, de Ernest Hemingway, ed. Carlos Baker. 948 p. Charles Scribner's Sons, 1981.

Hemingway assinava suas primeiras cartas Ernest, Ernie, EH, Hemingstein, Hemmy, Stein, Hem, Wemedge, Steen, Love Pups, Oin, Yogi Liveright e Herbert J. Messkit. Tamanha riqueza de alcunhas inventivas e chistosas sugere um desejo intenso de ser alguém, não importa como. Alguns dias antes de seu 19º aniversário, conforme escreveu para a família em Oak Park, ele se tornou "o primeiro americano ferido na Itália". Recuperando-se deste que foi o mais importante ferimento em uma vida de muitos ferimentos, ele foi o paciente mais jovem do hospital da Cruz Vermelha em Milão e, ainda hospitalizado, recebeu uma promoção que, relatou orgulhosamente ao pai, tornava-o "o mais jovem primeiro-tenente do exército". De volta ao lar, Hemingway iniciou uma campanha contra — escreveu ele a seu colega de guerra James Gamble — "o Sat[urday] Eve[ning] Post. Mandei-lhes o primeiro conto na última segunda-feira. E ainda não obtive resposta alguma, é claro. Amanhã vai para lá uma outra história. Vou enviar-lhes tantas, e tão boas, não, não estou sendo convencido, que eles terão de comprálas em defesa própria". Ele só foi assinar Papa em 1927, numa carta para Archibald MacLeish. Na realidade, ele empregou este mais famoso dentre seus cognomes com maior parcimônia do que poderíamos esperar — basicamente em relação a escritores mais jovens diante dos quais manifestava uma afeição paterna (Lillian Ross, George Plimpton), a algumas mulheres protegidas que lhe apareciam sob um aspecto filial (Marlene Dietrich, Adriana Ivancich), e aos três filhos. Numa carta de 1954 para Harvey Breit ele assinou Papa e depois, pensando melhor, riscou e escreveu Ernest no lugar. (Após a publicação de *The old man and the sea* [O velho e o mar] na *Life*, ele reclamou com Wallace Meyer:

"Então um indivíduo perfeitamente inocente acha que adquiriu o direito de me chamar de 'Papa' só porque gastou vinte centavos num exemplar da *Life*, e eu tenho de dizer a ele: 'Posso ser seu pai, mas você me parece um filho da puta', e aí alguém sai magoado e eu tenho de acalmá-lo para livrá-lo de sua miséria".) Para sua primeira mulher, Hadley, Hemingway foi Tatie ou Edward Everett Waxen; e para Mary Welsh, que se tornou sua quarta e última esposa, ele foi Bear Mountain [Montanha do Urso] ou Old Mountain Man [Velho Montanhês] ou Your Big Kitten [Seu Grande Gatinho]. Três cartas para Lillian Ross, que trazia à tona seu lado mais brincalhão, são assinadas Mister Papa, Mr. Pappa e H. von H., abreviação de Huck von Hemingstein — uma autodesignação fundindo as concepções ideais de si mesmo como um herói-co galanteador do Velho Mundo e como uma encarnação do gênio literário americano exemplificado por *Huckleberry Finn*. "Toda a literatura americana moderna provém de um livro de Mark Twain chamado *Huckleberry Finn* [...]. É o nosso melhor livro. Tudo o que se escreveu nos Estados Unidos vem dele. Não houve nada antes. Não houve nada tão bom desde então." Assim asseverou ele em *Green hills of Africa* [As verdes colinas da África]; as outras citações acima foram tiradas de suas *Selected letters, 1917-1961* [Cartas escolhidas].

Hemingway não queria suas cartas publicadas. Em 1958, ele escreveu a seus testamenteiros: "É meu desejo que nenhuma das cartas que escrevi durante a vida seja publicada. Conseqüentemente, solicito e oriento-os para não publicarem e para não consentir que outros publiquem qualquer uma dessas cartas". Ele não se considerava um bom escritor de cartas, e freqüentemente termina uma carta desculpando-se por isso: "Esta é uma carta idiota"; "Por favor, desculpe uma carta tão cretina"; "Por favor, perdoe-me por escrever cartas tão chatas e tão bestas". A respeito de suas missivas para Charles Scribner, o pai, muitas das quais são publicadas neste volume, ele escreveu para Wallace Meyer:

> Acho que você ou sua família deveria tomar muito cuidado para que ninguém ponha as mãos nelas, e para que jamais sejam "consultadas" por qualquer um dos críticos adeptos da abordagem pessoal; ou por qualquer outro crítico ou biógrafo. As cartas pessoais são freqüentemente difamatórias, sempre indiscretas, muitas vezes obscenas, e várias delas poderiam criar grandes dificuldades.

Durante toda a vida, e especialmente depois que o preço de ser alguém tornara-se exorbitante, ele se ressentia amargamente e resistia a qualquer invasão de sua privacidade por estudiosos. Para Charles A. Fenton, autor de *The apprenticeship of Ernest Hemingway: the early years* [O aprendizado de Ernest Hemingway: os primeiros anos] (1954), ele declarou: "Os escritos publicados em livros são aqueles pelos quais eu existo, e gostaria com todos os diabos que as pessoas deixassem minha vida particular em paz. Que direito tem alguém de invadi-la? Eu digo que direito nenhum''. Fenton, quando propôs publicar algumas das primeiras peças jornalísticas não-assinadas de Hemingway, ouviu dele: ''O que eu escrevi e não desejo ver publicado, você não tem o menor direito de publicar. Fazer uma coisa dessas seria como trapacear alguém num jogo de cartas, ou bisbilhotar sua mesa ou cesto de lixo, ou ler suas cartas pessoais''. E para Arthur Mizener, o biógrafo de Scott Fitzgerald, Hemingway certa vez escreveu: ''Pretendo que se queimem todos os meus papéis e manuscritos incompletos quando eu for enterrado. Não quero que essa merda toda fique circulando''. No entanto, passados apenas vinte anos da morte do grande homem, eis que temos aqui uma gigantesca montanha excrementícia — quase seiscentas cartas em mais de novecentas páginas publicadas graças à conivência de Mary Hemingway, de seu advogado Alfred Rice, de Charles Scribner Jr. e de Carlos Baker. Por um daqueles desserviços dos quais somente a reverência é capaz, as cartas são todas reproduzidas na íntegra (acabamos descobrindo que Hemingway não era naturalmente lacônico) e com seus ''cativantes'' erros ortográficos meticulosamente preservados. Uma reação parece certa: Hemingway, que tão heroicamente esforçou-se para manter fora dos livros tudo o que de inferior houvesse saído de sua pena, e que mesmo em suas atitudes mais bombásticas reteve noções estritas de propriedade e dignidade *vis-à-vis* seus leitores, teria odiado este livro excessivamente longo, lodoso e não poucas vezes humilhante.

Bem, o que está feito, está feito. Enquanto produto manufaturado e trabalho editorial, este volume merece um A–, ou talvez um B+. Baker conhece o seu Hemingway, mas o aparato de notas de rodapé é mínimo, com freqüentes referências, em lugar de explicações, a *Ernest Hemingway: a life story* [Ernest Hemingway: uma história da sua vida] (1969), do mesmo Carlos Baker — que por sua vez obteve boa parte de seu material resumindo estas mesmas cartas. A biografia alude a diversas cartas interessantes (por exemplo, uma de 18 de agosto de 1938 para a sra. Paul Pfeiffer, sua sogra na época, descrevendo seu rompimento com o catolicismo e sua descrença na oração em virtude da conduta da Igreja espanhola durante a Guerra Civil; outra de 27 de agosto de 1940 para Arnold Gingrich, da revista *Esquire*, ''computando o quanto *For whom the bell tolls* [Por quem os sinos dobram] havia lhe custado''; e várias de seus derradeiros — e tristes e selvagens — contatos com Mary Hemingway) que não foram incluídas nesta seleção. Sem conhecer toda a correspondência, que somente Deus e Carlos Baker conhecem, é impossível julgar a seleção. Mas ficamos logo a imaginar por que, se o propósito é um monumento erudito a um dos gigantes da terra cujas palavras seriam todas preciosas, uma edição completa em vários volumes de suas cartas, como a que os franceses estão fazendo em relação a Colette e os ingleses fizeram a Virginia Woolf, não foi lançada; e por que, se o público pretendido é o leitor comum, não se efetuou uma seleção menos incômoda, menos pesada e menos cara. Os lucros, somos piamente informados, "serão destinados à Ernest Hemingway Foundation, que [concede] prêmios anuais no campo da ficção americana sob a égide do PEN Club". Dez dólares a menos no preço de capa teria sido um bem merecido prêmio para o heróico comprador de livros americano. E, todavia, mesmo assim existe algo de exíguo neste volume. Uma carta após a outra nos é marretada, sem uma única indicação de capítulo a separá-las e sem qualquer pausa para os aspectos biográficos essenciais. Não há cronologia alguma da vida de Hemingway, nenhuma bibliografia de suas obras, nenhum glossário de seus principais correspondentes, e nenhuma distinção tipográfica no índice entre mera menção a uma pessoa e cartas escritas a esta pessoa. Este usuário achou o índice errático. Por exemplo, nenhuma referência existe sob "Hemingway, Grace Hall" a esta bomba definitiva, numa carta a Charles Scribner, pai:

> Minha mãe está muito idosa, sua memória mais do que irregular, e tem se dado a afirmações fantásticas. Ultimamente, por estar tão velha, tenho representado o papel de um filho dedicado caso isso pudesse agradar-lhe. Mas não suporto a cara dela, nem ela a minha. Ela forçou meu pai ao suicídio...

O índice também ignora este curioso veredicto sobre o filósofo espanhol Miguel de Unamuno:

> Você se lembra como Unamuno era maçante e presunçoso? Mas ele freqüentemente estava certo. Eu costumava ficar horas sentado a ouvi-lo, esperando-o acertar.

Não se pode dizer que estas cartas acrescentem algo de substancial ao retrato da vida de Hemingway já oferecido por sua própria ficção e jornalismo, pela intensa publicidade que recebeu ainda vivo, pelos relatos pessoais de A. E. Hotchner, Mary Hemingway e outros, e pela biografia do próprio Baker. Nenhum telhado de vidro, como o recentemente descoberto sobre certas cabeças presidenciais, foi encontrado. Nem as cartas intensificam ou atenuam com um humanismo recém-vislumbrado a imagem do autor, como ocorreu com as cartas de Scott Fitzgerald e de John O'Hara. Antes, o Hemingway que vemos nessas missivas, com seus repúdios e abandonos cruéis e com sua jactância constante, é ainda mais fanfarrão e gabola do que suspeitávamos. E estas cartas, ao contrário das de Kafka e Keats, também não são literatura: em geral escritas após um longo dia de trabalho e diversão, às vezes com a ajuda de espíritos etílicos desinibidores, elas são quase sempre prolixas, repetitivas e toscas. Há algumas exceções: as cartas de condolências a Gerald e Sara Murphy, e à sra. Charles Scribner, são muito belas, assim como a primeira e a última carta do livro — a primeira, uma carta de um rapaz de dezoito anos ao avô depois de passar o verão na península superior de Michigan trabalhando numa fazenda, preocupado com a colheita de batatas e orgulhoso de três grandes trutas que pescara; e a última, a carta de um homem de 61 anos agraciado com um prêmio Nobel e um grave caso de hipertensão para consolar um garoto de nove anos hospitalizado com uma doença virótica no coração. Hemingway, que também estava hospitalizado em Minnesota, escreveu ao jovem Frederick Saviers: "Vi algumas belas percas pulando no rio. Não sabia nada sobre o alto Mississippi, mas realmente é uma região muito bonita, onde há muitos faisões e patos no outono".

Da primeira à última, as cartas prestam homenagem à beleza da região em que seu autor porventura esteja — em parte fanfarronice, em parte simples elogio do mundo. Numa carta a Maxwell Perkins, ele se descreve a si mesmo como "tendo muita afeição e admiração pela terra e quase porra nenhuma pela minha geração". Sua correspondência pulsa com a mensagem subliminar "Divertindo-me muito" que Harry Levin, em seu insuperável estudo sobre o estilo de Hemingway (republicado em *Memories of the moderns* [Lembranças dos modernos] no ano passado), considerou a carga fundamental daqueles generalizados adjetivos de estimação: *fine* e *nice* e *good* e *lovely*:*

> As corridas em Auteuil com todos amontoados em volta de um grande braseiro a carvão. Um céu límpido e azul de novembro, a grama dura, as pistas boas, e nós assistindo a cada corrida do alto das arquibancadas [...] e subimos as montanhas até um antigo chalé suíço. Esquiamos e andamos num trenó de corrida, e tomamos ponche quente à noite, enquanto os dias eram frios e claros e havia muita neve.
>
> [...]
>
> Pamplona é uma cidade formidável de cerca de 30 mil habitantes, num platô em meio às montanhas de Navarra. A região mais linda que já se viu e logo ali ao lado do único lugar para pescar trutas que não foi destruído pelos automóveis ou pelas ferrovias... A Espanha continua sendo de verdade o que era outrora.
>
> [...]
>
> A bóia é excelente e há bom vinho tinto e branco e trinta tipos de cer-

(*) Todos adjetivos semelhantes e significando "belo, bom, fino, seleto, agradável, atraente, de bom gosto, delicado..." (N. T.)

veja [...]. [Shruns, Áustria] é um lugar formidável. Linda cidade e a população muito temente a Deus e grandes bebedores.

[...]

Trazemos nossa água potável e gelo e legumes frescos no barco-piloto que vem uma vez por semana de Miami. Não há qualquer espécie de doença na ilha [Bimini] e a idade média das pessoas no cemitério é 85.

O estilo brusco e, todavia, de alguma forma urgente e luminoso, estava presente desde o início, e pode ser detectado até em cartas escritas aos nove anos de idade, que Baker cita na introdução:

> Olhei dentro de uma ostra que tinha trazido do rio para a escola. Ela havia fechado no rabo de leque de um dos nossos grandes peixinhos dourados japoneses. No sábado mamãe e eu atravessamos o vau do rio.

Para Hemingway, as palavras são elementais e castas, desdenhando qualquer tipo de vitalidade acessória em jogos de palavras. Nas mais de 400 mil palavras destas cartas, raríssimos são os símiles — tão raros que a longa metáfora abaixo, referente à morte súbita de sua segunda esposa, Pauline, onze anos após ambos se divorciarem, destoa grotescamente, tendo o efeito de uma contorção dolorida:

> As ondas de recordações cresceram enfim, rompendo o molhe que eu construíra para proteger a enseada aberta do meu coração. Assim eu sofro a plena dor da morte de Pauline, com toda a escuma de angra daquilo que a provocou.

Ocasionalmente, mas só ocasionalmente, uma imagem em palavras destaca-se na correspondência com a nitidez dos parágrafos em itálico entre os contos de *In our time* [Em nosso tempo]. De uma carta para Harvey Breit, a respeito do enterro do romancista espanhol Pio Baroja em 1956:

> O dia estava enevoado com o sol irrompendo e consumindo-se por entre os montes escalvados, e a caminho do solo não-consagrado do cemitério as laterais das ruas estavam completamente atulhadas de flores, as barracas dos vendedores de flores para 2 de novembro — dia de Finados. Fomos de carro até o cemitério, pelas terras sobre as quais ele escreveu em Hierba Mala, La Busca e Aurora Roja. Não éramos muitos. Ele foi enterrado num caixão simples de pinho, recém-pintado de preto, que manchou os rostos e as mãos dos carregadores, e também seus paletós.

Certos traços, não particularmente lisonjeiros, da psique de Hemingway vêm à tona nestas cartas. Ele reflexivamente via as esposas como a ruína de seus maridos. Em 1924, escreveu de Paris a um amigo de Chicago, William B. Smith Jr.: "O número de homens brancos genuinamente caucasianos no mundo é limitado [...]. É provável que houvesse mais se não se casassem com variadas formas de matéria fecal. Há aqui um homem chamado Lewis Galantiere que era impagável, mas ele foi fisgado e casado pela mais absoluta e estampada cadela do mundo e um bom homem ele já não é mais''. O irmão mais velho de Smith, Y. K., Maxwell Perkins (''Max era Max com cinco filhas e uma esposa idiota'') e Scott Fitzgerald incluíam-se entre os outros homens impagáveis que Hemingway considerava indignamente desposados. Até mesmo Gertrude Stein ele via como maliciosamente dominada por sua companheira, Alice Toklas. ''Alice tinha a ambição de satanás e morria de ciúmes dos amigos e amigas de Gertrude [...]. Alice era o seu anjo mau além de sua grande amiga.'' Quando o ''anjo mau'' de Fitzgerald, Zelda, adoeceu, o coração de Hemingway não se abrandou. Ele escreveu a Maxwell Perkins:

> Uma mulher arruinou Scott. Não foi apenas Scott arruinando-se a si próprio. Mas por que ele não a mandou para a droga do inferno? Porque ela era doente. É pela doença que elas agem em geral de modo tão terrível e é pela doença que não se pode tratá-las como se deveria. A primeira grande dádiva para um homem é ter saúde e a segunda, talvez ainda maior, é andar com mulheres saudáveis. Sempre é possível trocar uma mulher saudável por outra. Mas comece com uma mulher doente e verá onde vai parar.

Com relação às suas ex-mulheres, ele podia até mostrar-se sentimental, mas apenas o divórcio de Hadley parece ter-lhe sido realmente dolorido. Hemingway era um marido despudoradamente infiel e, é claro, hostil a sua mãe, a quem culpava pela falta de lealdade para com suas primeiras obras publicadas, pelo suicídio do pai e por uma obscura opressão sobre ele mesmo. Ele escreveu a Maxwell Perkins que não conseguia ''escrever nada de verdadeiro [sobre Scott Fitzgerald] enquanto Zelda estiver viva, assim como não consigo escrever enquanto a vaca da minha mãe ainda puder ler''. No entanto, era ao mesmo tempo um galanteador, viril e cortês, e até mesmo meio filhinho da mamãe. Um tom curiosamente juvenil permeia suas cartas, como uma pouco atraente melodia chorosa. Para Pauline Pfeiffer, no período imediatamente após ter deixado Hadley por ela, ele se lamuriou: ''E todo o tempo em que você não vai receber nenhuma carta e eu ao invés de sermos tão felizes e termos o mundo inteiro sendo transformado apenas numa figura representando o pecado e sou tomado pelo horror...''[*sic*]. Anos depois, quando abandonava Pauline por causa de Martha Gellhorn, ele voltou a apelar a Hadley, como a uma mãe ideal, e confidenciou: ''Eu estou errado, é claro. Mas nunca faço o que não deveria simplesmente por fazer; nem é por descaso. Só quando mais ou menos tenho de fazer''. Com a mesma cândida confiança, como um garotinho corajosamente dando notícias do acampamento, ele tranqüilizou Mary Hemingway nos últimos anos de vida: ''Muitos outros [problemas], mas iremos resolvê-los e eu ficarei bom e escreverei bem''.

Nos seus últimos meses, foi obsedado pelo medo de estar sendo perseguido pelo fisco e pelo FBI, e não há documento mais comovente, ou mais intrépido, neste volume do que a carta "A quem possa interessar" escrita na Clínica Mayo e absolvendo Mary Hemingway de qualquer cumplicidade com seus crimes fantasmagóricos:

> Ela nada sabia de meus delitos e atos ilegais e das minhas finanças só estava a par nas mais vagas linhas gerais e apenas me ajudou a preparar minhas declarações com material que eu mesmo lhe fornecia. As malas que eu carregava tinham as etiquetas dela mas ela sempre acreditou desde o momento em que a conheci em Nova York que o único motivo de eu viajar como viajava era para evitar a imprensa, um costume meu que vinha de anos. Ela nunca foi cúmplice nem em qualquer sentido uma fugitiva e só seguiu os conselhos de um amigo médico em quem confiava.

As cartas anteriores desde 1940, ano em que *For whom the bell tolls* proporcionou-lhe a sua primeira grande receita monetária, mostram uma preocupação excepcional com o escrupuloso pagamento de seus impostos. Quando se levantou a questão das palavras obscenas em seus primeiros romances, ele diversas vezes expressou um medo ligeiramente dissonante de ir para a cadeia, de meter-se em "encrencas". "Eu não quero encrencas", escreveu a Perkins. "Mas quero tudo o que se puder obter sem encrencas." E novamente para Perkins: "Como você vê, minha vida inteira e minha cabeça e tudo o mais divertiram-se a valer... (não se deve jamais deixar alguém saber sequer que se esteve fora ou permitir que o bando saiba que você foi ferido)". Este vago e ameaçador "bando" parece ter incluído críticos, autoridades jurídicas, mulheres ciumentas e predatórias, e até mesmo (num caso pitoresco narrado por Edmund Wilson)* os personagens fictícios de William Faulkner; além de ajudar a explicar a rapidez com que se voltava para fazer inimigos de amigos, e a chocante virulência com que ele expressa seu repúdio. "É perigoso quando se tem um inimigo fazer qualquer outra coisa que não matá-lo", escreveu ele a Maxwell Perkins. Por algum motivo hoje irrecuperável, ele foi um homem na defensiva, sempre em fuga.

(*) "... Hemingway contou-me de uma viagem de carro que fez recentemente pelo Sul com seu pequeno filho. Num dado momento, ele subitamente deu-se conta de que haviam entrado no estado do Mississippi: 'Percebi que estávamos na terra de Faulkner'. No hotel onde passaram a noite, depois de fazer o garoto dormir, ele permaneceu a noite inteira em claro, com o 'revólver' na mesa à sua frente. Duas idéias, creio eu, revelam-se nesta história, que ele me contou com a maior seriedade possível: a crença de que o Mississippi era habitado pelos personagens de Faulkner e a suposição de que Faulkner seria um perigoso rival, que veria Hemingway com os mesmos olhos que Hemingway o via — e que, agora que Hemingway invadira seu território, poderia muito bem mandar alguns de seus personagens cometer violências contra ele. Achei isso tudo bastante esquisito, mas talvez não mais esquisito do que outras coisas que surgiam quando conversávamos e bebíamos." De "That summer in Paris", publicado em 1963 e reeditado em *The bit between my teeth* (Farrar, Straus & Giroux, 1965).

No exército, entre camaradas e inimigos declarados, ele se sentia a salvo da autoridade, e soube apreciar a porção dela que lhe coube como soldado e oficial. Na Segunda Guerra, ameaçaram tirar-lhe as credenciais de repórter por ter assumido um grau de comando militar e ardor marcial pouco condizente com um correspondente de guerra de meia-idade. Antes de embarcar para a frente européia em 1944, ele havia engenhado para si um comando naval independente no mar do Caribe. E, durante sua última viagem à África, ele se encantou com seu papel oficial de guarda-florestal honorário. Repetidas vezes afirmou que os meses passados junto aos exércitos americanos na França e na Alemanha em 1944 e 1945 foram os dias mais felizes de sua vida — a época mais deliciosa de todas. "Você vai orgulhar-se do que a Divisão realizou e eu nunca fui tão feliz nem jamais tive uma vida tão útil", escreveu ele dos campos de batalha a seu filho Patrick. Para o escritor russo Konstantin Simonov, ele explicou: "O tempo que passei com a R.A.F. foi maravilhoso mas inútil. Com a 4ª Divisão de Infantaria e com o 22º Regimento de Infantaria eu tentei ser útil já que sabia falar francês, conhecia a região e era capaz de avançar preparando terreno com os maquis. Foi bom, uma vida boa, e você teria apreciado". Depois da guerra, para prolongar sua felicidade e seu senso de utilidade, Hemingway escreveu longas cartas a seus ex-superiores, os generais R. O. Barton, Charles T. Lanham e J. Lawton Collins. Em 1949, para Collins, escreveu: "Gostaria de dizer-lhe que ficarei feliz em servir sob seu comando em qualquer função (preferivelmente alguma que envolva escrever), em qualquer momento, em qualquer lugar e contra quaisquer inimigos do nosso país". O desejo dele de alistar-se sob alguém, a meu ver, inspira boa parte de sua correspondência obsequiosa com outros homens, e acabou por produzir na sua última e solitária década efusões patéticas para Bernard Berenson, uma das quais termina assim:

> Mas B. B. (meu irmão e pai) se você alguma vez quis ser pai de um rapaz realmente mau repito mau (que não dá nada nem pede nada) então você tem este objeto imprestável que empreenderá a pequena peregrinação mas prometo não constrangê-lo. Especialmente com a srta. Mary que está sob a impressão de que ela (ELA) mantém a disciplina na coluna.
>
> Por favor desculpe-me por continuar escrevendo. Só o faço porque estou solitário. Você com sua idade magnificamente atingida são, de certa maneira, ou sem qualquer elogio idiota meu HERÓI.

Não é preciso ser psicanalista para perceber nestas abjetas divagações a voz interior do garotinho misteriosamente "mau" que encontrou refúgio, do bando liderado por sua temível mãe, junto a seu pai — médico e caçador, curandeiro e assassino.

Ainda mais vívidas do que suas descrições publicadas de esportes sangrentos e de guerra, as cartas mostram o quão sinceramente Hemingway gostava de matar. "Eu gosto de atirar com rifle e gosto de matar e a África é onde se faz isso." Sua pormenorização da morte de animais é implacável:

> Charles [Thompson] matou um alce, nós matamos um juntos e eu matei um sozinho [...]. Alce tombou na ravina. Corremos até lá, Charles na espreita para ver se o bicho se erguia. No 1/2 do caminho o alce se ergueu e Charles começou a disparar. Recuei sob a proteção de seu fogo, busquei apoio numa árvore e atingi o animal em cheio. Ele despencou para a frente, estrebuchando, mas continuou avançando. Charles acertou a perna traseira rompendo-a no joelho (literalmente) e o bicho tombou. Ele foi atingido cinco vezes e quando o esquartejamos vimos que a parte de cima do coração fora estraçalhada — os dois pulmões — O primeiro tiro de Charles o tinha atravessado por inteiro, mas pela boca logo acima da espinha dorsal.
>
> Eu matei um enorme alce ponto 7 a 11 mil pés com um tiro, correndo (o bicho e eu correndo!), a bala atravessou as costelas acima dos rins e arrancou a parte de cima dos pulmões. Ele sangrou por dentro — correu uns cinqüenta metros sem uma gota de sangue e caiu completamente morto.

Ainda mais horripilante é o caso que contou a Charles Scribner, de como teria assassinado um prisioneiro de guerra alemão:

> Uma vez eu matei um repulsivo kraut da ss que, quando eu lhe avisei que o mataria se não me revelasse quais eram os sinais de sua rota de fuga, disse: "Você não vai me matar", afirmou o kraut. Porque você tem medo e porque você é de uma raça de degenerados mestiços. Além disso, seria contra a Convenção de Genebra.
>
> Que erro você cometeu, meu irmão, eu lhe disse e atirei três vezes na barriga depressa e então, quando ele caiu de joelhos, dei um tiro de cima para baixo de modo que seus miolos saíram pela boca ou acho que foi pelo nariz.

Sendo ou não isso uma fantasia, o tratamento que propôs para Max Eastman, que criticara seu "estilo literário [...] de usar pêlos postiços no peito", certamente é:

> Eu tenho uma ambição. Não uma obsessão. Apenas uma ambição de cravar aquele filho da puta do max eastman no alto de uma estaca com um pregão de vinte centavos atravessando o fundo do você sabe o quê dele e então ir empurrando-o para trás devagarinho. Depois disso eu começaria a trabalhar nele.

Era de bom grado que ele metralhava tubarões, ansiava por "tomar um fuzil de cano curto e abrir fogo contra a 21 ou os escritórios da N[ew]

R[epublic]'', gabava-se de ter matado na guerra 122 ''com certeza'' (''armados sem contar os tiroteios possíveis ou necessários'') e reclamava para o general Barton que ''escrever é maçante como o diabo depois do que costumávamos fazer. Já faz mais de quatro anos que não mato um filho da puta''. Ele abateu sua última caça descansando a culatra de uma espingarda de cano duplo no chão de sua casa em Ketchum, Idaho, apoiando a testa no outro extremo da arma e — um requinte de virtuoso — disparando o gatilho de ambos os canos.

Qualquer vida inteira de cartas, lidas do começo ao fim, acaba por traçar uma inexorável curva orgânica, de uma juventude obscura e esperançosa, passando por alguma espécie de sucesso (por que outro motivo estaríamos lendo as cartas?) até a decadência, o declínio, a decepção e a morte. O aroma da morte está presente nestas *Selected letters* quase desde o início: na página 13 temos um desenho, feito pelo artista em seu 19º aniversário, do jovem herói deitado de costas, as pernas enfaixadas com ataduras onde se lê ''227 ferimentos'' — sempre o grande tabulador, Hemingway — e as palavras ''Me dá um trago!'' flutuando num balão saindo de sua boca. Dez anos depois, o artista agora maduro iria transcrever aquele trauma formativo nestas sentenças de *A farewell to arms* [Adeus às armas]:

> Comi o último pedaço de meu queijo e tomei um gole de vinho. Em meio aos outros ruídos, ouvi uma tossidela e em seguida o tchuh-tchuh-tchuh-tchuh — e houve um clarão, como quando a porta de um alto-forno é aberta, e um troar que começou branco e tornou-se vermelho, avançando com um vento repentino. Tentei respirar, mas o fôlego não me vinha e senti-me saindo corporalmente de mim mesmo, para fora, para fora, e o tempo inteiro eu corporalmente ao vento. Saí depressa, o todo de mim, e soube que estava morto e que havia sido um engano pensar que você acabara de morrer. E então flutuei, mas ao invés de prosseguir senti-me escorregando de volta. Respirei e estava de volta.

De volta desta experiência sobrenatural, Hemingway nunca mais deixou de partilhar uma intimidade estimulante e ambígua com a idéia de morrer, com a religião, com a dor e com o perigo. Autenticamente estóico e impassível, ele tinha uma propensão a acidentar-se que beirava o grotesco, tendo sobrevivido a mais ferimentos do que normalmente uma dúzia de homens são acometidos: clarabóias caíam em sua cabeça, bêbados (incluindo, certa vez, Wallace Stevens) desafiavam-no para brigar, os carros em que ele viajava derrapavam para fora da estrada ou caíam em tanques de aço com água. Em 1932, ele escreveu a Maxwell Perkins: ''Desde que comecei este livro já sofri fraturas múltiplas no dedo indicador — um grave estilhaçamento geral naquela caçada a ursos — catorze pontos no rosto por dentro e por fora — um buraco na perna — depois aquele braço direito — paralisia muscular — três dedos na mão direita quebrados — dezesseis pontos no pulso e mão esquerda''. Em 1945, ele calculou que sofrera ''cinco concussões em pouco mais de dois anos''. Em janeiro de 1954, em Uganda, ele e Mary estiveram envolvidos, em dois dias sucessivos, na queda de dois pequenos aviões e, recuperando-se de ferimentos bastante graves (concussão; rompimento do fígado, do baço e dos rins; uma vértebra esmagada; perda temporária da visão no olho esquerdo e da audição no ouvido esquerdo; e paralisia do esfíncter), Hemingway insistiu em ajudar a apagar um incêndio no mato, quando caiu nas chamas, adquirindo queimaduras de segundo e terceiro grau. Pouco antes deste último episódio, ele ditara um relato de 15 mil palavras sobre suas desventuras para a revista *Look*, uma obra-prima de eufemismos galhofeiros, terminando com a confissão de seu novo ''vício'', ler seus próprios obituários — que haviam surgido, prematuramente, em todo o mundo. ''Pretendo lê-los pelo menos uma vez por ano para manter meu estado de ânimo elevado quando os críticos recuperarem sua presença de espírito e voltarem ao ataque.''

Mas seu corpo e cabeça alquebrados nunca se recuperaram completamente, e ele não publicou outros livros em vida. Perto do fim ele parecia muito mais velho do que os anos que tinha. As cartas contêm uma série de pensamentos curiosos que flertam com o ato de morrer. De um leito de hospital em Milão, ele escreveu a sua família: ''Morrer é uma coisa muito simples. Eu já encarei a morte e realmente sei. Se eu houvesse morrido, teria sido muito fácil para mim. Certamente a coisa mais fácil que já fiz. Mas o pessoal de casa não se dá conta disso. Eles sofrem mil vezes mais''. Isso era tão exatamente o que ''o pessoal de casa'' queria ouvir que a carta foi publicada no jornal local, o *Oak Parker*. A Ernest Walsh, doente já em estado terminal, ele ofereceu de Paris: ''Apesar disso, quanto mais eu penso a respeito, mais acho que qualquer forma de morrer pode vir a ser formidável. Uma das coisas pelas quais eu realmente anseio é morrer — mas quero estar com pelo menos 85 anos antes que aconteça''. Depois de sua passagem pela Guerra Civil Espanhola, Hemingway escreveu à mãe de Pauline: ''Este último convívio com a guerra eliminou completamente o medo da morte e de tudo o mais. É como se o mundo estivesse tão mal e certas coisas fossem tão necessárias que pensar sobre meu futuro pessoal seria simplesmente egoísta demais''. Sua decepção com a Igreja direitista durante a Guerra Civil eliminou também os últimos vestígios de seu catolicismo confesso. Seu envolvimento com a Igreja Católica poderia igualmente ser descrito como curioso e coquete. Tendo sido crismado como congregacionalista e, em suas cartas de juventude, sempre insistido em tranqüilizar a mãe a respeito de seu cristianismo ("Só porque eu sou um cristão *alegre* isso não deveria lhe incomodar"), Hemingway, em 1920, escrevia a Grace Quinlan como, em Boyne City, ele e sua amiga Kate Smith haviam ido a "uma igreja católica, onde acendemos uma vela e rezamos por todas as coisas que eu desejo e jamais obterei. Saímos de lá num excelente estado de espírito". Em meio às catedrais da Europa, ele não deve ter resistido a algumas rápidas visitas. Jake Barnes, herói de *The sun also rises* [O sol também se levanta], é um católico praticante, e o tenente Henry, em *A farewell to arms*, quando lhe perguntam: "És um *Croyant*?", responde: "À noite". Hemingway casou-se com Pauline Pfeiffer numa cerimônia católica na igreja parisiense de Passy, em 1927, afirmando ter sido batizado na fé num posto de socorro italiano nove anos antes. Numa carta citada na biografia de Baker, mas não incluída nas *Selected letters*, ele garantiu a um frade dominicano inquiridor que possuía "tanta fé" que odiava "examiná-la". Uma carta de 1929 menciona uma ida à missa em Paris com Pauline e Allen Tate, e nos livros anteriores a 1940 não são raras as alusões a orações e símbolos cristãos. Uma fé contorcida, unamunoesca, impele-o a blasfêmias sombrias como a paródia "nada nosso que estais no nada", em "A clean, well-lighted place" ["Um lugar limpo e bem iluminado"], e o solilóquio interior de Robert Jordan em *For whom the bell tolls* que diz em parte: "Agora e eternamente agora. Venham, agora, pois não há agora senão agora". Em 1953, porém, toda a luz mística havia sido filtrada da severa crítica estóica que ele apresenta a Bernard Berenson: "Sobre morrer: temos de fazê-lo, mas não há motivo para darmos a isso qualquer importância". Entretanto, alguns anos antes, ele incluíra uma cláusula pessoal de garantia em seu contrato com a morte — ao receber o volume de seus contos reunidos em 1938, escreveu a Maxwell Perkins: "Quando recebi o livro e vi todos aqueles contos soube que eu estaria bem como uma espécie de negócio duradouro se batesse as botas amanhã".

Pois este homem violento, rude, cheio de apetites e até mesmo sanguinário tinha direcionado sua vontade mais intencionalmente para a imortalidade literária e a perfeição da prosa do que qualquer outro autor americano de ficção desde Henry James. Nele, a literatura competia com a vida — a princípio, com a necessidade de ganhar dinheiro e o desejo de se divertir; mais tarde, com a celebridade, a falta de saúde e o desejo de se divertir.

> Ao se ir onde se tem de ir, e fazer o que se tem de fazer, e ver o que se tem de ver, embota-se e entorpece-se o instrumento com o qual se escreve. Mas eu o prefiro torto e embotado, ciente de que precisarei passá-lo

> no rebolo novamente e desamassá-lo a marteladas e aplicar a ele uma pedra de amolar, sabendo, porém, que tenho algo sobre o que escrever, do que tê-lo reluzente e brilhante, mas sem nada a dizer, ou macio e bem lubrificado num armário, mas sem uso.

Assim Hemingway introduziu o livro de contos que, a seu ver, certificava-o como "uma espécie de negócio duradouro". Nas mais variadas condições de convalescença e ressaca, em quartos de hotéis e nas casas em Paris e Key West, Cuba e Sun Valley, escrevia ele, levantando-se cedo e carinhosamente anotando o número de palavras escritas a cada manhã — um hábito preservado dos seus dias de correspondente estrangeiro quando contava as palavras dos despachos. No decorrer destes últimos anos aturdidos, apesar de as palavras começarem a se esvair ou a inflar, a simplesmente não saírem certas, ele continuou na batalha, acumulando manuscritos. Em fevereiro de 1961, convidado a contribuir com uma frase para um volume a ser presenteado a John Kennedy, Hemingway passou um dia escrevendo, enchendo páginas e páginas, sem conseguir algo que o satisfizesse; a biografia de Baker mostra-o com "lágrimas escorrendo pelo rosto". Alguns meses depois, ele se matou. Ele jamais acreditara que escrever devesse ser fácil. Numa carta de 1927 para Waldo Peirce, ele fala de Henry James em termos reprobatórios: "Ele obviamente desenvolvera uma bela maneira de escrever muito fácil para si e um grande conhecimento de salas de visitas". Hemingway começou com teorias difíceis, ao ar livre. "Estou tentando fazer paisagens como Cézanne, e é difícil como os diabos, mas às vezes consigo um pouco", escreveu ele a Gertrude Stein em 1924, sobre o conto "Big two-hearted river" ["Grande rio de dois corações"], que representou para ele um ponto de ruptura. "É muito melhor do que todo o resto que já fiz", disse a Edward J. O'Brien, um de seus primeiros admiradores. "O que tenho feito é tentado criar as paisagens de modo que você não se lembre das palavras depois de lê-las, mas que tenha na realidade a Paisagem. É difícil porque para fazê-lo é preciso ver a paisagem completa o tempo todo que estiver escrevendo, e não apenas ter um sentimento romântico a respeito dela. É muito divertido." O jovem modernista dos anos parisienses, sofregamente convivendo com Pound, Joyce e Stein, vivendo em cima de uma serraria com a bela Hadley e o pequeno Bumby e produzindo suas narrativas elípticas sobre a Michigan de um garoto e a Europa de um soldado numa linguagem límpida como o ar da madrugada, certamente não precisaria do idílio de *A moveable feast* [Paris é uma festa] para impressionar-nos como sendo esta a melhor faceta de Hemingway. Em obscuridade e pobreza, amalgamando a voz direta do jornalismo com as exaltadas determinações dos expatriados mandarins, ele obstinadamente forjou um estilo que se tornou, para uma geração ou mais de homens estóicos, hedonistas, "perdidos", um estilo de vida.

O estilo pareceu a alguns (mas não para Pound, ou Fitzgerald, ou Wilson) ingênuo; sempre houve críticos de Nova York que o consideraram um mero idiota simplório. As cartas, no entanto, revelam uma notável gama de leituras, dos clássicos aos contemporâneos ("Graças a Deus pelos livros", escreveu fervorosamente a Berenson), e, embora professores e tradutores encontrem erros nas frases estrangeiras com que ele ornava sua ficção e suas cartas, ele sabia se virar, graças apenas à rapidez do seu ouvido, em francês, italiano, espanhol e alemão. Como atestou Malcolm Cowley, "ele era capaz de aprender praticamente qualquer coisa com espantosa rapidez". Quando discorre sobre literatura e o que é ser escritor, ele é quase sempre interessante, sagaz e de bom senso, ainda que às vezes rabugento. Ele dava importância a cada aspecto de seu ofício, mesmo o mais insignificante. A respeito dos tipos de impressão, escreveu: "Não há nada que prejudique mais a apreciação de um bom material do que erros tipográficos". Com perspicácia, sabia que um excesso de chamadas na sobrecapa de um livro "não faz mais que pôr o leitor na defensiva". A gíria, a seu ver, deveria ser usada com parcimônia, pois "azeda muito depressa". Ele nunca teve um agente literário, nem gostava de receber adiantamentos (embora tenha passado a depender de "empréstimos" da Scribner's), e afirmou que os críticos "arruinaram todos os escritores que os leram". "Quando eles não compreendem, a gente se irrita; se compreendem, a gente só lê o que já sabia e isso não é bom." Até as cartas de fãs, que depois de *A farewell to arms* começaram a chegar em quantidade, ele achava perturbadoras: "As pessoas escrevem cartas formidáveis a respeito e estou tão farto disso que uma carta de fã deixa-me apenas constrangido, inquieto e com um vago mal-estar. Escrever já é difícil o bastante — escrever prosa é trabalho em tempo integral — e a melhor parte é feita no subconsciente. Mas, se este estiver atulhado de negócios, resenhas, opiniões etc., não se consegue tirar dele merda nenhuma". Por sua confiança no subconsciente ele é quase um surrealista. Muitas coisas de sua vida que pareciam diversões improdutivas — as bebedeiras, as pescarias de marlim — foram uma tentativa de manter limpo o receptáculo de sua mente para a próxima destilação de palavras. Ele tinha o olfato e o paladar aguçados, e a pureza era seu ideal dominante. "Quando se conta tanto da verdade, não se pode incluir nada que não seja verdadeiro porque adulterará o paladar." Ele achava que Scott Fitzgerald estragara *Tender is the night* [Suave é a noite] por incluir coisas demais que não eram verdade sobre os Murphy e Zelda e sobre si mesmo. A respeito do resíduo de realidade de suas próprias obras, Hemingway testifica contraditoriamente: "Eu acredito que quando se está escrevendo histórias sobre pessoas de verdade, o que não é a melhor coisa a se fazer, você deve torná-las estas pessoas em tudo exceto o número de seus telefones'', disse a Ernest Walsh em 1926; alguns anos depois, confessou a Perkins, em *In our time*: ''O motivo de a maior parte do livro parecer tão verdadeira é que a maior parte dele é verdadeira — e eu não tinha, e nem tenho, muito talento para modificar nomes e circunstâncias. Lamento isso muitíssimo''. Seus contos eram mais *à clef* do que seus romances; garantiu ele a Perkins: ''Eu inventei cada palavra e cada incidente de A farewell to arms, exceto possivelmente três ou quatro incidentes. Toda a melhor parte foi inventada. Noventa e cinco por cento de The sun also foi pura imaginação. Neste eu tomei pessoas reais e controlei o que faziam. Inventei tudo''. Joyce, talvez o único escritor contemporâneo que ele sempre respeitou, inventou Bloom, e Bloom foi o personagem, na opinião de Hemingway, que salvou *Ulysses* do tediosamente autobiográfico Stephen Dedalus. O pronunciamento definitivo sobre este assunto incômodo talvez seja dado numa carta de 1951 a Thomas Bledsoe: ''Todo escritor está em muito da sua obra. Mas não é tão simples assim''.

Leitores de *A moveable feast*, perplexos com os esboços acres que Hemingway nos oferece de seus ex-amigos e colegas de profissão, não teriam se surpreendido se houvessem lido antes estas cartas. Elas estão repletas de esnobadas cruéis e até mesmo raivosas. ''Tom Wolfe foi garoto de um só livro e um gigante glandular com o cérebro e a fibra de três ratos.'' ''Scott [Fitzgerald] foi um pau-d'água e um mentiroso, desonesto sobre dinheiro e com o talento inato de um anjo desonesto e facilmente assustável.'' ''Sherwood Anderson era um porcalhão.'' E assim por diante.* Hemingway disse de Scott Fitzgerald que ele era ''generoso mas sem bondade'', uma observação que talvez caiba melhor

(*) ''[Faulkner] tem mais talento do que todos e precisa apenas de um tipo de consciência que não está nele. Certamente, se nenhuma nação pode existir metade livre e metade escrava, nenhum homem pode escrever metade em meretrício e metade em honestidade.'' (17.10.45)

''[Dos Passos] eu sempre gostei e respeitei, mas achava que era um escritor de 2ª categoria porque ele não tem ouvido. Um boxeador de 2ª categoria não tem a mão esquerda, que é o mesmo que o ouvido para o escritor, e acaba com o cérebro esmigalhado e isso aconteceu com Dos em todos os livros.'' (23.7.47)

''[Ring Lardner] possui apenas um bom ouvido falso e já ter andado pelo mundo. O pobre rapaz realmente odeia tudo exceto a Pureza.'' (3.4.33)

T. S. Eliot: ''Um poeta danado de bom e um crítico razoável; mas como homem ele pode é beijar o meu cu, e nunca deu um passo além do jardim em toda a sua vida. Ele não teria existido se não fosse pelo velho e querido Ezra, belo poeta e estúpido traidor''. (9.7.50)

ao próprio Hemingway. Apesar de advertido de antemão por si mesmo, ele não conseguiu evitar inteiramente de seguir o mau exemplo de Gertrude Stein quando "ela começou a levar a si mesma a sério, não sua obra". Em todos os casos e anedotas pessoais relatados nestas cartas, não há praticamente nenhum em que Hemingway faz má figura, ou necessite da bondade ou experiência alheias. Diversas vezes ele menciona com desprezo que Fitzgerald aconselhara-o a convocar os fuzileiros navais no final de *A farewell to arms*; mas faz pouco-caso (e, em *A moveable feast*, gelidamente repudia) do bom conselho crucial dado por Fitzgerald para *The sun also rises* — que Hemingway pretendia começar com um ensaio cheio de vilezas e falsamente afável sobre os personagens principais. Fitzgerald considerou o material "imprudente e ineficaz" e Hemingway conseqüentemente cortou-o, assegurando a Perkins: "Acho que o livro vai andar muito mais depressa desde o começo assim. Scott concorda comigo". Porém, como demonstram a carta de Fitzgerald e os próprios capítulos de abertura eliminados, ambos publicados no número da primavera de 1979 da revista *Antaeus*, foi Hemingway quem concordou com Fitzgerald, assim como Eliot concordara com os brilhantes cortes sugeridos por Pound em "The waste land" ["A terra desolada"]. Não resta dúvida de que há outras facetas para muitas das bazófias que passam inverificadas nas cartas.

Um homem menos empenhado em dominar cada ambiente em que estava poderia ter se desenvolvido mais como escritor. Ele sabia qual era o problema: "Publicidade, admiração, adulação, ou simplesmente estar na moda, nada disso tem valor, mas é extremamente nocivo para aqueles que são suscetíveis". Sua projeção e proteção de si mesmo como Superpapa engoliu um homem sensível e verdadeiramente livresco, e contaminou seus *alter egos;* os heróis de seus sete romances — Jake Barnes, Frederic Henry, Harry Morgan, Robert Jordan, Richard Cantwell, Santiago, e Thomas Hudson — são progressivamente sentimentalizados. É também uma pena, e um mistério, que após as quatro narrativas egocêntricas mas instigantes sobre a Guerra Civil Espanhola publicadas em 1938 e 1939, quando Hemingway não tinha ainda quarenta anos, seu vasto e vigoroso talento para o conto tenha desaparecido

---

"[...] Gertrude Stein, que desde que resolveu não fazer mais sentido cerca de dezoito anos atrás, desconhece o que seja um momento de infelicidade com sua obra." (9.10.28)

"E. Wilson é um cara sério e honesto que descobriu a vida tarde. Naturalmente ele ficou chocado e gostaria de fazer algo a respeito." (6.7.32) "Não conheço ninguém que se esforça tanto para ser honesto e possui menos verdadeira honestidade interior dentro de si. Suas críticas são como ler evangelhos de segunda categoria de alguém em liberdade condicional [...]. Ele é o grande falso-honesto, falso-artesão, falso grande-crítico de nossos tempos tão terrivelmente desgraçados [...]." (25.2.44)

de vista — submerso, talvez, pelo pesadelo da violência sempre pairando debaixo das frases tensas e translúcidas. Mesmo assim, uma obra bastante insubmergível foi realizada. O leitor destas *Selected letters* faria bem em manter perto de si, como fez este que lhe escreve, alguns volumes da obra de Hemingway para consultar quando se sentir sobrepujado pela brutalidade, fanfarronice e patologia que ele infligiu a seus correspondentes e agora, a contragosto, à posteridade. O Hemingway precioso — o bom e belo e verdadeiro e adorável Hemingway — é o Hemingway que encontramos nos escritos que ele publicou em livros, exatamente onde ele disse que estaria.

UMA ÉPOCA PASSADA

The thirties: From notebooks and diaries of the period, de Edmund Wilson, ed. Leon Edel. 753 p. Farrar, Straus & Giroux, 1980.

Uma certa rabugice pode, lamentavelmente, ser observada nas resenhas de *The thirties* [Os anos 30]. Morris Dickstein, na *Times Book Review*, considerou o livro insosso e sombrio, e os episódios sexuais deprimentes. Gore Vidal, em *The New York Review of Books*, reclamou do fetichismo de Wilson com o pé, das tediosas descrições de paisagens e de sua atitude nervosa, ou mesmo derrisória, para com os homossexuais masculinos. E Harry Levin, cujas resenhas cada vez mais aproximam-se sutilmente da perfeição, concluiu na *Saturday Review* que o volume ''acrescenta pouco — não muito — aos fatos, e absolutamente nada à sua estatura enquanto homem e escritor''. Mesmo Leon Edel, o polido e consciencioso editor desses escritos, acostumado a lidar com as elegantes sobras de Henry James, admite na introdução que ''a franqueza de Wilson pode parecer às vezes gratuita'' e pergunta-se: ''Por que os escritores escrevem diários?''. Por que, especificamente, este autor que já pesava tanto nas estantes infligiu-nos do além-túmulo ainda outro maçudo volume: mais de setecentas páginas de anotações jornalísticas semicaóticas e de notas pessoais sobre conquistas eróticas, sonhos carregados de significados psicológicos, conversas sociologicamente flácidas, festas pavorosas, insinuações melancólicas, paisagens contempladas e refeições consumidas? A resposta, talvez, esteja na sobrecapa, onde o semblante de Wilson entrando na meia-idade — uma sobrancelha erguida, ambos os colarinhos impecavelmente engomados — olha-nos de lado com uma incontrariável arrogância sem vestígio de humor. Porque ele quis.

Há algo aqui para ofender a todos. A franqueza gratuita para ofender os puritanos (se é que ainda existe algum) e também aqueles que, tendo partilhado de sua companhia na época, ainda vivem. As freqüentes referências a "bicha" para ofender o sr. Vidal. Um satirismo adolescente para ofender as mulheres, e uma pouco cavalheiresca visão pós-coito — na cama, sua esposa Margaret dá-lhe a impressão de "bracinhos e perninhas, como patas de tartaruga, aparecendo para fora em cada canto", e, após entreter-se com uma amante, Wilson confidencia: "Eu ficava a imaginar, quando aproximava a mão do rosto, que havíamos comido peixe". Uma hoste de epítetos e especulações étnicas e raciais negligentemente condescendentes figuram nessas páginas, nas quais há uma associação instintiva das palavras *civilização* e *anglo-saxão* — como em "sua fronte e têmporas, altas e modeladas com nobreza, deixaram de ser meramente anglo-saxões, revelando os contornos de uma requintada civilização", ou em "suas cútis límpidas e delicadas, os cabelos loiros, belos tipos civilizados anglo-saxões, esguias e claras". *Preto* [*Nigger*] parece ser a maneira natural de Wilson referir-se aos negros (até mesmo *coon* ["macaco"] chega a ser empregado), embora no decurso da década, e após visitar os barracos de Kentucky e os cortiços de Chicago, o mais respeitoso termo *negro* vá pouco a pouco preponderando. Wilson raramente deixa de mencionar se alguém é ou não judeu, por mais que se depare com o judaísmo em círculos literários e comunistas, e inclui em seus diários muita teorização bisonha, sua própria e de outros, à maneira de "os homens judeus se achavam feios, portanto tinham de ficar provando para si mesmos o que eram capazes de fazer em termos de conseguir garotas gentias" ou de "[os judeus] tendem talvez naturalmente a excluir os não-judeus — o amor excluindo pessoas, afirmando superioridade moral (comunismo, psicanálise)". Um anti-semitismo ostensivo, é claro, florescia entre os amigos ricos que manteve de Princeton, e mesmo em seu círculo familiar em Red Bank: seu tio Win achava que havia um número excessivo de comediantes judeus no rádio e de assessores judeus na Washington de Roosevelt, e, quando repreendido pelo sobrinho, o qual argumentava que a perseguição de Hitler aos judeus (no natal de 1933) era algo terrível, retrucou: "É claro que é, mas...". Edmund Wilson soube libertar-se dos preconceitos em meio aos quais nasceu, e os pressupostos e as tensões que eles refletem são parte do que, em suma, é *The thirties*: uma exposição confusa mas implacável das grandes vulnerabilidades pardacentas desta década pardacenta e da psique de um de seus expoentes mais sensíveis.

No início da década, abrindo *The thirties*, Wilson casou-se com Margaret Canby e publicou sua primeira grande obra crítica, *Axel's castle* [O castelo de Axel, 1931]. Wilson, um jornalista, editor e poeta versátil e um tanto dissoluto, cinco anos mais velho que o século, viajou por todo o país, às cidades de mineiros do Sul, às fábricas em greve da Nova Inglaterra e à Califórnia onde sua esposa nascera, para relatar em primeira mão o agravamento da Depressão. Além dos apontamentos que seriam transformados em artigos para *The New Republic* e posteriormente reunidos em *The American jitters* [O frêmito americano] (1932), ele tomou nota de trechos de conversas e descrições de paisagens acreditando que um dia haveria de criar "uma obra de ficção feita do material que vinha compilando nesses cadernos". Mas a década não veria o nascimento de nenhuma obra de ficção, e o que Wilson conseguiu escrever de criativo, na forma de peças de teatro e poesias, revelou-se bastante amargo e enviesado. Em setembro de 1932, quando ele e sua esposa estavam em lados opostos do país, Margaret tropeçou no alto de um lance de escadas de pedra ao deixar uma festa em Santa Barbara, fraturou o crânio e morreu em poucas horas. Durante os seis anos seguintes, Wilson viveu uma taciturna, por vezes sórdida, mas produtiva vida de solteiro, dividindo seu tempo entre Nova York, Provincetown e Stamford, Connecticut. Em 1935, com uma bolsa Guggenheim, ele passou cinco meses na União Soviética, e logo publicou suas impressões em *Travels in two democracies* [Viagens em duas democracias] (1936). Duas outras coletâneas — uma de peças, outra de ensaios críticos — vieram em seguida, e em 1940 Wilson publicou sua *magnum opus*, *To the Finland station* [Rumo à estação Finlândia], que o ocupara desde o início dos anos 30, quando lhe ocorreu que "ninguém jamais apresentou em termos humanos inteligíveis a evolução do marxismo e de outras fases da idéia moderna de história". Casou-se, em 1938, após um rápido namoro, com Mary McCarthy, então com 25 anos. As últimas páginas destes diários registram um toque de reumatismo e uma lucidez premente

> da morte, de alguém que jamais poderá nos alcançar, e que nós jamais voltaremos a alcançar — não se pode ouvir sua voz, pois ela não existe mais — ela não está em algum lugar distante, nem sentada sozinha, escrevendo-nos uma carta — ela não é parte desta casa, destas casas, de casa alguma de gente alguma — ela não pode fazer, nem ouvir, um som — ao meu redor não há nada e permaneço sozinho com o silêncio vertendo por todos os lados, escorregando (deslizando) para o nada, e eu, como se fosse, em contentamento.

"Você é uma pessoa duvidosa, Bunny Wilson, fria e viciosa", Margaret dissera-lhe certa vez. Todavia, o longo delírio de palavras em que ele relembra isso — um jorro de descrições e reminiscências e auto-recriminações que se pôs a rabiscar tão longo sentou-se na poltrona do avião em Newark para ir ver o corpo dela na Califórnia — contém provas lacerantes de um sentimento profundo e complexo. "Mas então, quando eu a trazia de volta na imaginação, os ímpetos sádicos retornariam — já em outros momentos eu chorava de dor, meu rosto se contorcia num esgar de dor, de como ela havia sido doce e linda e adorada, toda macia e graciosa, tão afetuosa e meiga, de como havíamos dormido juntos, ela sempre virando comigo, não importava quando ou quantas vezes eu quisesse virar [...]." Durante o resto da década, continuará sonhando com ela — sonhos que lhe dizem que ela não está morta. Em 1940, Wilson faz esta anotação:

> *Margaret*. Tenho sido há anos como uma mola, que com dificuldade se desenrola e com muito esforço se mantém esticada, e que retoma o seu estado retorcido tão logo o sono começa a relaxar o esforço: as imagens que disfarçam o retorno ao passado, as contorções convulsivas que me despertam e representam a reafirmação do esforço que me mantém ereto durante o dia.

Em 1929, Wilson sofrera um colapso mental que o manteve num sanatório por três semanas. A morbidez acompanhou-o por toda a sua longa e vigorosa vida. Como muitos dos grandes vitorianos cujas infatigáveis carreiras a dele próprio relembra, Wilson era um homem atormentado, propenso ao desespero — "Eu acordava à noite, tenso, com idéias suicidas, sem conseguir ver um fim para isso tudo" — e a um certo tipo de alucinação:

> Da primeira vez que voltei de Provincetown a Nova York, depois de haver dirigido o dia todo, primeiro na friagem da chuva, depois sob um sol abrasador, cheguei aturdido, e as pessoas nas ruas pareciam espectros sinistros — quase sentia medo delas, olhando-as de soslaio, temeroso, como se pudessem me morder ou me bater.

O darwinismo não era uma mera teoria para ele. Ao sair de um elevador, Wilson vislumbrou um operário que "parecia não um macaco, mas um tipo de homem primitivo" e cujo rosto provava que "a humanidade ainda era um animal, ainda espreitando o mundo do interior de sua caverna escura, sem haver ainda dominado o mundo, sem sequer compreender o que via. Tive medo — dele, de nós todos. *O terrível aspecto da espécie humana*". Em outra ocasião, viu de repente sua mão pousada sobre um livro como se fosse "a pata de um animal com dedos compridos transformados em garras preênseis para trepar nas coisas". A sorrateira malevolência do primitivo sob a fachada de civilização obsedava-o; num dos últimos textos cuja publicação ele acompanhou, o epílogo de *Upstate* (1971), Wilson escreveu: "Olho para as criaturas na rua e penso, bem, aprendemos a andar eretos e nossos dedos dos pés, que até agora têm sido pouco úteis, estão encolhendo como os dedos dos pés dos elefantes".

Um quê de macabro e surreal perpassa suas reportagens. Em *The American jitters*, Los Angeles dissolve-se num jogo joyciano de palavras:

> Com uma só canção-tema podemos comprar uma sinagoga mourisca, um sonho de sonhos, um verdadeiro palácio pala-palatinal, com muitos banheiros de ônix napoleônicos no pornográfico vermelho-de-pompéia, com velhas capasmurchas de cetineta cor-de-malva e cor-de-verde-esmeralda sobre os esvaecentes divãs das burlatravessuras, e uma privada piscina para deslizar ou evadir, cheia de esverdeada tintura — um pouco enrubidescida talvez por vender-se aos filmes a 20 mil dólares por ano mas feliz como uma nômina e com todos os seus pró-lemas embabossolvidos!

Em *The thirties*, seus apontamentos para este artigo começam assim: "Los Angeles (a praia *goozly-floofy*, a praia *flou, floozy, goosy, goozley, goofy, floozent, flooey, floozid, foozled, floofy goosey*)".* E, é claro, a ficção que ele acabou conseguindo produzir, a partir de uma parte do material contido em seus cadernos, foi *Memoirs of Hecate county* [Memórias do condado de Hécate], na qual homens se transformam em tartarugas e o Diabo declama passagens em francês numa festa de subúrbio regada a álcool. Por mais realista social que ele se esforçasse por ser, e por mais admirador da atmosfera efervescente de Hemingway e Fitzgerald, Wilson tinha uma imaginação sardônica e severa semelhante à de Ambrose Bierce. Praticamente não há cenas ensolaradas em sua ficção, embora ele amasse os verões de Provincetown, com sua vasta e ampla luminosidade.

Não fria, mas sombria e atraída por imagens písceas e claustrofóbicas, e num certo sentido viciosa. "Você não gosta das pessoas", era outra das acusações de Margaret, e, embora muitas pessoas passem por estes diários, a rara nota de felicidade só é ouvida em contextos de solidão:

> Eu gostava muito do meu quarto nos fundos de uma sórdida pensão mantida por uma desgrenhada mulher de cabelos amarelados [...] estar naquele quartinho nos fundos de uma casa numa cidade provinciana do Sul quando a primavera acaba definitivamente de chegar! — longe da família, da política, dos compromissos, até de casos amorosos, onde eu podia ficar deitado na cama de manhã, pensando prazerosamente e sem pressa, a meu bel-prazer [...]. Limpidez, simplificação e paz.

E também em Provincetown, fora de temporada:

(*) *Goozly* = *guzzly*: que se dissipa em bebedeiras; *floofy* = *fluffy*: fofo, peludo; *flou* = *flue*: penugem, felpa; *floozy*: mulher promíscua, cínica e aproveitadora; *goosy*: tolo, facilmente assustável, nervoso; *goozley* = *goozly*: que se dissipa em bebedeiras; *goofy*: papalvo, tonto, pateta (também o de Walt Disney); *floozent*: como uma *floozy*; *flooey* = *fluey*: felpudo; *floozid* = *floozied*: como uma *floozy*; *foozled*: como um *foozle* (alguém antiquado, preconceituoso); *goosey*: mocinha tola. (N. T.)

> Nos dias úmidos, quando o marrom das árvores praticamente desaparecia, e o mar e o céu estavam cinzentos, todas as cores neutralizadas, Provincetown era como estar num barco — para mim, vivendo sozinho, escrevendo de dia e lendo à noite, o mundo exterior fora praticamente obliterado.

As visitas que faz aos amigos soam-nos asfixiantes, e as festas a que comparece uma incivilizada barbárie:

> *Ann*, em sua fase loira, tendo ataques por causa das escapadelas de Cummings, numa festa na casa dos Rogers, no banheiro com Margaret e Katy, pegou as toalhas de hóspedes, tão finas que ninguém sequer pensaria em usar, molhou-as na privada suja e atirou-as do outro lado do quarto. Os olhos de Katy arregalaram-se redondos como dois pires.
>
> [...] Bill não parava de dirigir os convidados que queriam ir ao banheiro a virarem para o lado errado ao chegarem ao andar de baixo, de modo que o tempo todo havia homens entrando no quarto de uma garota desconhecida, mexendo em suas braguilhas.
>
> *A festa-de-arromba-de-deitar-e-rolar de Dawn Powell.* George Hartmann (seus cabelos hoje grisalhos) encontrado na cozinha cheirando o gás saindo do fogão.
>
> *A festa dos Waugh para Bubs Hackett.* [...] Barbara Jones, no final da noite, descobriu que seu dedo estava sangrando e achou porque achou que Bill L'Engle, com quem estivera conversando, havia lhe dado uma mordida [...]. Todos eles, mais ou menos, acabaram no Ticino's, e como os Waugh iriam voltar, Coulton derrubou Bubs na neve.

Muito divertido. Durante a Lei Seca, Wilson bebeu muito álcool ilegal e venenoso, e, depois da Revogação (que ele descreve sob o melancólico título "Fantasmagoria, lugubridade, da noite da Revogação"), continuou consumindo o etílico veneno agora legalizado na mesma proporção — sem prejudicar seu maravilhoso poder de convicção crítica, mas, é de se supor, contribuindo para a intensificação de seus pressságios e da fantasmagoria das horas vagas. Em mais de uma ocasião aqui registradas, a bebida deixou-o impotente.

E o que dizer de suas notórias aventuras sexuais, anotadas em seus diários com tão improvável e clínica franqueza? Os episódios, por mais maçantes que tenham parecido para críticos fastidiosos, oferecem o único suspense narrativo nestas páginas embaralhadas, e são o que de mais próximo há de um estudo tridimensional de personalidades. Sete mulheres distintas podem ser contadas entre as amantes de Wilson nesse período. Margaret Canby Wilson não é somente uma dentre as parceiras eróticas, mas, persistindo na memória e nos sonhos, é a heroína romântica de *The thirties*. Anna, a *taxi-girl* proletária, que figurou tão proeminentemente nas notas de *The twenties* [Os anos 20], continua presente aqui. Um Wilson já idoso, corrigindo os diários quarenta anos após os acontecimentos, preocupa-se em nos informar que mesmo enquanto ele e Margaret ainda estavam casados, no início do verão fatal de sua separação, ele entreteve Anna em seu apartamento em Nova York: "Acabei procurando Anna e disse-lhe que viesse até mim. Não permiti que entrasse no quarto, mas fiz amor com ela no sofá". Também o tempo foi menos do que generoso para com Anna: "Anna está tão 'magra', há cavidades do lado de seus quadris, e pude sentir seu pequenino osso púbico — as blusas de algodão que lhe comprei começaram a sobrar no corpo — as mãos sempre frias — os cabelos sem viço perderam quase todo o toque de ruivo que possuíam, estão com caspa e começam a cair — quando seus ovários pioraram, ela quis morrer". E a outra heroína da narrativa central de *Hecate county* — "The princess with the golden hair" ["A princesa de cabelos dourados"] —, a própria princesa, lá chamada Imogen Loomis, faz sua estréia nos diários sob a inicial D., uma mulher casada, flertadora e volúvel, com "olhos e nariz arredondados" e uma "beleza isôldica, guineveresca". A cena sexual climática — ou, do ponto de vista do herói, anticlimática — do romance na realidade aconteceu, percebemos, no Colonial Inn de Concord, Massachusetts, quatro anos depois de Wilson ter se enamorado da moça pela primeira vez. Mas os detalhes, incluindo sua desconcertante perfeição de forma e sua "luzidia e melíflua exuberância" [*honey-sweet sleek profusion*] (ou, como aparece nos diários, "*honey-sweetly-smooth profusion*"), estão todos aqui, juntamente com sua picante combinação de narcisismo, distração e eficiência. Todavia, os momentos mais ardentes de Wilson nesta área ocorreram com uma tal de K., uma beldade de Chicago que gostava de ser espancada com uma escova de cabelos e cujo interesse por "modos estranhos" acabou por provar que até Wilson era saciável. Há também uma O., com quem ele desfrutou um fiasco, a despeito de toda a "finura e beleza" dela. E Maria Michelaevna, a garota da chapelaria de um restaurante da avenida Lexington, que a empregada negra de Wilson em Stamford considerou uma boa pessoa para ele se casar. Ele, porém, casou-se em vez com Mary McCarthy que, juntamente com o filho de ambos nascido no dia de natal de 1938, praticamente não aparecem nestes diários. O casamento, que Edel especula deva ter sido por demais "tenso e tempestuoso" para que se pudesse escrever a respeito, e sobre o qual Wilson afirma em retrospectiva numa nota: "Nossa vida — embora nos divertíssemos muito — era às vezes absolutamente um pesadelo", durou oito anos e possivelmente contribuiu com algumas formas obscuras para "The weeds" ["As ervas daninhas"] e *A charmed life* [Uma vida encantada] da própria obra de McCarthy.

Na época deste seu casamento, Wilson vinha escrevendo relativamente pouco em seus diários. Mais de seiscentas páginas de *The thirties* levam-nos ao final de 1935, e a metade restante da década se passa em pouco mais de cem. Às suas tarefas de crítico e repórter para *The New Republic*, ele acrescentou uma temporada lecionando na Universidade de Chicago e a vasta quantidade de leituras — em inglês, francês, alemão e russo — necessárias para escrever *To the Finland station*. Além disso, a riqueza anedótica e descritiva dos diários anteriores a 1935 parece tender na direção de seu futuro objetivo de produzir um romance ambicioso, talvez na mesma escala que *USA*, de Dos Passos, a quem Wilson muito admirava; e esta ambição esvaeceu-se. Poderíamos afirmar que o verdadeiro e habitual criador de ficção não parte de diários, mas confia na memória e na imaginação, que são formas uma da outra. A justaposição de descrições redigidas no momento da ocorrência é uma técnica do jornalismo. Os olhos da ficção não enxergam a coisa multifária em si; ela perderia seu ímpeto e sua musicalidade subliminar se o fizessem. Um trecho de observação como

> Numa época passada, quando, ao partirmos para Provincetown, uma estranha luz rósea ao pôr-do-sol de outono tornou as dunas de areia perto do posto da Guarda Costeira rosa-bege frente ao azul igualmente assombroso aposto, um tanto incongruentemente, à água, e realçou as raízes da vegetação praieira, onde a picada aberta no caminho até a casa as desnudara, cinzentas sob a luz comum, com uma cor rubicunda quase como a das raízes do salgueiro num riacho

pode constituir uma bela aquarela, própria para ser emoldurada, mas estancaria qualquer narrativa em que fosse inserida. Como também não era bom sinal o tropismo de Wilson, em suas anotações, voltar-se para expressões idiomáticas marcantes, particularmente ilustrativas; pois toda ficção desenrola-se na confiança de poder animar o mundano e gerar significado a partir de seu próprio contexto cumulativo. Assim, a publicação desses diários justifica-se apenas por conterem tantos escritos de grande beleza e tantos esboços reveladores que não teriam encontrado outro nicho editorial. Sua pungência, no geral, decorre da transformação, pelos anos de mutismo, de um presente imediato para o autor num passado irrevogável para nós, os leitores.

Edmund Wilson morreu antes que pudesse elucidar e retocar os diários de *The thirties*, como fizera com os de *Prelude* [Prelúdio] e de *Upstate* e até mesmo — parcialmente — de *The twenties*. Muitas anotações permanecem misteriosas, algumas deliciosamente misteriosas:

> A lenha que ela vinha comprando em envelopes selados — mais propícia para ferver do que para queimar —, ao ser posta no fogo, grandes quantidades de água jorravam de ambas as extremidades da tora. — Eles galgaram montanhas e tiraram fotografias dos picos.

> *Albany*. Usando o nome de O. e assinando-o em cheques; meu colapso; novo fordeco conversível. Parei em Pittsfield.

Quando passamos das anotações que ele fez em suas viagens para os artigos finais nelas baseados, sentimo-nos gratos pela coerência e por toda a quantidade de material inteiramente novo que Wilson neles injetou, apesar de a superfície parecer relativamente dura, ostentosa e repelente. Em comparação, os andaimes verbais dos diários possuem uma delicadeza onírica. Embora desorientados, conseguimos neles ingressar. Wilson queria que estes diários, com todos os seus embaraços, fossem publicados; e, de fato, eles possuem uma qualidade inquiridora, experimental, vulnerável, que ele raras vezes manifestou em outros lugares, no qual a amplitude e firmeza de suas opiniões excluem qualquer vestígio de uma mente no processo de educar-se.

A crítica e a historiografia, que tão confortavelmente absorveram o ímpeto mental de Wilson, fazem incursões surpreendentemente acanhadas na matéria dos diários. De todas as páginas de *The thirties*, apenas um punhado contém notas de suas leituras — Dos Passos e Tolstói, e mesmo estes só perto do fim — e ficamos sabendo pouca coisa sobre os luminares da literatura que ele conhecia. Cummings conta uma piada suja, a esposa de Dos Passos é uma magnífica cozinheira, Fitzgerald possui "olhos inexpressivos como os de um passarinho" e Auden, ficamos sabendo da boca de um jovem num banquete, "era animado inteiramente pelo ódio — invejava todos e imitava *Beowulf* porque invejava *Beowulf*". No domínio da política, os marxistas e companheiros de viagem com quem Wilson se misturava em comícios e greves parecem não menos frívolos e propensos a extravagâncias do que os convivas dos banquetes que ele freqüentava em Connecticut ou do que os artistas de Provincetown. Embora estivesse envolvido com o marxismo durante toda a década, o defensor cedendo lugar ao analista, nossa principal impressão política é sua recusa em ser favoravelmente impressionado por Roosevelt — "o entusiasmo popular por Roosevelt possui mais vigor e força do que ele próprio". Quando a Segunda Guerra tornou irrelevantes tantos dos temas em discussão nos anos 30, Wilson abraçou uma convicta (e ofensiva) rejeição do conteúdo moral não só deste conflito, mas também da Guerra Civil americana; assim como as massas assomavam-lhe como homens das cavernas, também todas as guerras apenas ilustravam "o irresistível instinto do poder de expandir a si mesmo e de as agregações humanas bem organizadas absorverem ou imporem-se a outros grupos". Ele próprio, depois dos anos 30, iria recolher-se a Wellfleet e Talcottville, abdicando de comentar o cenário americano contemporâneo. Mas acabou perdendo tão completamente o contato com as realidades do presente que ignorou seu imposto de renda e viu-se em dificuldades com as autoridades federais. No início dos anos 40, Wilson chegou a compor uma longa obra de ficção; todavia, a vitalidade dela restringia-se às confissões pessoais, sendo muito mais acanhada e soturna do que ele teria vislumbrado. Há muita coisa magnífica na segunda metade da carreira de Wilson, e os diários que continuou a escrever certamente contêm recompensas e revelações. Passando de uma auto-incumbência para outra, dedicando-se laboriosamente ao estudo de processos judiciais indianos e romances franco-canadenses, e aprendendo línguas tão díspares quanto o hebraico e o húngaro, Wilson saiu-se vitorioso em não se deixar absorver pelas turbas de seres primitivos espectrais que grassavam fora das paredes de seu escritório. Ele permaneceu um tremendo compendiador, um arauto de notícias vindas de longe. Mas nos diários de *The thirties* diz-se adeus a uma esperança, a esperança de uma inteligência civilizada identificar-se com os Estados Unidos, absorvendo tudo e proclamando, como dissera Melville, ''a verdade da coisa''.

O CUCO E O GALO

The Nabokov-Wilson letters: Correspondence between Vladimir Nabokov and Edmund Wilson, 1940-1971, ed. Simon Karlinsky. 346 p., Harper & Row, 1979.

Edmund Wilson e Vladimir Nabokov valorizavam a literatura acima de tudo, e a amizade entre ambos floresceu e depois naufragou com base nesta característica comum. "Nossas conversas estão entre os poucos consolos da minha vida literária nos últimos anos", Wilson escreveu a Nabokov em 1945. "Eu simplesmente tenho de ver vocês dois", Nabokov escreveu em 1943 para Wilson e sua esposa de então, Mary, "sinto muita falta de vocês." A afetuosidade de tais declarações não era incomum na primeira década da correspondência entre ambos. Wilson morreu em 1972 e Nabokov em 1977; suas viúvas, Elena Wilson e Vera Nabokov, ajudaram Simon Karlinsky a reunir e elucidar as cartas, mais da metade das quais datam de antes de 1950. Depois de 1957, o intercâmbio instigante e divertido entre os dois definhou, como que antecipando sua briga pública em torno da tradução que Nabokov fez de *Eugene Onegin* (1964) e o rompimento amargo e definitivo da amizade, provocado por algumas páginas de reminiscências no *Upstate* (1971), de Wilson, e selado e confirmado pela carta de Nabokov à *Times Book Review* gelidamente caracterizando Wilson como seu "ex-amigo": "Estou ciente de que meu ex-amigo está mal de saúde, mas, na disputa entre os ditames da compaixão e os da honra pessoal, os últimos saem vencendo". De modo que é bom termos, ainda que numa sobrecapa que lembra papel de açougue, este copioso registro de uma antiga amizade entre duas cabeças polimáticas e profundamente empenhadas, entre duas personalidades galhofeiras, teimosas e matreiras. Já que cartas de escritores acabam sendo publicadas (e parece que não há mais como cessar isso, pois nosso zelo pelas "pessoas" e nossa impaciência com elaborações intelectuais e artísticas conspiram para desmascarar todos aqueles que durante suas vidas ousaram para si o título de inventor), então um diálogo epistolar como este é uma maneira vigorosa e coerente de apresentá-las. Esta apresentação em particular é abençoada por seu editor, um professor de línguas eslavas capaz de anotar e comentar com autoridade e meticulosidade as abundantes tergiversações dos dois homens enquanto um buscava instruir o outro na língua russa e sua versificação, e este oferecia ao primeiro ajuda similar em inglês, em meio a muita bajulação mútua em francês. Karlinsky, por exemplo, deu-se ao trabalho de descobrir que nas edições mais recentes de *Bend sinister* e *Pnin*, de Nabokov, não haviam sido corrigidos os diversos solecismos que Wilson gentilmente arrolara, e que Wilson reeditou sem alterações uma tradução e interpretação de Pushkin que Nabokov havia laboriosa e eloqüentemente corrigido. Ambos os correspondentes, incansáveis devotos de minúcias lingüísticas, teriam se aprazido com o escrupuloso rigor de seu compilador, ainda que nem sempre haveriam de concordar com seus julgamentos.

A primeira carta da correspondência foi escrita por Nabokov em 1940, poucos meses depois de haver desembarcado nos Estados Unidos, e afirma simplesmente que seu primo Nicolas lhe sugerira entrar em contato com Wilson. Na época, Wilson era o editor de literatura da *The New Republic*, e em poucos meses estava aceitando material em inglês do refugiado russo, dando-lhe aulas de práticas editoriais e enviando-lhe pequenos cheques. Antes do final do ano, Nabokov escreveu agradecendo: "É realmente maravilhoso estar vivendo num país onde há um mercado para tais coisas". Wilson, com apenas uma vaga noção da brilhante obra que Nabokov criara em russo, foi na verdade imensamente prestativo e encorajador para o emigrante. Ele recomendou o trabalho de Nabokov a Edward Weeks, do *The Atlantic Monthly*, e a James Laughlin, da New Directions; ambos gostaram e aceitaram suas recomendações. Ele também introduziu Nabokov aos periódicos *Partisan Review*, *Decision* e *The New Yorker* e ao jornal *Sun* de Nova York. "Você *é* um mago", Nabokov escreveu a Wilson em gratidão, e igualmente: "A magia de sua recomendação sempre funciona." Ficamos sabendo que Wilson gostou mais de *The real life of Sebastian Knight* [A verdadeira vida de Sebastian Knight] — "É absolutamente encantador. É surpreendente que você escreva prosa em inglês tão bem sem parecer com nenhum outro escritor de língua inglesa" — do que de qualquer outro romance subseqüente de Nabokov em inglês. De sua parte, Nabokov tinha muitos elogios a fazer aos esforços incipientes de Wilson para ler e escrever sobre a literatura russa, a sua caligrafia cirílica

("Sua mão escrevendo em russo é absolutamente russa — sinto-me quase propenso a duvidar de que você tenha redigido sozinho estas linhas.") e a constância de sua produção ("Gostei enormemente tanto dos seus versos quanto da sua prosa."). Nabokov assegura a seu amigo americano no que "este não é um caso de 'кукушка хвалитъ пѣтуха' ", referindo-se à fábula de Ivan Krilov, "O cuco e o galo", que termina:

> Por que então, sem medo de culpa,
> O cuco louva o galo?
> Porque ele louva o cuco.

Cada um dos homens tinha algo a oferecer ao outro. Wilson sabia se movimentar no cenário literário americano, e Nabokov conhecia a língua e a literatura russas. Dois experimentos quase sem precedentes estavam sendo simultaneamente levados a cabo naquele início dos anos 40 — um eminente crítico americano tentava dominar a língua de Tolstói e Tchecov, e um virtuoso estilista russo tentava tornar-se escritor na terra de Hemingway e Faulkner. Como ressalta a introdução de Karlinsky, Wilson e Nabokov tinham muito em comum: "Ambos se sentiam em casa com o francês e a literatura francesa. Ambos tinham uma concepção cética, ainda que divergente, da religião e do misticismo. Ambos eram filhos de juristas [que haviam estado] envolvidos na política". Ambos eram filhos de lares abastados, e ambos haviam enfrentado depois tempos economicamente difíceis. É surpreendente — e, da perspectiva inflacionária de hoje, comovente — ler as maquinações dos dois homens para obterem adiantamentos relutantes ou fugidios proventos de preleções. Quando Nabokov reclama: "É ridículo e insultante o modo como estou sendo explorado aqui", Wilson responde: "Você não pode estar mais duro que eu — nunca estive tão endividado em minha vida". Ambos eram eruditos, mas não acadêmicos; eles eram, acima de tudo, professores de si mesmos. Ambos eram independentes e desgarrados, pugnazes e intransigentes em suas avaliações críticas. Os dois homens orgulhavam-se de sua franqueza naquilo que era importante e, praticamente desde o início, a afabilidade de suas cartas tinha de antes superar linhas iniciais contundentes como "Vou deixar Gogol de lado por uma hora e resolver essa questão de versificação em russo, sobre a qual você não poderia estar mais enganado" (Nabokov) e "Fiquei bastante desapontado com *Bend sinister*, a respeito do qual tivera algumas dúvidas enquanto lia as partes que você me mostrou, e vou lhe dar a minha opinião, pelo que ela vale" (Wilson). Suas discordâncias sobre versificação parecem provir de uma serena e mútua surdez. Suas discordâncias políticas decorrem da tendência por parte de Wilson de encarar com alguma simpatia acontecimentos históricos russos que para Nabokov são absolutamente malditos: "Quaisquer mudanças que tenham ocorrido de novembro de 1919 até hoje foram mudanças cosméticas que em maior ou menor grau encobrem o imutável abismo negro da opressão e do terror''. Suas discordâncias em torno de reputações literárias, pelo que Wilson se recorda em *Upstate*, são ''na realidade traquinices intelectuais, às vezes acompanhadas de marretadas''; mais do que surpreso, Wilson parece achar divertido e curioso quando Nabokov, indignado, achincalha algum de seus favoritos, como Malraux (''um autor bem de terceira categoria''), Faulkner (''ribombos bíblicos totalmente impossíveis'') ou Henry James (''aquele boto pálido e suas preciosas vulgaridades''), e permanece em silêncio quando um candidato como Jane Austen ou Dickens é aceito no pequeno e seleto panteão de Nabokov. Enquanto se desenrolava o processo educacional, a correspondência logrou sobreviver às brigas e lapsos de ambos — minha impressão inesperada é que, dos dois, Nabokov foi o aluno mais dedicado e mais receptivo. Foi Nabokov quem iniciou a relação, e foi Nabokov que, em 1971, muito depois do furor de *Eugene Onegin*, tentou consertar as coisas, escrevendo de Montreux: ''Alguns dias atrás eu tive a oportunidade de ler o lote todo de nossa correspondência. Foi um tremendo prazer sentir de novo o calor de suas muitas amabilidades, as diversas emoções de nossa amizade, aquela constante excitação da arte e da descoberta intelectual''.

Sem querer minimizar as amabilidades e excitações da parte de Wilson, este resenhista encontrou nas cartas de Nabokov mais vida e mais entrega; são certamente as mais poéticas e densas. Bibliotecários perplexos ficam aqui aconselhados a classificar este livro sob a letra N; a prateleira de opiniões, autobiografia e ensaios de Edmund Wilson já está mais do que abarrotada e, ao lermos suas cartas para Nabokov, não podemos deixar de perceber o quanto mais havia em sua mesa aguardando sua atenção. Wilson cita uma carta que uma certa Polly Boyden lhe escrevera na qual ela teria dito: ''Li *Gogol*, de Nabokov, por acidente, e gostei tanto que comprei *Sebastian Knight*. Eu acho que Nabokov é mais inelutavelmente o artista do que qualquer outra pessoa que já conheci pessoalmente, e isso me gelou o sangue [...]''. Este é o tipo de reconhecimento irrestrito que Wilson nunca chega a conceder a seu fiel correspondente, elogiando as primeiras obras em prosa em inglês de Nabokov, as reminiscências de *Speak, memory* [Fala, memória] e a triste comédia de *Pnin*, e, no entanto, negando o encanto de boa parte do restante e, para nosso pasmo, chegando a afirmar de *Lolita*: ''Gosto menos do que qualquer outra coisa sua que já li [...]. Temas detestáveis podem fazer belos livros; mas não creio que tenha sido seu caso com este aqui''. Depois de *Lolita*, a relação de ambos deixa de ser confortável. As cartas tornam-se menos freqüentes, os parágrafos mais curtos. Os dois escrevem às pressas marcando encontros que raramente se concretizam. Na década de 50, Nabokov estabelece-se como um colaborador da *The New Yorker* e professor da Cornell, avançando por conta própria. Ele não pôde deixar de perceber que o principal crítico dos Estados Unidos, embora cordial e generoso em particular, nunca lhe conferiu uma aprovação pública que teria sido tão útil. Em sua refutação da resenha adversa que Wilson fez de *Onegin* (que Nabokov um dia propusera ambos traduzirem juntos!), o russo, com fina ironia, recorda-se:

> Quando cheguei aos Estados Unidos pela primeira vez há um quarto de século, ele me escreveu, ele me visitou, e foi extremamente gentil comigo de diversas maneiras, não necessariamente relativas a sua profissão. Sempre lhe fui grato pelo tato que revelou não resenhando nenhum de meus livros ao mesmo tempo em que dizia constantemente coisas elogiosas a meu respeito nos chamados círculos literários nos quais eu raramente ando.

O "*étude un peu approfondie* que eu espero *consacrer à votre oeuvre*" tantas vezes prometido por Wilson nunca se materializou — o que, em vista dos comentários ocasionais que chegaram a ser publicados, talvez tenha sido uma bênção. Wilson tinha um bom faro para o que havia de imperfeito ou desequilibrado em Nabokov, mas os ouvidos tapados para a música singular que este homem "inelutavelmente" artístico era capaz de tirar de qualquer coisa. Mesmo aquela primeira carta empertigada de auto-apresentação possui um toque nabokoviano, um flerte com a observação natural: "Estou morando com amigos em Vermont (varas-de-ouro e o vento, basicamente), mas estarei de volta a Nova York na segunda semana de setembro". Nas cartas que se seguem, Nabokov desculpa-se por seu "simulacro de inglês" e lamenta "que estou velho demais para mudar conradicalmente" — em si um trocadilho de gênio. Quando completou o seu primeiro livro nos Estados Unidos (*Sebastian Knight* foi escrito na Europa), sua linguagem é presunçosa: "Meu livro de Gogol foi lançado, e pedi ao velho e bom Jay que lhe enviasse uma cópia. Seu brilho se deve a uma rutilante multidão de pequenos solecismos preciosos", e o veredicto final de seu feito conradical é "Conrad sabia lidar com o inglês pronto-para-usar melhor do que eu mas eu conheço melhor o outro tipo. Ele nunca afunda nos abismos de meus solecismos, mas também nunca escala meus picos verbais". A airosa arrogância de Nabokov era uma forma de jovialidade, e suas cartas, assim como sua arte, revelam uma realidade factual ondeante fugidia que cria uma estonteante sensação de sobreposições múltiplas. Aqui está um pico do Colorado que ele lançou, ou traçou, para Wilson em 1951, quando *Lolita* começava a fermentar dentro de si:

> Fui a Telluride (estradas *horríveis* — um encanto, porém, infindo, uma cidade antiquada de mineiros, absolutamente sem turistas, cheia das pessoas mais prestimosas e simpáticas — e quando se caminha pelas redondezas, a 9 mil ou 10 mil pés de altitude, com a cidade e seus telhados de folha-de-flandres e os álamos constrangidos ao longe como brinquedos deixados no fundo achatado de um vale *cul-de-sac* que termina em gigantescas montanhas de granito, tudo o que se ouve são vozes de crianças brincando nas ruas — uma delícia!) com o único propósito, ao qual minha heróica esposa que veio dirigindo pelas enchentes e tempestades do Kansas não se opôs, de obter mais espécimes de uma borboleta cuja descrição eu obtivera de apenas oito machos, e de encontrar a fêmea. Fui inteiramente bem-sucedido neste empreendimento, encontrando tudo o que eu queria numa encosta íngreme acima de Telluride — uma encosta bastante encantada na realidade, com colibris e mariposas zunindo e visitando as altas gencianas verdes que cresciam em meio a moitas de tremoceiro-azul, *Lupinus parviflorus*, que se revelou ser a planta da qual minha borboleta se alimentava.

Uma amizade que viveu pela linguagem morreu também pela linguagem. Não foi a política que criou entre ambos uma animosidade duradoura; não foi sequer a divergência de opiniões sobre Mann e Gorki; foram sim palavras russas como *netu, vse, zloy* e *pochuya*, e palavras inglesas como *curvate, habitude, dit, gloam, scrab* e *mollitude*, todas as quais figuram no grande debate de *Onegin*. Em *Upstate*, finalizado para ser publicado à sombra da sua morte, Wilson recorda-se com rancor de que Nabokov duvidara de sua informação "de que *fastidieux* em francês significava *tiresome* [enfadonho, fastidioso] e não *fastidious* [melindroso], e [...] declarou enfaticamente — contrariando a autoridade de Dahl, o grande lexicógrafo russo — que *samodur* tinha algo em comum com a raiz de *durak*. Ele tentou dizer a mim [...] que *nihilist* em inglês pronuncia-se *neehilist*". Ao recontar estas indignidades, Wilson prossegue dizendo que "o elemento de sua obra que me causa repulsa é seu apego ao *Schadenfreude* [satisfação maliciosa]". Mas Nabokov deu a última palavra ao concordar, numa última carta ao *Times*, com a sugestão de que "*Schadenfreude*, conforme o termo é usado pelo sr. Wilson, na realidade significa 'ódio a Freud' ".

EM UM LINDO E PEQUENO PLANETA VERDE

Oh what a paradise it seems, de John Cheever. 100 p. Knopf, 1982.
Dinner at the Homesick Restaurant, de Anne Tyler. 303 p. Knopf, 1982.

A água, assim como a luz, têm estado presentes na obra de John Cheever como essências palpáveis, como manifestações do bem natural que emana e jorra e cintila à nossa volta. O conto mais antigo que ele julgou digno de ser incluído na coletânea *Stories* [Contos], "Goodbye, my brother" ["Adeus, meu irmão"], resolve as mortíferas tensões fraternas numa visão beatífica de duas mulheres saindo nuas do mar "iridescente e sombrio", enquanto um dos mais recentes trata de "Artemis, the honest well digger" ["Artemis, o honesto escavador de poços"], em que a água é "o sustento e também a paixão de Artemis" e em que ele pondera: "O homem era quase todo água. A água era o homem. A água era o amor". Entre estes dois contos, "The swimmer" ["O nadador"] atravessa doze quilômetros de piscinas enquanto sua vida se esvai, e a pobre Nerissa Peranger *torna-se* uma piscina, e não poucos homens e mulheres permanecem despertos com o sedutor som da chuva em seus ouvidos. Cheever intitulou seu último livro *Oh what a paradise it seems* [Até parece o paraíso], um "romance ecológico": a trama principal acompanha a rápida (e o que na ficção de Cheever não é rápido?) transformação de um corpo de água chamado Beasley's Pond [lagoa Beasley], "com o formato de um braço dobrado", de um esplêndido recanto para esquiar e refúgio de natureza intocada numa zona de aterros sanitários — "um monte de lixo, coroado pelo cadáver de um cachorro" — e, graças a algumas céleres e obscuras façanhas políticas e tecnológicas, de volta a sua condição paradisíaca inicial. "Ar proveniente de ventiladores soprando 4,4 pcm a 30 lpq misturam continuamente e revolvem mais de trezentos milhões de galões de água. Temos duas unidades auxiliares de ventiladores caso ocorram problemas mecânicos. A mortandade de peixes foi reduzida em dois terços e no mês passado testes foram efetuados em quatro níveis de profundidade, indicando uma temperatura da água de 84 graus Fahrenheit e oxigênio dissolvido de 7 a 9 mgl em todos os níveis. Um ano atrás essa água era veneno. Agora é perfeitamente potável.''*

Quem enuncia estas maravilhas do renascimento aquático é o herói de *Oh what a paradise it seems*, Lemuel Sears, um ''homem idoso mas ainda não enfermo'', com a ágil perícia de um patinador e a suscetibilidade erótica de um rapaz. Sua luta em defesa de Beasley's Pond é empreendida paralelamente aos altos e baixos de seu romance com uma certa Renée Herndon, uma jovem, para não dizer ninfeta, que ele conheceu numa fila de banco. Quando ela, donzela devassa que é, estanca sua efusão de favores, Sears, tão fluida é sua natureza sexual, busca consolo num caso homossexual com o próprio ascensorista dela. Estes eventos se passam em Nova York e no não muito distante, porém tradicional, povoado de Janice. Em Janice, somos testemunhas de uma animada comédia suburbana envolvendo os Salazzo e os Logan, vizinhos da alameda Hitching Post com opiniões divergentes não só quanto à divisão dos terrenos, mas também quanto ao uso de sininhos e berloques no vento e à conduta apropriada nas filas das caixas de supermercados. Além desses personagens, vivazes e adoráveis como efemérides rodopiando por um instante ao sol, há a voz singularmente forte do narrador que nos promete logo no início ''uma história para se ler na cama numa casa antiga em noite de chuva'' e oferece-nos durante todo o decorrer do livro discursos cordiais sobre temas tão vários e inesperados quanto as aldeias dos Bálcãs, a arqueologia das fortalezas e dos mercados, a evolução dos patins de gelo, a democratização do jargão freudiano, a antigüidade e ubiqüidade das frituras, a possibilidade de um mundo em que até as mais ternas intenções serão comunicadas por meio de lanternas de automóveis, e a decadência das filas e da noção de casta — tudo isso, vivamente interposto, intensifica sem estancar o fluxo desta pequena narrativa acrobática e entrelaçada que o acaso ou um engenhoso projeto editorial fez com que se imprimisse em exatamente cem páginas.

O livro é por demais brusco e espalhafatoso em seu emprego de artifícios e apartes, desconcertantemente pessoal em seu tom, para ser rotulado de romance ou novela; trata-se de uma parábola e de uma

(*) pcm (pés cúbicos/minuto); lpq (libras/polegada quadrada); mgl (miligramas/litro). (N. T.)

narrativa hiperbólica — dois subgêneros perfeitamente enquadrados no ramo americano da tradição judaico-cristã. Ultimamente, Cheever tem vestido sobre os ombros o manto desta tradição, e agora imperturbável e descaradamente assume as inflexões de um visionário. De fato, seu herói Sears chega a conhecer uma vidente, num dos episódios mais tangenciais desta breve mas abrangente narrativa. Foi há anos atrás, no Leste europeu. A profetiza habitava uma caverna debaixo de um vulcão extinto. O intérprete oficial de Sears estava aterrorizado de encontrar esse personagem fabuloso, mas Sears estava "ou exausto demais ou bêbado demais ou embevecido demais com a beleza das glebas" para sentir-se ansioso. E, quando os dois por fim se encontram, a vidente — que, prosaicamente, era de meia-idade e não trajava nada mais esotérico que um imaculado vestido de algodão — tateia a carteira de Sears (ela era cega) e começa a sorrir, a gargalhar, anunciando: "*La grande poésie de la vie*". Sears então ri também, e eles se abraçam, e despedem-se ainda rindo. Outrora um conciso e mordaz cronista das decepções urbanas e suburbanas, Cheever, cada vez mais audaciosamente o celebrante da grande poesia da vida, discorre agora no estilo excêntrico, granulado, impulsivo e confessional dos sábios e exortadores americanos desde Emerson. O tom da última página é claramente Transcendental:

> Pensar nas estrelas contribuiu para o vigor de seu sentimento. O que o impeliu foi uma sensação desses mundos ao nosso redor, nosso conhecimento ainda que imperfeito de sua natureza, nossa sensação de eles possuírem algum germe de nosso passado e de nossas vidas por vir. Foi aquela tão poderosa sensação de como é singular, na vasta imensidão da criação, a riqueza de nossas oportunidades. A sensação daquela hora foi um privilégio raro, o grande benefício de aqui vivermos e de renovarmo-nos pelo amor. Até parecia o paraíso!

Se tais afirmações essenciais, nesta era tardia de canteiros de auto-estradas e lagos poluídos, ressoam com uma certa galanteria oblíqua e deliberada, também isso tem seu lugar nesta narrativa — no burlesco de seus movimentos de defesa do consumidor, nos ogres farsantes que são seus políticos, nas traquinices químicas de sua ressurreição natural. A mansa fraseologia idílica e louvatória adquire súbita turbulência com uma sincera qualificação: Sears, recordando-se do "absoluto deleite de amar" sua nereida perdida, Renée, admite então que este absoluto deleite "parecia, no seu caso, envolver uma certa inépcia, como se carregasse um pesado baú numa escada cheia de curvas". A crença instintiva de Cheever na pureza e glória da Criação traz consigo uma inevitável sensibilidade diante da corrupção: como Hawthorne, ele é um poeta daquilo que foi envenenado. Suas paisagens americanas são pontilhadas com pequenas atrocidades — churrasqueiras a carvão nos quintais, piscinas "verticais", uma arquitetura doméstica "toda cheia de finais felizes" e em cujas tristes salas de estar as pessoas passam umas às outras "uma caixa de bolachas cujo rótulo prometia que elas animariam a conversa". Um quê de esnobismo em seu desalento é redimido pela generosidade com que Cheever, qual um americano de século e meio atrás, sente a maravilha desta terra de promessas.

Ele ama a natureza — luz, água, amor humano. Repetidas vezes, os elementos naturais são lembrados pelos torpes moradores de seus subúrbios. "Você acha que eu posso desligar o vento?", pergunta Maria Salazzo quando uma vizinha reclama do barulho noturno dos sininhos e berloques que balançam à brisa. Um gângster que diariamente recolhe a muamba das negociatas do aterro sanitário é descrito como "um daqueles velhos italianos baixinhos que sempre usam o chapéu inclinado para a frente sobre a testa, como se estivessem, mesmo na chuva, suportando o fulgor de um sol equinocial. Estes mesmos velhinhos erguem bem alto os joelhos ao caminhar, como se estivessem sempre galgando aqueles morros em cujos cumes boa parte da Itália está assentada". A Natureza marca o Homem a cada instante, e esparge nossas vidas com sinais e indícios do sobrenatural:

> Quando [Sears] era jovem, os riachos pareciam falar-lhe nas línguas dos homens e dos anjos. Agora que estava velho e falava cinco ou seis línguas — todas elas mal — o som da água parecia-lhe a língua da sua natividade, alguma língua que ele falara antes de nascer. Suave e forte, alto e baixo, o som da água recordava-o de espreitar algum outro aposento que não aquele onde a festa transcorria.

A festa, por ora, é aqui, nesta sombra do paraíso. Se Cheever tivesse menos raízes na Nova Inglaterra do que efetivamente tem, com o alento de Thoreau e Emily Dickinson em seu próprio fraseado ágil, penetrante e encantador, ele talvez não nos convencesse de que uma verdadeira glória brilha através das suas transparentes invenções. Em *Falconer* [Falcoeiro], o hiato entre a prisão circunstancial e a aventura espiritual que alegorizava exigia uma certa tolerância e boa vontade do leitor para ser transposto. Mas em *Oh what a paradise it seems* há tantas lacunas quanto entre as lâminas de um cata-vento girando. Tudo é fabuloso desde o princípio; tudo é fantasia, louvor e pesar; tudo é inconsútil. Janice, este vilarejo de nome estranho, recebe cartões-postais de todas as paragens em que a imaginação de Cheever foi feliz — Itália, Leste europeu, St. Botolph (das crônicas de Wapshot), e Shady Hill e Bullet Park onde o sonho americano de espaço, fartura e beatitude doméstica tornou-se tão fragmentariamente realidade. O elixir paradisíaco tem um sabor gredoso, mas neste testamento ele sobrevive à contaminação e nos é servido cristalinamente borbulhante.

*

Também Anne Tyler buscou brilho no comum, e sua arte tem carecido apenas do escurecimento que daria solidez às formas que tão lindamente delineia. Tal é a constância e suavidade com que sua imaginação percorre os detalhes da existência mundana que seus romances, cada um deles admirável, imergem na mente sem deixarem impressão de haver um tema essencial, compulsivo — a fobia retratada em *Celestial navigation* [Navegação celestial] constituindo possivelmente uma exceção. Agora, em seu nono romance, creio que o poder de Tyler atingiu um novo patamar, sendo-nos oferecida uma improvisação lúcida e deliciosa, ainda que complexa e sombria, em torno do seu tema predileto, a vida em família. *Searching for Caleb* [Em busca de Caleb] é o livro anterior a que mais este se assemelha, por seu grande elenco de personagens e por sua abrangência histórica, e até mesmo pelo garboso e monossilábico nome da família central: Peck no primeiro caso, Tull aqui. Ambos os romances tratam da hereditariedade, um tema forte e poucas vezes abordado na literatura: os padrões genéticos da cor dos olhos e dos tiques temperamentais que salpicam geração após geração. Porém, a comédia genética, em *Dinner at the Homesick Restaurant* [Jantar no Homesick Restaurant], vai se agravando numa densa tragédia da proximidade física, das limitações familiares que agem sobre nós como as parcas gregas e nos condenam a vidas de capitulação e fúria secreta.

O livro começa na mente de Pearl Tull, moribunda aos 85 anos, em 1979, e os principais fatos de sua vida emergem no curso de seus devaneios circulares. Ela, pequenina, bela e inteligente, tendo nascido em Raleigh de boa família, continuava solteira aos trinta quando Beck Tull, um homem de apenas 24 anos, alto, de olhos azuis, cabelos negros ondulados e um cargo de vendedor num estabelecimento de implementos agrícolas e de jardinagem chamado Tanner Corporation, fezlhe a corte e desposou-a. Durante seis anos, sempre mudando de um lugar para outro por ser ele continuamente transferido, o casal não teve filhos. Até que, em 1930, tiveram um rapaz, Cody, e, depois que um ataque de difteria quase lhes levou este único descendente, mais dois, Ezra e Jenny. Em 1944, quando moravam em Baltimore, Beck abruptamente anunciou que estava deixando Pearl e a família. A princípio, acreditando que ele voltaria, e sem sequer avisar explicitamente às crianças que seu pai havia partido, Pearl obtém um emprego de caixa num armazém da cidade; e lá, naquele emprego e naquela casa de Baltimore, ela permaneceu, criando os filhos e vendo dois deles completar a faculdade.

Em 1979 — para anteciparmos os capítulos finais — Cody está casado e tem um filho, Luke, e trabalha para diversas indústrias como consultor especializado em produtividade; como seu pai, ele está sempre viajando. Jenny já se divorciou duas vezes, tem uma filha, Becky, e mora com um rapaz chamado Joe, recentemente abandonado pela esposa e que ficou com os seis filhos do casal; Jenny, depois de ter sido deixada pelo segundo marido (foi ela quem deixou o primeiro), formou-se médica e, como pediatra, possui grande clientela. Ezra Tull não entrou na faculdade, nem se casou; ele vive com a mãe agora idosa na cidade, e é proprietário e gerente de um restaurante das proximidades, a que deu o nome de Homesick Restaurant. Os Tull, em resumo, representam uma história não atípica de uma família americana, desfigurada por abandonos e separações, mas redimida por uma certa lealdade persistente e, após uma fase inicial de privação, por respeitável sucesso econômico. Podemos ter certeza de que a narração da saga dos Tull está repleta de todo o tipo de exatos detalhes geográficos, tópicos, profissionais e culturais necessários para que se coadune, de 1903 a 1979, com as circunstâncias da região setentrional do Sul dos Estados Unidos e com o panorama da vida nacional vislumbrada através de suas guerras, manias e modismos. Esse tipo de autenticidade Anne Tyler oferece-nos consistentemente; o que ela não havia mostrado antes, de maneira tão minuciosa e implacável, são as violências, as ironias e as desavenças dentro de um lar, quando os ferimentos incutidos naqueles do mesmo sangue recusam-se a cicatrizar e, pelo contrário, crescem e transformam-se em propósitos para toda uma vida. Uma amarga *estreiteza* de vida é revelada com vasta riqueza de detalhes à medida que as décadas vão passando, e o efeito final é triste e claustrofóbico.

O romance deixa a mente de Pearl Tull e, capítulo após capítulo, vai nos dando a visão que Cody, Jenny, Ezra e até o pequeno Luke têm das conseqüências e ramificações do evento primordial: o abandono, tão súbito e misterioso quanto fora o namoro entre ambos, de Pearl por seu marido, Beck Tull. Aos próprios olhos uma mãe heróica e extremosa, Pearl é vista por Cody como uma "bruxa", uma mãe sempre zangada e mal-humorada que "batia em nós com toda a força contra a parede e nos chamava de gentalha e de víboras, dizia que desejava todos nós mortos, sacudia-nos até nossos dentes chocalharem, e berrava sempre na nossa cara". Tomando os da mãe como exemplo, seguem-se os atos de violência do próprio Cody contra seu plácido e inofensivo irmão caçula. Também Jenny viu em sua mãe o "coque de cabelos esbranquiçados crepitar eletricamente e os olhos ficarem minúsculos como alfinetes de chapéu", também ela sentiu seus tapas ardidos e sonhou que ela estava criando-a para devorá-la. Mesmo em seu leito de morte, Pearl chama seus filhos de "malandros e trapaceiros". Perfeccionista, lavadeira e governanta fanática, ela se esforça por manter livre de contaminação seu imaculado e desguarnecido lar. Desaprova os amigos dos filhos e tem, ela própria, poucas amizades; sentimos aterradoramente bem o isolamento desta família conturbada em seu sobradinho de Baltimore. Todos os filhos, é claro, sentem um pouco de vergonha de seus pais e de suas casas; Pearl é uma bruxa, mas é também nossa autêntica heroína, e o livro termina com a visão adolescente que Cody tinha de sua beleza, "o perfil ereto da mãe em meio à relva, seus cabelos luminosamente dourados, as mãos franzinas alisando seu buquê". *Dinner at the Homesick Restaurant* sugere que os paradoxos da família incluem um amor que, para manter-se vivo, precisa esquivar-se de seu objeto, e uma comunicação cotidiana que apenas mascara o silêncio — o profundo silêncio ressentido entre aqueles que vivem juntos. Ezra, o mais amoroso dos filhos de Pearl, não obstante mostra-se frio e indiferente quando ela adoece porque, é nos explicado, "ele confiara que a mãe haveria de lhe ser tudo. Quando ela cortou um dedo com uma faca de aparar, Ezra sentira-se derrotado pela incompetência dela. Como poderia ele confiar em alguém assim?". Quando foge de casa, Luke pega carona com três pessoas que têm na ponta da língua histórias de terror sobre a vida em família — bebês que morrem, filhas que são ingratas, esposas que vão embora. A família, essa instituição que deveria abrigar nossas fraquezas, na realidade serve como um palco para crueldades íntimas, e transborda com a mais cruel das presenças invisíveis, o tempo. À medida que as memórias de Pearl vão se acumulando ao longo do livro, ficamos aturdidos pela perspectiva que desce até atingir um poço de histórias pessoais onde reverberam características hereditárias e onde fotos instantâneas e memórias congeladas reluzem em meio ao negrume da perda. Pearl, cega no final da vida, instrui Ezra para descrever antigas fotos e ler em voz alta os seus diários de infância. Por fim, próxima do fundo do poço, ela encontra o que buscava, uma anotação no diário:

> Cedo esta manhã eu saí e fui capinar no fundo da casa. Estava agachada na terra, perto do estábulo, com meu avental todo sujo e o suor escorrendo pelas costas, e eu enxuguei o rosto na manga e procurei uma trolha e ao mesmo tempo pensava: ora, acho que neste exato momento eu estou absolutamente feliz. As escalas de piano da filha dos Bedloe saíam pela sua janela, e vi que eu estava ajoelhada em um lindo e pequeno planeta verde. Não me importa o que mais possa vir a acontecer, eu já tive este momento. E me pertence.

O enredo inclui várias destas epifanias e movimenta os seus vários personagens com agilidade, usando *flashbacks* e referências paralelas, ao longo de dez capítulos moldados cada um como se fora um conto. Tyler, cujos populosos e humanos romances domésticos atraíram (se minhas antenas estiverem bem sintonizadas) menos aprovação no éter literário do que as oblações mais frugais de Ann Beattie e Joan Didion, às vezes é culpada de um pecado literário fundamental, o da implausibilidade. Para mim, seus personagens parecem produtos convincentes de paisagens e estados de espírito bastante familiares e bastante americanos. Os protagonistas de *Dinner at the Homesick Restaurant* têm seus tiques, mas também estruturas psicológicas reais que tornam seus atos seguintes empolgantemente imprevisíveis. É verdade que nenhum autor poderia propor-se a pintar uma tela tão ampla sem a confiança de que será capaz de inventar seus próprios caminhos; e alguns dos mergulhos de Tyler, além das iluminações postergadas que pontuam seu quadro vivo, não possuem todo o sabor da meticulosa trituração da realidade. Mas qualquer leitor que toma em mãos uma obra de ficção assina um contrato pelo qual adquire com credulidade prazeres de aventura e resolução que sua vida real lhe negou. Este romance não rompe os termos de um tal contrato; seus festins tornam-se reconhecimentos de nós mesmos.

TÊNUE CONSOLAÇÃO DA VELHA IRLANDA

Mercier and Camier, de Samuel Beckett, traduzido do francês pelo autor. 123 p. Grove Press, 1974.
The poor mouth, de Flann O'Brien, traduzido do gaélico por Patrick C. Power. 128 p. Viking Press, 1974.

No centro exato da muralha de livros atrás da escada de ferro em espiral na casa perfeitamente mobiliada de meu amigo professor da Bennington, lá estavam elas: as lombadas finas, impressas em *sans-serif*, das obras completas de Samuel Beckett na edição em brochura da Grove Press. Os livros aparentavam ter sido comprados de uma só vez e, ainda que não intatos, usados com enorme delicadeza. Postos assim, como num relicário, compunham um cânone: a obra de Beckett constitui um único livro consagrado, um absoluto de pureza e negação diante do qual todo o resto da literatura contemporânea parece maculado e supérfluo. Uma pedra de toque raras vezes tocada, pois quem senão Hugh Kenner e seus co-postulantes nas áridas disciplinas do modernismo realmente passou os olhos por toda a argumentação pedantesca de *Watt* e toda a monotonia desesperançada de *The unnamable* [O inomeável]? Porém, quem hoje tem tempo para ler? Vacuidade e minimalismo são bálsamos derramados sobre nossos nervos óticos exauridos e sobre nossas células cerebrais sobrecarregadas. Que Beckett tenha trabalhado em isolamento e obscuridade, num drástico retiro intensificado e não mitigado pelo sucesso internacional de *Waiting for Godot* [Esperando Godot] e pelo prêmio Nobel em 1969; que ele tenha publicado com parcimônia; que suas obras se tornem cada vez menores ("a expressão de que não há nada a expressar", como disse numa de suas raras entrevistas) — tudo isso coaduna-se melhor com nossa noção de como um escritor deve ser do que qualquer exuberância vitoriana ou incauto orgulho pela criação. As obras de Beckett são honrada e laboriosamente compostas no limiar da agonia e do silêncio; sua dor é sua integridade. E sua música.

Agora uma nova obra ingressou no cânone: *Mercier et Camier*, um romance curto escrito em francês em 1946, publicado em francês em 1970 e, traduzido pelo próprio autor para o inglês, oferecido agora aos americanos pela Grove Press. Como Nabokov, Beckett parece estar limpando sua mesa; com a imaginação impelindo-o cada vez mais próximo do mínimo absoluto (as 1400 palavras de *Lessness* [Minimalidade], os 35 segundos de duração da peça *Breath* [Respiração]), ele está lançando algumas obras relativamente juvenis e efusivas. *Mercier et Camier*, apesar de ser em si mesma uma obra frívola, instável e aquém de catártica, ocupa um lugar central no cânone: é a primeira das suas obras em prosa que Beckett escreveu originalmente em francês. Parece mesmo ter sido o primeiro movimento de seu notável e diligente esforço após a Segunda Guerra quando, abandonando sua língua natal e talvez assim livrando-se da sombra de seu mentor Joyce, transformou-se, nos cinco dolorosos anos que passou escrevendo em seu apartamento em Paris, de um indolente diletante em um mestre. Em 1950, Beckett já escrevera os três romances de sua trilogia (*Molloy*, *Malone dies* [Malone morre] e *The unnamable*), uma série de contos, uma peça jamais publicada (*Eleutheria*) e outra, *Waiting for Godot*, que é certamente, mais do que qualquer outra, uma obra-prima do teatro moderno. Sua troca do inglês pelo francês coincidiu com a libertação da Europa da opressão da guerra. Beckett, que optara por relegar a segurança da Irlanda em 1939 ("Eu preferi a França em guerra à Irlanda em paz", revelou a Hugh Kenner), correu riscos palpáveis durante a Ocupação como membro da Resistência. Escapando por pouco da Gestapo em Paris, ele sobreviveu na França de Vichy disfarçando-se de camponês e trabalhando como um. Durante esse período, à noite, ele escreveu seu segundo, e último, romance em inglês, *Watt*. *Mercier et Camier* é evidentemente o primeiro fruto criativo de seu retorno a Paris. Embora saturado de futilidade e desalento beckettianos, o livro possui um certo ar festivo; um senso de pesadelo interrompido paira sobre a cidade ambiguamente localizada; e seus heróis, vagando sem destino, parecem estar hesitantemente explorando uma nova liberdade, assim como o autor está explorando uma nova língua.

Deixar a prosa de *Watt* para ingressar na de *Mercier et Camier* é como adentrar uma atmosfera relativamente animada. Com demasiada facilidade, Beckett tece, em *Watt*, catalogações e distinções irrelevantes que decorrem de sua perene preocupação com a aritmética e a lógica escolástica. (Seu pai trabalhara como avaliador de custos em projetos de construção civil, estimando o número de tijolos e de homens-horas, e, embora a família de Beckett fosse protestante, nenhum autor irlandês é mais obsedado com o aspecto quantitativo do catolicismo, com seus inventários escolásticos e durações purgatoriais.) Em *Mercier et Camier*, a língua alienígena incentiva-o à concisão; os diálogos esticométricos do romance já antecipam *Waiting for Godot*:

> — Você me fez esperar — disse Mercier.
> — Pelo contrário — disse Camier.
> — Eu cheguei às nove e cinco — disse Mercier.
> — E eu às nove e quinze — disse Camier.
> — Veja você — disse Mercier.
> — Esperar — disse Camier — e fazer esperar só existem com referência a um balizamento pré-combinado.

Nada é fácil para eles; tendo combinado de se encontrarem para viajar, os dois vêm e vão, alternadamente, sempre desencontrando-se por pouco. Afinal juntos, às nove e cinqüenta, ficam desconcertados com uma chuva que começa a cair "com uma brusquidão bem oriental". Enquanto se mantêm secos num pavilhão, são distraídos por dois cachorros fornicando e abordados pelo "primeiro de uma longa série de seres maléficos" — um "guarda" uniformizado, cuja brutal personificação da autoridade termina por impingir-lhes uma bicicleta que não lhes pertence. Estamos agora já no final da tarde. "— O dia de labuta está findo — disse Camier —, uma espécie de tintura ergue-se ao leste e inunda o céu." O destino deles tão incerto quanto foi tardia a partida, os dois saem pedalando. E assim vão. Eles entram em *pubs*. Encontram forasteiros loquazes. Visitam uma prostituta chamada Helen. Amaldiçoam Deus. Perdem um guarda-chuva. Matam um policial. Encontram o guarda-chuva. Separam-se nos limites da cidade. Reencontram-se, e encontram Watt, do livro anterior. E, finalmente, eles se separam. "Escuridão total", são as últimas palavras do romance. Descobrimos que Mercier é alto e tem barba, que seu nariz é vermelho, grande e ossudo, e que em alguma parte existe uma esposa, e até filhos, a quem ele maltrata terrivelmente quando acontece de se encontrar com eles. E que Camier, "espelho de magnanimidade e engenhosidade", tem pernas curtas, fortes e arqueadas, queixo quádruplo, olhos amendoados e um cartão que o identifica como

> F. X. Camier
> Investigador Particular
> Discrição em Pessoa;

mas para onde deveria levar a peregrinação deles, ou o motivo de ela ter sido empreendida, não é mais claro do que a finalidade da vida humana.

No decorrer da narrativa, os incidentes cruéis e pueris são mitigados por raios de beleza descritiva, frases tão delicadamente equilibradas e tão sutilmente construídas que cenas inteiras impregnam-se com sua ternura melancólica. Quando estão com Helen:

> Diante do fogo ardente, à dupla luz da lamparina e do dia soturno, eles se contorciam suavemente no tapete, seus corpos nus misturando-se, tateando e acarinhando com o toque langoroso de mãos que arranjam flores, enquanto a chuva batia nas vidraças.

Nos ermos fora da cidade:

> [...] um descampado contínuo a não ser por uma única trilha, onde sombra alguma jamais bate, cujas suaves curvas alternadas serpenteiam até perderem-se de vista. Nem uma brisa agita o pálido ar cinzento. À distância, aqui e ali, a orla entre a terra e o céu exsuda um ensolarado além [...]. É aqui que se deveria deitar, numa cova recoberta com urze ressequida, e adormecer, pela última vez, numa tarde, ao sol, a cabeça recostada em meio à vida diminuta dos pecíolos e das campânulas, e rapidamente adormecer, num rápido adeus às coisas cheias de encanto.

Beckett, é claro, fica estupidificado e não persuadido pelas "coisas cheias de encanto" deste "caos hospitaleiro"; ele saúda o alvorecer dizendo: "Eis novamente o velho e fétido sol, pontual como um carrasco". A alegria vem em "colheres de sal... uma agoniazinha bem parecida destilada homeopaticamente, o que mais poderíamos pedir?". Sua poesia é a do pó que se agita:

> Mas ainda há dia, dia após dia, após-vida por toda a vida, o pó de tudo que está morto e enterrado elevando-se, em remoinhos, e assentando-se e enterrando-se novamente. Que ele desperte, Mercier, Camier, não importa, Camier, Camier então acorda, é noite, noite ainda, ele não sabe a hora, não importa, ele se levanta e se afasta, no escuro, deita-se novamente um pouco adiante, ainda nas ruínas, elas são vastas.

Os motivos de Beckett haver inicialmente se recusado a publicar esta obra — ou de havê-la "alijado", conforme ele próprio descreveu — que oculta tanto humor e beleza em seu pequenino deserto convidam à especulação. A obra (ambientada nitidamente na Irlanda, embora algumas das referências e dos nomes dos heróis tenham nuances gaulesas) é uma espécie de hibridismo, contendo em si as duas tendências divergentes da futura produção do autor. Somente bem depois, com os contos diagramáticos — dos quais "The lost ones" ["Os perdidos"], de 9500 palavras, é o mais longo —, Beckett voltaria a escrever ficção na terceira pessoa. Seus romances tornaram-se monólogos na primeira pessoa, enquanto ele reserva diálogo e objetividade para o palco. E, de fato, *Mercier et Camier* dá-nos a sensação de uma peça, tendo até mesmo "cortinas" que caem a cada dois capítulos, sob a forma de súmulas enquadradas contando o que aconteceu até então. Se esta obra houvesse sido publicada, *Waiting for Godot* teria parecido menos uma revelação, e até mesmo redundante.

Em seus romances, a começar por *Molloy*, a mente solitária, revolvendo-se em solipsismos, penetrando em suas próprias dúvidas, degustando as precisões de suas imprecisões, tornou-se o domínio e a voz de Beckett. Com isso ele se libertou do "mundo cloroformizado" da literatura balzaquiana, conforme diagnosticara em 1931: "[Balzac] é capaz de escrever o final de um livro seu antes de haver terminado o primeiro parágrafo, pois transformou todas as suas criaturas em repolhos mecânicos e pode confiar que elas assim permanecerão... A coisa toda, do começo ao fim, desenrola-se numa comoção atônita". É curioso como esta descrição amolda-se ao mundo literário que Beckett desenvolveu a partir de princípios opostos! A realidade do indivíduo, escreveu ele, "é uma realidade incoerente e deve ser expressa incoerentemente". A partir de 1946, seus heróis começam a encontrar coerência na incoerência confessa; concomitantemente, desaparece o autor calculista e intruso, sempre de tocaia, dos três primeiros romances, e suas dificuldades sisíficas de escrever são absorvidas por seus personagens. Toda a ficção de Beckett em francês depois de *Mercier et Camier* parece ser antecipada nos dois versos finais do último, e melhor, poema que ele compôs em inglês, no ano tão fundamental de 1946:

> Serpeará a seta em outras sombras
> em gestação pelas sendas radiantes tremulará
> e a mente antiga entregue a fantasmas
> submergirá em seu caos
>
> [*Vire will wind in other shadows*
> *unborn through the bright ways tremble*
> *and the old mind ghost-forsaken*
> *sink into its havoc*]

Brian O'Nolan, que escreveu com os pseudônimos de Flann O'Brien e Myles na Gopaleen, era cinco anos mais jovem que Beckett, fez ressoar o seu gênio antes, acalentou-o com menos parcimônia e morreu jovem, aos 54 anos. Assim como em Scott Fitzgerald, há um desembaraço brilhante e natural em sua prosa, uma graça enternecedora lampejando em cada página; e, como Fitzgerald, ele narrou em livros e livros seus tempos de estudante, ainda que menos romanticamente. Jamais, do nascimento à morte, deixou a Irlanda, e escreveu sobre uma "vida dura" e um mundo confinado em que, como no de Beckett, monstros maltrapilhos ameaçam um herói mandrião e "a manhã viria vagarosamente, degenerando-se em crepúsculo ao cair da tarde". Seu grande livro, *At Swim-Two-Birds* [Em Swim-Two-Birds], publicado em 1939, recende a precocidade e, no fundo, trata da tentativa inspirada, porém indolente e frívola, por parte de um aluno de faculdade, de escrever um livro — um guisado fantástico e burlesco de zombarias etílicas, jargão jornalístico, literatura sensacionalista e mitologia celta. Como Beckett, O'Brien (para usarmos seu nome mais conhecido) possui o dom da sentença perfeita. E também a arte, que ambos aprenderam com Joyce, de elevar a linguagem comum a um timbre lírico. No caso de O'Brien, as insinuações de pedantismo são encorajadas a vir à tona sob a forma de comédia:

> Foi no ano novo, em fevereiro, se não me engano, que descobri que minha pessoa estava toda verminada. Uma irritação crescente em diversas partes de meu corpo levou-me a examinar a roupa de cama e a descoberta de piolhos em grandes quantidades foi o resultado de minhas investigações. Fiquei estupefato e experimentei também uma sensação de vergonha. Decidi naquele instante pôr um fim a meus hábitos dissolutos e elaborei mentalmente um regime de regeneração física que incluía exercícios de flexão.

Ao contrário de Beckett e Joyce, O'Brien nunca se internacionalizou; sua temática permaneceu provinciana, sem o realce dado por um retorno voluntário — e prenhe de imaginação — do exílio, e seu tom é, com vacilações, o das cadências e idiossincrasias locais. O narrador piolhento de *At Swim-Two-Birds*, por exemplo, tem a cena roubada pela Fada Madrinha:

> — Reconheço que essa comida é boa — disse a Fada Madrinha —, embora eu mesma não tenha corpo que possa alimentar. Enquanto façanha alimentar, é de primeira ordem.
>
> — Quando por último falei —, disse a Fada Madrinha —, eu estava ajoelhada no cálice do seu umbigo, mas não era bom território, e lá não estou mais.
>
> — Não resta dúvida de que você gosta exageradamente da velha fala — disse a Fada Madrinha.

Dois anos depois de *At Swim-Two-Birds*, O'Brien publicou um pequeno livro verdadeiramente escrito na "velha fala", uma narrativa satírica em gaélico: *An béal bocht*, traduzida como *The poor mouth: A bad story about the hard life* [A boca pobre: uma história má sobre a vida dura], com ilustrações apropriadamente lúgubres de Ralph Steadman. Os desenhos a carvão particularmente borrados de Steadman constituem um dos raros momentos modernos de boa ilustração de um livro: eles captam não apenas as parvoíces da história de O'Brien, mas também sua rispidez, sua ira indignada. O'Brien, um magnífico mímico literário, parodia aqui uma classe de livros desconhecidos senão de um punhado de americanos — os romances escritos no século XX em gaélico por autores como Tomás Ó Criomhthainn e Máire (Séamus Ó Grianna). Auxiliados pelas notas de rodapé do tradutor, podemos vislumbrar o original que existe por detrás deste trasvestismo, a saber, as histórias que, com frases como "uma criança em meio às cinzas" e "culotes cinzentos de lã" e "gente como aquela não mais estará lá", exaltam a vida simples dos camponeses do "pequeno país verde". A "história má" de O'Brien apóia-se, literalmente, em clichês literários:

> Sempre foi o destino dos verdadeiros gaélicos (se pudermos crer nos livros) viver em pequenas casinhas caiadas na beira de vales recônditos descendo a estrada rumo ao leste.

Antes de discorrer sobre os "velhos tempos", todo velho gaélico gosta de pôr as "duas patas" na cinza e "avermelhar" o seu pito. Em certa ocasião, porque "dizem os bons livros que descrevem os afazeres dos mendigos gauleses que é no meio da noite que dois homens vêm visitar quando têm uma meia-garrafa de bebida", dois personagens, tendo chegado antecipadamente no meio da tarde, ficam esperando horas sentados na chuva antes de baterem à porta.

No entanto, mais do que os artifícios de um renascimento romântico é exposto ao ridículo; a pobreza irlandesa é posta além de qualquer sentimentalismo por meio de uma série de impiedosos exageros cômicos. O narrador, um jovem chamado Bonaparte O'Coonassa, vive numa "pequenina e insalubre casa caiada" com sua mãe, seu avô — o Velho Camarada Grisalho, ou Velho Gajo — e diversos animais de criação, incluindo um porco chamado Ambrose, que é enorme e doentio: "O porco estava sem dúvida doente e vapores exalavam dele lembrando um cadáver insepulto há mais de mês". Ambrose é também gordo demais para ser expulso do casebre pela porta. A mãe de Bonaparte está prestes a morrer com a fedentina quando o Velho Gajo resolve arrastá-la para fora, sob a chuva que não cessa de cair, e manda vedar toda a casa para que o porco, encerrado lá dentro, morra de seu próprio fedor. Bonaparte, quando vai para a escola, tem o crânio fraturado pelo mestre, um maníaco que berra para todos os alunos que o nome dele é James O'Donnell. Um habitante particularmente pobre deste condado de Corkadoragha, Sitric O'Sanassa, mora num buraco no chão e, ao descobrir uma caverna submarina onde pode mastigar a carne insossa de focas mortas, recusa-se a sair de lá: "Não parecia que ele desertaria morada tão confortável e bem construída depois de haver vivido toda a miséria de Corkadoragha". Nosso herói, ele próprio sempre esfaimado, descobre um pouco de ouro e, quando ousa adquirir um par de botas com seu achado, é condenado a 29 anos de prisão num julgamento do qual não entende uma palavra sequer: Insiste-se no elo entre ser gaélico e ser pobre: "De uma ou outra maneira, a vida ia passando por nós. Grande era nossa miséria, às vezes tendo uma batata, às vezes nada tendo em nossas bocas senão as doces palavras do gaélico". Embora a revolução pertença a um passado longínquo, as autoridades falam inglês e possuem a insana ferocidade dos policiais de Beckett. Em dois episódios selvagens, um folclorista de passagem registra em fita e recompensa um porco achando que seus grunhidos são em gaélico, e os oradores de um *feis** gaélico exaltam a língua enquanto na platéia "muitos gaélicos desmaiavam de fome e do esforço de ouvi-los".

Tanto quanto ser derrotadas ou exploradas, as pessoas detestam ser tratadas com complacência, e O'Brien sugere que o acalentar nacionalista da língua gaélica foi uma forma rancorosa de superioridade. Seu pequeno livro, com "colheres de sal" de amargura, foi recebido com escândalo na Irlanda, só vindo a ser republicado em 1964. Então, o autor, alguns anos antes de morrer, observou em seu prefácio que escasseiam as pessoas em regiões onde "o doce dialeto gaélico [...] está mais amiudemente em suas bocas do que um bocado de comida" e "os jovens estão de olho na Sibéria na esperança de um clima mais ameno". A emigração é pertinente. Tanto a literatura russa como a irlandesa dão-nos a impressão de um povo cuja rica natureza humana nunca encontrou equivalência em suas instituições ou seu clima.

Patrick C. Power realizou prodígios ao traduzir uma obra tão específica em suas alusões e exótica na sua linguagem. Repetidas vezes, com tanta constância que passamos a achar natural, Power recria a musicalidade gaélica em inglês:

> As estrelas iluminavam-me, o solo sob meus pés era plano e o frio condimento do vento noturno aguçou meu apetite por batatas.
>
> Não havia lá som melodioso algum e toda mão que se levantava não pretendia boa proeza.
>
> A escuridão agora apodrecera em seu ofegar, fazendo com que minha saúde abandonasse-me às pressas... Dentro de mim irrompeu uma tempestade de sangue, uma vertente de suor e excessiva atribulação mental.
>
> [*The stars lighted me, the ground beneath my feet was level and the cold condiment of the nocturnal wind sharpened my appetite for potatoes.*
>
> *The was no sweet sound there and any hand which was raised did not accomplish a good deed.*
>
> *The darkness had now become rotten with its breath, causing my health to forsake me at full speed... Within me arose a storm of blood, a well of sweat and excessive fuss of mind.*]

Isso é mais que tradução, é invenção.

(*) Encontro literário, musical e/ou jurídico na Irlanda gaélica. (N. T.)

O ESTRANHO CASO DO DR. DESTOUCHES E MONSIEUR CÉLINE

Céline, de Patrick McCarthy. 352 p. Viking, 1975.

Seria bom escrever sobre Céline sem tocar em seu anti-semitismo, seu fascismo, sua colaboração com os nazistas, sua hediondez política. Os três "panfletos" do tamanho de livros — *Bagatelles pour un massacre* [Bagatelas para um massacre] (1937), *L'école des cadavres* [A escola de cadáveres] (1938) e *Les beaux draps* [As belas mortalhas] (1941) — com os quais o grande romancista tornou-se um escândalo foram simplesmente excluídos das obras reunidas publicadas por André Ballard, e nunca estiveram disponíveis em inglês. Até mesmo citações diretas fragmentárias destas obras são poucas e raras. George Steiner, numa resenha publicada em *The New Yorker*, afirmou que "é praticamente impossível citar estes livros sem repulsão física", e Mavis Gallant ofereceu-nos há pouco no *Times* uma sentença (cujas elipses, é claro, não são suas, sendo parte integrante do singular estilo pessoal de Céline): "trapaceiro judeu... vigarista imundo, vadio... proxeneta do universo... parasita de todos os tempos". Patrick McCarthy, em sua biografia e estudo crítico *Céline*, dedica um capítulo inteiro a "Céline, o panfleteiro", mas o palavreado e o argumento dos panfletos são atenuados pela meticulosa psicanálise que faz do autor, e por um talvez inevitável tom de defesa. McCarthy esforça-se para apontar onde o frenesi anti-semita torna-se quase confessamente absurdo:

> Em *Bagatelles*, ele exagera a ponto de provocar descrença. Léon Blum é judeu, diz-nos ele acertadamente; Masaryk e Benes também são judeus, e também Gide, Maurras e o papa; toda a nação inglesa é judia. Aqui somos obrigados a parar: Céline claramente não deseja ser levado a sério.

No panfleto seguinte, *L'école*, "ainda há exageros: o papa é judeu e seu nome é Isaac Ratisch [...] os judeus são responsáveis pelo Tratado de Verdun de 843 que separou a França da Alemanha". Cômicos ou não, os panfletos equivalem a um chamamento para se exterminar os judeus europeus alguns anos antes de tal extermínio haver sido quase completamente levado a cabo. Em 1943, enquanto os nazistas arrancavam impiedosamente os judeus da França, Céline permitiu que seus editores republicassem *L'école des cadavres* e, com ilustrações, *Bagatelles pour un massacre*; um ano antes ele escrevera aos organizadores de uma exposição anti-semita professando-se "surpreso e um pouco magoado" por não encontrar nem *Bagatelles* nem *L'école* expostos. McCarthy, a despeito de todo seu tato e equanimidade, não pode senão revelar que as concepções de Céline eram mais odiosas do que se ousaria suspeitar — mais odiosas, talvez possamos insistir em sua defesa, do que precisariam ser para qualquer tipo de promoção ou conveniência pessoal. Nisso ele se assemelha bastante a Hitler, que empreendeu a Solução Final em detrimento do esforço de guerra alemão. Céline, no final de 1941, menciona numa carta o anti-semitismo de Hitler: "É o lado de Hitler que a maioria das pessoas menos gosta [...] é seu lado que eu mais gosto".

McCarthy oferece-nos todos os fatores mitigantes que pode. O anti-semitismo permeou a Europa entre as duas guerras, e era muito forte na classe comerciante, na qual Céline nasceu e cuja mesquinhez e ansiedades ele preservou até o fim da vida. Céline redigiu seus famigerados panfletos no seio de uma tradição especificamente francesa de retórica violenta e exagero teatral; outros panfletistas, como Daudet e Maurras, Bernanos e Bloy, também escreveram com extremismo similar. Assim como outros reacionários, Céline sentia aversão pelo materialismo moderno e nostalgia pelas supostas virtudes pré-industriais. Um pavor genuíno da guerra iminente entre França e Alemanha, originado em suas experiências traumáticas de soldado ferido em 1914, levaram-no a um pacifismo desvairado e à necessidade desesperada de encontrar algum bode expiatório. Sua breve carreira de funcionário na Liga das Nações predispusera-o a ver os judeus como os manipuladores apátridas do mundo moderno. Ele era genuinamente patriótico e acreditava (junto com o norueguês Knut Hamsun) que seu país deveria, por sua fraqueza, submeter-se à Alemanha. Céline, sob o nome verdadeiro de Louis-Ferdinand Destouches, era médico, preferindo trabalhar entre os pobres, preenchendo sua vida com atos de bondade pessoal e dizendo de si mesmo que "não havia sofrimento ao qual fosse indiferente". Amava os animais. Era abstêmio e um revisor meticuloso de sua prosa aparentemente desmazelada. E, o que é extremamente interessante, McCarthy retrata-o como um homem de muitas faces dominado pelo terror, e sua histeria política um tanto ridícula como sendo, na mente de Céline, mais um papel a ser representado, quase totalmente desvinculada do dr. Destouches que exercia uma medicina humanitária entre os pobres parisienses, ou do Céline gênio da prosa que aspirava ao mesmo escalão de Rabelais. Em seu papel de anti-semita, "a Hidra Céline está exibindo apenas uma de suas cabeças. Ele ainda está se esquivando, continua demonstrando medo. Entrou num *délire*, como certos personagens secundários de seus romances. O *délire* pode ser definido como o outro mundo à parte que os maníacos e os expatriados inventam quando o mundo normal torna-se impossível". Isso equivale a uma alegação de insanidade e, sem dúvida, o cérebro de Céline, incessantemente atormentado por dores de cabeça e insônia e um rugido nos ouvidos desde seu ferimento de guerra, vibrava em diversos comprimentos de onda. Seus panfletos são repetitivos, monótonos e irresponsáveis, mesmo pelos padrões da literatura de sarjeta; e, em meio aos mortíferos absurdos lá contidos, existe uma severa zombaria e depreciação de si mesmo ('um pobre imbecil", diz ele ao se descrever), que inclui as chacotas de seu "amigo judeu Gutman" (que lhe diz: "Você está delirando, Ferdinand"). Uma peculiaridade das tortuosas invectivas do panfletista é uma espécie de identificação com os judeus; *Bagatelles*, de fato, inclui um curioso convite para que os judeus o matem em sacrifício, a fim de que os alemães não massacrem os franceses. Ao término da guerra, ele, um exilado execrado, chegou até mesmo a incluir os Seis Milhões como companheiros de seus próprios sofrimentos: "Os judeus pagaram como eu". Mas jamais retratou-se; simplesmente transferiu para os asiáticos o foco de seu insano terror da "mestiçagem". De volta à França graças a uma anistia em 1951, ele se deleitou — por meio de entrevistas e dos repentes autobiográficos de seus livros posteriores — em um isolamento vituperativo. Poderíamos acrescentar, numa débil defesa da resoluta malevolência de sua personalidade pública, que Céline colheu poucos favores do sistema nazista da Ocupação, e que seu anti-semitismo contamina surpreendentemente pouco de sua ficção. Bloch, o personagem de Proust, é um judeu muito mais judeu, com implicações anti-semitas muito mais facilmente interpretáveis, do que qualquer personagem dos romances de Céline.

Não obstante, conhecer as bizarras e bárbaras convicções de Céline é algo que perturba nossa apreciação de sua arte, ainda mais por ele haver antecipado tantas qualidades da literatura do pós-guerra. Trinta anos antes de *Catch 22* [Ardil 22], ele escreveu sobre a vida militar como absoluta loucura e sobre a covardia como a única atitude sã. Muito antes de *One flew over the cuckoo's nest* [Um estranho no ninho], ele considerou os doentes mentais como um tipo superior de sociedade. Antes de William Burroughs, ele pressentiu por detrás do aparato eletrônico da modernidade um inimigo invisível promovendo desregramentos assustadores e mortes inesperadas. Antes de Kerouac, dos beats e da ânsia confessional que surgiria uma geração depois, ele soube perceber que um bom e longo monólogo basta, já é um romance em si, se os nomes forem ligeiramente alterados e os eventos associados a alguma nebulosa "pesquisa". Se não o inventor, Céline é o divulgador clássico do *nouveau picaresque*, com sua confortável paranóia e seu cômodo pressuposto de que o mundo é uniformemente estrambótico e corrupto e que, portanto, não pode ser analisado mas apenas vivenciado aleatoriamente. Acontecimentos sem precedentes, atitudes sem motivação, personagens que vêm e vão como estranhos num elevador — McCarthy praticamente aponta estes como deficiências em sua descrição de *Voyage à la fin de la nuit* [Viagem ao fim da noite], mas conclui que as desconexões têm uma função filosófica. "Por meio desta técnica, Céline destrói causa e efeito".

Foi uma técnica frutífera, pelo menos de verborragia; ao descartar causa e efeito, o romancista fica absolvido de qualquer obrigação de manter coerente seu mundo de imitação, enquanto a ficção em si torna-se tão fácil de escrever quanto versos livres. Assim como a eliminação da métrica e da rima na poesia, o descarte de causa e efeito obriga o escritor ao desafio constante de assombrar e surpreender. Sem qualquer trama conseqüente a unir os acontecimentos, o leitor é levado apenas pela voz do autor, e por suas promessas de prodígios sempre renovados de horror ou de estilo. Tais prodígios, Céline estava melhor capacitado para oferecer do que a maioria de seus sucessores; ele não recuou diante do abismo de possibilidades que descortinou e, em suas últimas obras, mostrou como verdadeiramente *tudo* pode fazer parte de um romance — exortações pessoais, fantasias, histórias dentro de histórias, todo tipo de confusão e ruído. Que outro autor foi tão fascinado pelo barulho, pelos estrépitos e clangores e gritos e algazarras que fazem o mundo parecer, como a fábrica de Detroit parece a Bardamu, herói de *Voyage*, um "vasto frenesi de barulho, que penetra em nós e se enfurna em nosso crânio, e desce e faz chocalhar nossas entranhas, e sobe até nossos olhos em infindáveis e intermináveis pancadinhas impacientes"? O estilo de Céline, com suas reticências substituindo toda pontuação lógica, tornou-se uma martelagem de "intermináveis pancadinhas impacientes", impelidas com maníaca monotonia a um único ponto de insurdescência, de vacuidade, de plena futilidade. Se causa e efeito são descartados, o mundo deixa de ter articulações desmontáveis; nada pode ser demonstrado salvo a futilidade. E isto Céline estava inesgotavelmente ansioso por fazer. Seus romances, como os de Beckett, são testamentos de rebeldia, rompimentos gratuitos de silêncio, testemunhos emaranhados de um sobrevivente amortecido a catástrofes praticamente indiscerníveis. Aglutinação e dissolução caracterizam o evento celiniano; onde alguma razão de ser poderia ser percebida, ela é suprimida. O que Bardamu e a Companhia Pordurière do Pequeno Togo estão tentando fazer em seu posto comercial avançado em Bikomimbo deliqüesce-se totalmente no pesadelo da chuva e da febre — ''Tudo se derretia num chafurdeiro de mercadorias ordinárias, esperanças e lucros, e também a febre, igualmente úmida''. O pesadelo aumenta quando Bardamu consegue botar fogo nessa tralha encharcada, desencadeando uma perfeita anarquia material, com uma bola de borracha crua ardendo lentamente, soltando fumaça e mau cheiro no meio de tudo. Esta visão reducionista, a confusão glutinosa de sonhos que se impõem tanto à luz do dia quanto à noite, contraria formidavelmente a função do médico, que é diagnosticar e corrigir. O dr. Destouches, de fato, prescrevia poucos medicamentos, e aconselhava seus pacientes simplesmente: ''Não tome bebidas alcoólicas e exercite-se com regularidade''. Exceto pelo domínio de um ou outro termo técnico, o herói-doutor da ficção de Céline é mais uma testemunha impotente que, num horrendo episódio de *Voyage*, permanece sorumbaticamente a ouvir o sangue de seu paciente esvaindo-se, pingando gota a gota, no chão sob a cama. Quando morre Robinson, o amigo de Bardamu, o processo é descrito com um frio olho clínico e, num exemplo máximo da acuidade psicológica gaulesa, o herói-doutor observa que mesmo ao morrer aquele homem era repulsivamente humano:

> Eu até mesmo acredito que sentiria mais facilmente pena de um cachorro morrendo do que de Robinson, pois um cão não é furtivo nem dissimulado; ao passo que, o que quer que se possa dizer, Léon era um pouquinho velhaco. Eu também era; nós todos somos... Todo o resto caíra ao longo do caminho e mesmo aquelas expressões faciais, que ainda se podem usar diante de um leito de morte, eu também perdera. Eu efetivamente perdera tudo ao longo do caminho. Não conseguia encontrar nada que se precisa ao bater as botas, apenas malignidade. Meus sentimentos eram como uma casa que se usa apenas nos feriados. Eram praticamente inabitáveis.

Céline logrou fazer o que Camus sempre quis: anatomizar o vazio emocional do homem moderno, do homem sem Deus. Em meio às explosões e ao burburinho de sua prosa, como as cavidades de uma esponja, persistem ilhas assombradas de aridez: hotéis miraculosamente preservados em meio a destroços, ou a paisagem desértica da cena de batalha que abre *Voyage*, entregue aos exércitos combatentes como um quarto a um casal em noite de núpcias — ''Estamos sós, como recém-casados praticando porcarias depois que todos partiram''. Na barulheira de Detroit, alguns sons são ''tão violentos que propagam um certo silêncio em torno de si o qual nos faz sentir um pouco melhor''. Uma estranha graça perversa brilha aqui e ali na infernal balbúrdia em que o autor transforma o mundo. Em seus últimos romances — a trilogia baseada nas extraordinárias viagens de Céline pela Europa em colapso durante a Segunda Guerra —, as bombas não cessam de cair, enchendo as páginas com seu vazio ensurdecedor e dando a cada sentença a textura de estilhaços que voam. No entanto, esses romances não são deprimentes. A beleza volúvel e o esmero inconstante do estilo de Céline provocam deleite; sua própria destrutividade e mordacidade são instigantes; ele possui o dom (que ninguém no inglês moderno possui mais que Bernard Shaw) do exagero irresponsável e a companhia constante de sua voz na primeira pessoa protege-nos do tipo de confronto com a grande e inexorável realidade em que um romance na terceira pessoa nos lança. Um narrador na primeira pessoa é um sobrevivente, ou não poderia estar ali presente. Este fato técnico secundário abafa a sensação de morte que Céline ostensivamente evoca, e dá um toque de frivolidade ao tipo de romance autobiográfico do qual ele é o santo patrono.

Patrick McCarthy, um estudioso inglês que agora leciona francês em Haverford, realizou um belo e firme trabalho de dar corpo e forma a um homem que tinha por hábito toldar os fatos a seu respeito, que permaneceu obscuro nos quarenta primeiros anos de vida e foi um recluso nos últimos dez. Capítulos com fatos averiguáveis justapostos a capítulos críticos que descrevem as principais obras resolvem, e bem, um problema perene da biografia literária, a saber, apresentar tanto a vida exterior — a vida dos registros — quanto a interior, o autor conforme refratado em sua própria criação verbal. Céline, como muitos outros, escreveu sobre si mesmo em termos piores do que realmente foi. Bardamu, o primeiro de seus *alter egos*, entra ilegalmente nos Estados Unidos e consegue o burlesco emprego de contador oficial de pulgas; na verdade, porém, o jovem dr. Destouches foi enviado a este país por um órgão não menos augusto do que a Liga das Nações, a fim de realizar um estudo das condições de saúde dos operários da Ford em Detroit — e que ele levou a cabo honradamente. Em todas as conjunturas de uma vida muitas vezes irregular, Céline buscou oportunidades de praticar a medicina. Em meio ao *débâcle* de sua debandada da França para uma Alemanha em colapso, ele prestou auxílio à comunidade de desgraçados colaboracionistas franceses em Sigmaringen; e, ao retornar do exílio, indultado mas longe de perdoado, ele dependurou sua placa ("Dr. L.-F. Destouches, da Faculdade de Medicina de Paris, das 14 às 16h, exceto sextas-feiras") no subúrbio parisiense de Meudon. McCarthy avança com firmeza por entre as tumultuadas aventuras de Céline, e sua maneira calma e metódica poupa-nos de muita especulação ociosa. Sua prosa uniforme mantém-se; torna-se no máximo banalmente telegráfica:

> [Léon Daudet] era um crítico tão famoso que podia lançar ou abortar um livro com uma única resenha. Ele leu *Voyage* e escreveu uma crítica arrebatada. O sucesso, literário e popular, veio em seguida. O romance teve um impacto enorme.

Por outro lado, seu discurso crítico apresenta muitas discriminações minuciosas e, com relação às tramas cada vez mais obscuras de Céline, um poderoso dom sinóptico. Do modo como ele as descreve, obras geralmente pouco admiradas e impossíveis de se obter em inglês como *Féerie pour une autre fois* [Mágica para uma outra vez] soam excitantes. Ele é capaz de escrever frases de sagacidade concisa, como esta sobre os jornalistas franceses que defenderam a colaboração:

> Num sentido, a causa deles estava fadada ao fracasso desde o início: era impossível convencer os franceses de que seus verdadeiros inimigos não eram os alemães que patrulhavam as ruas, mas os ingleses que haviam matado Joana d'Arc.

Seu retrato da comunidade de colaboracionistas — que incluía, além de Céline, autores sensíveis como Robert Brasillach e Lucien Rabetet — é suficientemente vívido para nos fazer ansiar por mais. E mais, também, poderia ter sido dito sobre as mulheres de Céline, além do fato de serem em geral dançarinas e de ele extasiar-se com as pernas longas das beldades americanas. McCarthy seguiu a trilha de Elizabeth Craig, que vivera com Céline durante a redação de *Voyage*, até encontrá-la em Los Angeles, onde ela, no processo de contestar o testamento do pai, casara-se com um dos advogados — um episódio tão surreal quanto a fantasia de Philip Roth de que Kafka teria aparecido para ensinar hebraico em Nova Jersey. Ficamos sabendo que Céline morreu no exato dia em que completara um rascunho de *Rigodon*, o terceiro livro da trilogia que até certo ponto reabilitou sua reputação literária. Ele morreu rapidamente, de apoplexia cerebral, e nos braços de sua mulher — uma pacífica morte de trabalhador para um homem que incorporara em si tanto da fúria de nosso século.

HISTÓRIA DE PESCADOR (E DE PEIXE)

The flounder, de Günter Grass, traduzido do alemão por Ralph Manheim. 547 p. Harcourt Brace Jovanovich, 1978.

Há muito o que se admirar em *O linguado*. É um livro ambicioso e inventivo. Propõe temas vastos — a história da nutrição, o papel das mulheres na história dos homens. O começo é divertido, o final comovente. Com perfeito domínio, e grande erudição e energia, o autor estende-se da pesquisa acadêmica à confissão desinibida, da farsa ao protesto, mantendo-se, mas nem sempre, nas cercanias de sua Dantzig natal. Os dois recursos que usa para unificar a narração — o conto "O Pescador e sua Mulher" do folclore alemão e os nove meses da gravidez de Ilsebill — são encantadores, e seus conhecimentos dos mistérios da culinária antiga e moderna sempre fascinantes. Qualquer gastrônomo que queira preparar coração de boi recheado com ameixas em molho de cerveja, ou gelatina de cabeça de vitelo com picadinho de língua e pâncreas, ou ovos de sapo fritos na gordura de bebezinhos natimortos do sexo masculino, ou uma sopa feita de ossos de vaca, cravos de ferreiro e uma peia de vitelo, com um ovo acrescentado para fortalecer, deve comprar este livro. Mas a literatura não pode ser apenas receitas, e até mesmo um leitor com estômago de ferro, ao avançar por este banquete de nove pratos e 550 páginas, haverá de sentir-se, por vezes, empanturrado. Os olhos de Grass não são maiores que seu estômago, e o que digere ele digere com entusiasmo diante de nossos olhos. Mas, nessa digestão, é a nossa empatia que acaba amortecida; da minha parte pelo menos, a degustação de grandes porções de *O linguado* foi incitada por nenhum outro apetite senão o anseio puritano de deixar o prato limpo.

Ao invés de um enredo, o romance tem um programa — ou melhor, uma barafunda de programas. O narrador, o "eu", não é apenas Grass, com suas opiniões e incidentes pessoais, mas também o Pescador da lenda e, enquanto marido de Ilsebill, a contraparte masculina — marido ou amante ou atormentador — de suas sucessivas encarnações, eternamente como cozinheira ou mulher, através dos tempos. Grass conta-nos que há "nove ou onze" cozinheiras dentro dele que querem sair: Awa, a deusa de três seios da Idade da Pedra; Wigga, uma matriarca da Idade do Ferro; Mestwina, que resistiu à conversão cristã assassinando o bispo Adalberto com uma colher de sopa no ano 997; Dorotéia de Montau, uma asceta do século XIV que estendeu o jejum da quaresma para o ano todo, Margarete Rusch, ou Greta Gorda, uma freira do século XVI de apetite desenfreado; Agnes Kurbiella, amante de Opitz, o pálido poeta do século XVII; Amanda Woyke, que promoveu a batata e a sopa dos pobres; Sophie Rotzoll, que envenenou com cogumelos uma parte da guarnição de Napoleão em Dantzig; Lena Stubbe, uma vetusta socialista desde o princípio; Sibylle Miehlau, uma ex-namorada (de, ao que indica, Grass) que se tornou lésbica, adotou o nome de Billy, e foi estuprada e assassinada por uma gangue de motociclistas no dia dos pais em Berlim; e Maria Kuczorra, prima em segundo grau do narrador, cujo marido foi morto na greve dos trabalhadores poloneses de 1970.

E o Linguado, quem é ele? Ele é o esquivo *Weltgeist* [espírito do mundo] de ferina língua de um mundo dominado pelos homens, aconselhando-os desde os tempos neolíticos a se libertarem do jugo matriarcal. Certo dia na década de 1970, entediado depois de milênios defendendo a causa perdida dos homens ("Os homens estão falidos. O abuso do poder exauriu-os. Acabou-se sua inspiração, e agora estão tentando salvar o capitalismo por meio do socialismo, o que é absurdo."), ele se deixa capturar por três pescadoras de um grupo de liberação feminina. Elas, porém, ao invés de aceitarem sua generosa oferta de conselhos sobrenaturais, levam-no para ser julgado por um Tribunal de Mulheres num cinema abandonado de Steglitz. O julgamento começa discutindo as onze mulheres semi-históricas mencionadas acima; muitas provas inconclusivas são oferecidas a respeito do tema comida & mulheres, enquanto o onisciente mas facilmente distraível autor vai interpondo detalhes sobre suas viagens à India, o temperamento ríspido de sua esposa, e a atmosfera dos congressos socialistas a que comparece — além de um grande número de poemas temperados com um molho brechtiano. A orelha da sobrecapa chama este resultado indiscriminado de "uma poderosa infusão", e o autor oferece-nos sua receita nestes termos: "Eu escrevo o tempo comprimido, escrevo aquilo que é, enquanto outras coisas, sobrepostas por coisas mais, estão ou parecem estar próximas de outras coisas ainda, enquanto, despercebido, algo que não parecia mais estar lá, porque estava oculto e fosse por este motivo ridiculamente duradouro, está agora exclusivamente presente: o medo, por exemplo''.

Uma versão anterior, e menos condimentada, do Linguado *à la* Grass é assim propalada: ''Inicialmente eu pretendia apenas escrever sobre minhas nove ou onze cozinheiras, uma espécie de história dos alimentos humanos — do maná ao painço às batatas. Mas então o Linguado proporcionou-me um contrapeso. Ele e seu julgamento... O que posso então fazer além de escrever escrever escrever como sempre?''. Este enxerto da fábula do Pescador e sua Mulher na história dos alimentos humanos, passando pelo feminismo contemporâneo e por uma autobiografia seletiva do autor (imbuído de espírito público e apetite particular), resulta em uma maçaroca que nem toda a sagacidade e argúcia de Grass conseguem levedar. O desleixo estético de *Do diário de um caramujo* é aqui estendido ao exagero. O estilo é animado e vivaz, e as preocupações sociais inimpugnáveis; mas, no processo de misturar e remexer tantos ingredientes encaroçados, aquilo que Aristóteles chamava ''ação'' acaba sendo posto a dormitar num canto da cozinha. Informações nutricionais e histórias pomerânias são servidas com fartura, mas há apenas duas perguntas prementes que incitam o leitor a prosseguir. Será o Linguado declarado inocente ou culpado? Será que o bebê de Ilsebill acabará nascendo? Ambas as respostas são previsíveis.

O linguado é um exemplo imponente do que acontece quando um romancista cumpre todas as suas obrigações para conosco exceto sua tarefa intrínseca de narrar eventos. Datas, fatos e casos pitorescos desenrolam-se aqui em estonteante profusão, mas os instantes em que conseguimos roçar na superfície do presente vivo, com sua inanalisável complexidade e seu indemonstrável *Dasein*, são tão raros quanto as contas de âmbar recuperadas nos batatais dos kashubes.* O que, neste ''escrever escrever escrever'', tem sabor de realidade? Muito abaixo do plano das alegorias sobrepostas, certas tensões conjugais entre o Pescador e sua Mulher possuem uma vida mais intensa do que a que o autor optou por lhes conferir. Quando Ilsebill, no quinto mês de gravidez, obstinadamente decide pular um fosso, colocando a si e ao feto em perigo, nós acreditamos, ao invés de concordarmos ou discordarmos; por um instante, a imaginação ficcional prepondera sobre a política. Quando, no final, seu marido corre para alcançá-la, universos inteiros de ruminações sobre a dependência masculina são comprimidos numa sensação sem palavras. E, quando, quase no final, o marido/narrador, presenciando a cesariana da esposa, comenta: ''Eu reparei tam-

(*) Povo da Pomerânia, província da Prússia às margens do mar Báltico. (N. T.)

bém como era amarela, feito gordura de galinha, a gordura da barriga de Ilsebill. Um pedaço se desprendeu e eu poderia ter fritado ali dois ovos'', as tortuosas ramificações da questão alimentar atingem um ponto que chega a doer. Mostre, mas não conte, costumavam insistir nossos professores de redação; Grass, no extremo de sua virtuosidade, com um domínio confiante sobre um público nacional, com sua consciência *engagé* hiperativa, conta muito mais do que mostra. Nos longos anais de suas ''cozinheiras'' históricas, a vivacidade cabe nove décimos a ele e apenas um décimo aos personagens. Algumas passagens extremamente breves impregnam-se na mente com a força da significação involuntária: o emparedamento resignado da virtuosa Dorotéia na catedral de Marienwerder; a afetada esterilidade artística do poeta Opitz mesmo sob a inspiração da amante ideal; as rapsódias grassianas sobre excrementos e cogumelos. O livro começa com um belo mergulho na antropologia dos cartuns (''Foi por volta do fim da Idade da Pedra. Um dia qualquer. Ainda não começáramos a desenhar nem a entalhar. Quando víamos a lua emagrecer ou engordar, nosso único pensamento era medo.'') e, após séculos de pesquisas requentadas, o romance aproxima-se do ponto de fervura ao aproximar-se do presente, quando a erudição livresca é substituída por rumores, memórias e vivências pessoais.

> Com cebolas e a manjerona de que me recordo
> gostaria de fazer um filme mudo no qual vovô,
> quero dizer o Sozi que tombou em Tannenberg,
> pragueje antes de debruçar-se sobre seu prato
> e estale cada uma das juntas de seus dedos.

Todavia, eventos atuais e pessoas contemporâneas não bastam para fazer vibrar um estilo denso e professoral, exageradamente dado a manipulações e estipulações. Uma sentença aleatória:

> Mas, por mais embriagados que estivessem com toda a sua bebedeira, os irmãos Teutônia, ou será que eram os irmãos Renânia, continuavam se aproximando, enquanto os anjos negros, em suas motocicletas nas quais não faltava acessório algum, permaneciam tão quietos em seus bancos como se estivessem petrificados.

Engrossada até tornar-se uma espécie de borra com seu lodo de significados acumulados, a ação do livro, mesmo quando violenta, avança morosamente, dando-nos a impressão de ser antes de tudo ilustrativa. Há exceções. Ao visitar Calcutá carregado de estatísticas nutricionais, o narrador (que neste episódio se imagina Vasco da Gama) rejeita uma visita a um museu e pede para ser levado a uma favela. ''Os favelados olharam para ele pasmos. Ele se sentiu intimidado pela jovialidade deste povo miserável mas com um charme invencível.'' Outras tais intimidações ao nosso esmagador e onívoro autor, nascidas da própria imprevisibilidade da experiência, teriam produzido um romance mais vigoroso. O mundo está pronto para outra versão desta áspera e antiga fábula obsedante, mas aqui Ilsebill e o Pescador desaparecem numa névoa de personagens que eles teoricamente conteriam em si. E o Linguado, que deveria ser o intérprete superintendente do livro, um písceo Mefistófeles emitindo testemunhos do seu eichmanniano aquário à prova de balas, é, como um convidado insuficientemente agressivo num programa de entrevistas, deixado de lado pelo loquaz apresentador que não cessa de despejar informações. Grass ignora o excelente conselho literário do peixe: "Não se esqueça, meu filho, nada de complicações. Não se perca na teoria socialista. Mesmo quando escrever sobre o revisionismo, mantenha o texto sempre simples".

A orelha da sobrecapa revela-nos que "cinco anos antes do seu qüinquagésimo aniversário, Günter Grass decidiu que escreveria um grande romance como presente para si mesmo". *O linguado* foi completado no prazo e em toda parte é proclamado como grande. Thomas Mann escreveu certa vez sobre outro autor alemão, que no *seu* qüinquagésimo aniversário recebeu um "von" antes do nome. É-nos dito, com apenas um pálido e tênue tremor de ironia, que as principais obras de Gustave von Aschenbach "amontoaram grandeza camada após camada, em longos dias de trabalho, a partir de centenas e centenas de inspirações isoladas. Devem sua excelência, tanto da massa quanto dos detalhes, a uma e única coisa, ao fato de seu criador ter conseguido resistir anos a fio sob a tensão da mesma e única obra". A tensão deixa seu saldo, é claro: o grande Aschenbach, a despeito de todos os seus feitos e honras, enamora-se subitamente pela beleza de um menino polonês e, paralisado de amor, morre vitimado pela peste em Veneza. Embora ninguém deseje o mesmo destino para Grass, é de se esperar que, ao perseverar em sua carreira estrênua como celebridade-escritor-artista-socialista, ele periodicamente pare para pensar. A última página do livro é enternecedora por sua enigmática simplicidade. O narrador e Maria, a 11ª cozinheira, foram para uma praia do Báltico. Lá eles fazem amor, sem-cerimoniosamente. Ela entra no mar e chama pelo Linguado, que pula em seus braços e começa a falar. "Maria riu. Eu nada compreendi. A praia estava tão deserta [...]. E eu estava sentado tão longe. Bom que ela voltasse a rir. Sobre o quê? Sobre quem? Permaneci sentado ao lado da travessa vazia do jantar. Apartado da história. Com um gosto na boca de carne de porco e repolho." Nestas desoladas frases de encerramento, seus temas começam, enfim, a viver.

ANJOS TCHECOS

The book of laughter and forgetting, de Milan Kundera, traduzido do tcheco por Michael Henry Heim. 228 p. Kropf, 1980.

Esta obra, *O livro do riso e do esquecimento*, como ele mesmo se diz sem rodeios, é brilhante e original, escrito com uma pureza e uma sagacidade que nos convidam a entrar de imediato. Mas é também um livro estranho, de uma estranheza que nos tranca do lado de fora. A estranheza de, digamos, Donald Barthelme ou Barry Hannah decorre das vicissitudes de uma cultura que, mesmo para quem não mora em Manhattan ou nasceu no Mississippi, é americana e, portanto, instintivamente reconhecível. Estes autores propositalmente entoam mudanças e inversões sobre formas com as quais nós, também, estamos enfastiados, e as linhas com que eles nos surpreendem acabam revelando-se linhas até então indiscernidas de nosso próprio rosto. Entretanto, o espelho não reflete com tanta facilidade esta confirmação no caso deste livro chistoso que é mais do que uma coletânea de sete contos e que, no entanto, certamente não é um romance, escrito por um expatriado tcheco que tem fascínio pelo sexo e uma propensão a saltar súbita, ainda que graciosamente, para a autobiografia, a ruminação abstrata e a história recente da Tchecoslováquia.

Milan Kundera, ele mesmo nos conta, circulou quando jovem em meio àquela sociedade de tchecos — ''os mais dinâmicos, os mais inteligentes, a melhor metade'' — que aplaudiu a ascensão dos comunistas ao poder em fevereiro de 1948. Mas logo passou a incluir-se entre as dezenas de milhares de pessoas que rapidamente se desiludiram com as violentas opressões do novo regime: ''De repente, aqueles jovens e inteligentes radicais tiveram a estranha sensação de que haviam lançado algo ao mundo, um ente por eles mesmos produzido, que assumira vida própria, perdera toda e qualquer semelhança com a idéia original e agora ignorava por completo os originadores da idéia. De modo que estes jovens e inteligentes radicais passaram a clamar contra a obra de suas próprias mãos, chamando-a de volta, repreendendo-a, buscando-a, perseguindo-a até o fim''. Kundera, filho de um pianista famoso, trabalhou — diz-nos a orelha do livro — como operário e músico de *jazz* sob o regime comunista e ''finalmente decidiu dedicar-se à literatura e ao cinema. Na década de 60, foi nomeado professor do Instituto de Estudos Cinematográficos Avançados de Praga, onde seus alunos, notavelmente Milos Forman, foram os criadores da Nova Onda tcheca do cinema''. Quando a valorosa tentativa por parte dos tchecos de empreender um ''socialismo com face humana'' sob Alexander Dubček acabou esmagada pela invasão russa em 21 de agosto de 1968, Kundera foi obliterado da vida cultural oficial de seu país. Em 1975, até mesmo sua existência subterrânea no país onde nascera havia se tornado intolerável e ele emigrou para a França. Em 1979, o governo tcheco, reagindo à publicação na França de *Le livre du rire et de l'oubli*, revogou sua cidadania tcheca.

De modo que Kundera é um Adão expulso repetidamente do Éden — primeiro, do idílio socialista de sua imaginação juvenil; depois, do esforço nacional para recuperar este idílio na breve Primavera de Praga de 1968; em seguida, do próprio país dominado pelos russos; e, por fim, até do próprio rol da cidadania. Uma queda tão atribulada e profunda faz as histórias de vida da maioria dos autores americanos parecerem tão inexpressivas quanto o crescimento de um tomateiro e, portanto, não chega a surpreender que Kundera seja capaz de fundir significados pessoais e políticos com a destreza de um Camus. Por exemplo, o tema do esquecimento é, sem esforço algum, onipresente. No nível oficial, a obliteração de pessoas provoca efeitos cômicos. O camarada de nome Clementis, que obsequiosamente colocara seu próprio boné sobre a cabeça de Klemént Gottwald naquele dia gelado da proclamação do partido em 1948, acabou enforcado quatro anos depois e todas as fotos de propaganda foram retocadas a fim de excluí-lo, de maneira que: ''Tudo o que resta de Clementis é o boné na cabeça de Gottwald''. O presidente que os russos instalaram depois de Dubček, Gustav Husak, ''é conhecido como *o presidente do esquecimento*''.

O esquecimento oficial é ecoado na luta pessoal dos súditos deste governo tão retocável quando tentam recuperar cartas desaparecidas ou lembrar-se daqueles detalhes que dão continuidade à vida. Tamina, uma expatriada de Praga, no quarto e talvez melhor dos sete capítulos díspares mas encadeados do livro, recita para si mesma todos os apelidos carinhosos pelos quais seu falecido marido jamais lhe chamara.

Cada vez menos capaz de recordar-se do rosto dele, ela recorre a um exercício desesperado:

> [...] ela desenvolveu sua própria técnica especial para rememorá-lo. Sempre que se sentava diante de um homem, usava a cabeça dele como uma espécie de armação de escultor. Concentrava nele toda a sua atenção e remodelava mentalmente o seu rosto, escurecendo-lhe a cútis, acrescentando sardas e verrugas, diminuindo o tamanho das orelhas, colorindo os olhos de azul. Mas todos os seus esforços mostravam apenas que a imagem de seu marido desaparecera para sempre.

Nas palavras de outro resistente, Mirek, "a luta do homem contra o poder é a luta da memória contra o esquecimento". Mirek precisa recuperar certas cartas desaparecidas por motivos bem diferentes dos de Tamina, que deseja revivificar a memória de uma paixão; Mirek quer destruir as cartas que ele, quando ainda um ardoroso entusiasta do partido, escrevera para Zdena, sua amante daqueles dias ingênuos. Ela permaneceu fiel à ortodoxia juvenil, chegando até a apoiar a invasão russa de 1968. Mas ele não chega a compreender a questão da fidelidade dela ao partido, na verdade fidelidade a ele e ao antigo amor entre ambos: "O que parecia fanatismo político era apenas uma desculpa, uma parábola, um manifesto de fidelidade, o lamento cifrado de um amor não correspondido". Em todas essas histórias da vida sob o comunismo, as motivações pessoais são freqüentemente mal interpretadas, fazendo surgir emoções de extrema impropriedade. Cada vida é lobotomizada pelas rupturas da tirania.

Mas, é claro, há também comédia aqui. *Risíveis amores*, tendo vindo de um Estado comunista (foi publicado em 1969), pareceu-nos talvez ainda mais engraçado e sexual do que era, como piadas contadas num tribunal. Mas a temática do riso, conforme elaborada por Kundera nestes últimos contos, é desenvolvida a um grau em que o riso não pode mais ser percebido como riso. Kundera é hábil e paradoxal, mas triste e amuado demais para ser um escritor engraçado. Também não está nele trazer à sua melancolia aquele toque de tradicional resignação religiosa que converte a depressão no humor cósmico de Kafka, ou de Bruno Schulz, ou do jovem Malamud, ou de Gogol. Kundera, em comparação, é um filho do Iluminismo, e os mistérios que porventura existam para ele ocorrem no plano do psicológico e do sexual. Há mais análise do riso — especificado como "um ruído trêmulo e exalado nos extremos superiores do registro vocálico" — do que riso em si. Uma certa vivacidade mecânica, como a de uma farsa francesa, acompanha as cenas de sexo grupal: em "Mãe", a mãe já idosa que fora visitar o herói do conto reaparece inadvertidamente na sala da casa, onde seu filho está prestes a entreter ao mesmo tempo a esposa e uma outra mulher sumariamente vestida; em "A fronteira", uma zelosa e vigilante organizadora de orgias compele a múltiplos contatos os casais que ameaçam encontrar felicidade sozinhos num canto.

O sexo é triste para Kundera, no fundo, e o riso é cruel. A imagem final de seu livro é a de um grupo de nudistas doutrinários e autocomplacentes numa praia (presumivelmente francesa), com "sua genitália embotada, entristecida e apática à mostra, fitando a areia amarelada". As tão proclamadas liberdades individuais do Ocidente não são liberação para ele. O herói deste último episódio, Jan, refletira anteriormente que os judeus foram levados às câmaras de gás nus e em grupos e que aquela "nudez é uma mortalha". Ainda criança, Jan estudara a foto de uma mulher nua e "sonhara com uma criatura cujo corpo oferecesse dez ou vinte regiões eróticas"; portanto, "embora permanecesse perfeitamente virgem, já sabia o que significava fastio pelo corpo feminino". O momento mais intenso e incisivo de desejo sexual para um homem, no *Livro do riso e do esquecimento*, dá-se quando o herói autobiográfico de Kundera, sem dissimular-se sob outro nome, vê-se a sós com uma jovem que prejudicara sua própria carreira como editora dando a ele algumas incumbências secretas, agora descobertas. Ela é serena em suas maneiras, mas não pára de ir ao banheiro:

> E agora subitamente a faca afiada do medo fendera-lhe ao meio. Ela estava tão aberta a mim quanto a carcaça de uma novilha cortada ao meio e dependurada num gancho. Lá estávamos nós, sentados lado a lado no sofá de um apartamento emprestado, tendo ao fundo o gorgolejar da água enchendo a caixa vazia da privada, quando de repente senti um desejo violento de fazer amor com ela. Ou, para ser mais exato, um desejo violento de estuprá-la. De lançar-me em cima dela e de possuí-la com todas as suas contradições intoleravelmente excitantes, suas roupas impecáveis, suas entranhas rebeldes, sua razão e seu medo, seu orgulho e suas desgraças.

Diante da lembrança de tais ímpetos de violação e desnudamento, tornados possíveis pelas pressões do mundo comunista, a nudez pública do Ocidente deve, é claro, parecer branda e recatada. Quanto às mulheres do mundo de Kundera, o sexo é melhor quando sem alma. Submetendo-se às charadas do sexo triádico, a sensível e ciumenta Marketa imagina que seu marido está sem cabeça: "No instante em que cortou a cabeça do resto do corpo, ela sentiu um novo e inebriante toque de liberdade. O anonimato de seus corpos era subitamente o paraíso, o paraíso reconquistado". E Tamina, no segundo conto "Os anjos", sexualmente assediada por um bando de crianças, "regozijou-se em seu corpo, porque pela primeira vez na vida seu corpo obtivera prazer afastado da alma que, nada imaginando e nada recordando, deixara sorrateiramente a sala". Em suma, o prazer exige uma espécie de suicídio.

"Ou, em outras palavras, a sexualidade liberta de seus laços *diabólicos* com o amor tornara-se uma alegria de simplicidade *angelical*." Os anjos do complexo universo disjuntivo de Kundera são malévolos. Estas crianças acabam atormentando Tamina e incitando-a à morte por afogamento que antes ela buscara em vão. No primeiro conto, intitulado "Os anjos", eles dançam nas ruas de Praga comemorando alguns assassinatos políticos; dançam em círculos até ascenderem ao céu. Anjos são aqueles que não abjuraram o credo comunista; Kundera dançou certa vez em seu círculo, e recorda-se de sua beatitude. Os anjos são os arautos de um "sentido inconteste sobre a terra"; quando se cai para fora de seu círculo, não se pára nunca mais de cair, "cada vez mais fundo", diz-nos Kundera, "para longe de meu país e para o vazio de um mundo que ressoa com o riso aterrador dos anjos silenciando com seu alarido cada uma de minhas palavras".

A superfície da prosa de Kundera é como a de um espelho estilhaçado, na qual cacos brilhantemente refletores misturam-se a opacos fragmentos prateados. O idílio comunista no qual acreditou na juventude parece ainda existir de alguma forma para ele, embora arremedado e repelido. Kundera jamais se faz a pergunta política mais interessante do século, a saber: por que uma redistribuição plausível e necessária da riqueza deve, em sua forma comunista, exigir um sacrifício tão exorbitante da liberdade individual? Por que o idílio deve transformar-se não apenas em menos que um idílio, mas num pesadelo? Kundera descreve os horrores e humilhações do intelectual sob o totalitarismo com uma autoridade cristalina; entretanto, a despeito de tudo o que nos conta, essas barbáries parecem arraigadas no céu, em caprichos impossíveis de justificar. Ele fica revolvendo laboriosamente seu material mundano, retornando sempre às metáforas do riso e do esquecimento, dos anjos e das crianças. Tamina, diz ele, é "o principal personagem e o público principal [do livro]; todos os outros são variações de sua história e conciliam-se em sua vida como num espelho". Contudo, em sua última aparição, Tamina parece haver se alegorizado num nada, e o episódio todo é quase estapafúrdio. Como no caso de Nabokov, uma história pessoal de fratura e ultraje é descrita de maneira caleidoscópica pelos pendores de uma vontade artística altiva — sem, no entanto, a convicção de Nabokov de que a arte, a realidade que extraímos da realidade, é suficientemente redentora.

A posição no Ocidente de um escritor do mundo socialista não pode ser senão incômoda. Ele não pode senão nos desprezar por nossas liberdades mesquinhas, nossas escravizações mais sutis; e nós, talvez, não podemos senão assumir ares condescendentes quando o vemos aprendendo, a um custo pessoal tão formidável, as lições que os srs. Churchill e Truman tão cabalmente leram para nós há 35 anos. As táticas de sobrevivência variam. No estado de Vermont, Soljenitsyn constrói sua própria cortininha de ferro e continua a vociferar como se ainda estivesse preso na Rússia. Joseph Brodsky, o mais arredio e metafísico dos dissidentes na época em que vivia em Leningrado, está se tornando, surpreendentemente, um poeta americano. Kundera — que, afinal, transferiu-se para apenas algumas centenas de quilômetros a oeste, e que, ao contrário de muitos expatriados, havia gozado de considerável prestígio e sucesso artístico em seu próprio país — parece hoje, cinco anos depois, numa posição sofrivelmente intermediária. Ele está cruzando aquela fronteira, para o lado que os homens temem, que descreve como "onde a língua de sua nação torturada parecerá tão sem sentido quanto o chilrear dos pássaros". Um sentido outrora onipresente deixou de existir. Maneiras de ver desenvolvidas num contexto de pouco valem em outro. As descrições sexuais, ao mesmo tempo ternas e vivazes, que provocaram tanto diz-que-diz-que subversivo no contexto tcheco soam-nos um pouco ocas e embotadas. Em *O livro do riso e do esquecimento*, a obra de realismo social e protesto coexiste com uma fragilidade, um simulacro angelical que, em meio a tanta recordação melancólica e psicologia sagaz, deixa-nos, leitores respeitosos do Ocidente, pouco à vontade.

SORRISO MULATO, SANTOS SATÂNICOS

Smile please: An unfinished autobiography, de Jean Rhys. 151 p. Harper & Row, 1980.

Port of saints, de William S. Burroughs. 174 p. Blue Wind Press, 1980.

Smile please [Sorria, por favor] e *Port of saints* [Porto de santos] são mais ou menos do mesmo tamanho e formato, com sobrecapas marrons meio apavorantes, e poderiam ser catalogados como autobiografias fragmentárias. A obra que leva o nome de Rhys chega, inclusive, a ostentar o subtítulo *An unifinished autobiography* [Uma autobiografia inacabada]. Inclui as memórias completas de sua infância, entremeadas a lembranças dispersas de sua vida posterior, além de trechos de um diário. A obra foi compilada e editada com afeição e tato especiais pela editora inglesa da romancista, Diana Athill, que inicia sua introdução com vivacidade: "Jean Rhys começou a pensar em escrever um livro autobiográfico vários anos antes de sua morte, em 14 de maio de 1979. A idéia não a atraía, mas, como às vezes se irritava e se magoava com o que outros escreviam a seu respeito, quis deixar os fatos esclarecidos". Embora muitos fatos não pareçam tanto ter ficado esclarecidos quanto permanecer discretamente à deriva, este empenho truncado de auto-revelação é atraente, para nós embora talvez não para sua autora, em parte justamente *por causa* de sua exígua e provocante fragmentação. O fragmento, o *sketch*, a tela inacabada, a estátua em pedaços: tudo isso é congenial a uma era de relatividade, indeterminação e agnosticismo. Fica-nos a suspeita de que a maioria dos livros opressivamente completos que buscam granjear nosso interesse e atenção só sairiam ganhando com alguns golpes redutivos de martelo. No caso de *Smile please*, o martelo foi aplicado pela habitual reticência e perfeccionismo de Rhys, e pelas Fúrias que tanto dificultaram todas as suas tentativas posteriores de escrever.

Mesmo assim, admiradores da assombrosa ficção de Jean Rhys — assombrosa por sua resoluta parcimônia de estilo e por seu retrato sem ilusões de uma heroína errante (um retrato que o recente caudal de confissões femininas em nada reduziu sua estonteante honestidade e severidade) — encontrarão aqui muito que os surpreenderá e deleitará. O esboço lacônico de sua educação no seio da minoria branca da pequena ilha de Dominica, nas Antilhas, possui toda a fibra emocional, mas sem o colorido exótico, da malfadada infância da heroína de seu romance *Wide sargasso sea* [Grande mar de sargaço]. Em ambas as versões, a mãe cruel e inatingível é uma peça fundamental, uma ausência sentida: "Mesmo depois do nascimento do novo bebê deve ter havido um intervalo de tempo antes de ela começar a me achar uma chata e eu passar a temê-la [...]. Sim, ela se afastou de mim e, quando tentei interessá-la, mostrou-se indiferente". Mais de setenta anos após o evento — pois Jean Rhys escreveu estes parágrafos nos três anos anteriores à sua morte aos 86 anos — ela busca com olhos de garotinha a mãe que nunca esteve próxima:

> Pouco antes de deixarmos Dominica, ela adoeceu e ficou impossibilitada de descer as escadas por um bom tempo. Eu subia para vê-la, mas andava bem de mansinho e ela não me ouvia [...]. Por detrás de seu silêncio, ela parecia solitária, uma estranha em uma casa estranha [...] sozinha, paciente e resignada. E também obstinada. "Você não viu o que eu vi, não ouviu o que eu ouvi." [...] Eu queria atravessar o quarto correndo e beijá-la, mas era tímida demais, e acabava lhe dando o beijinho de sempre.

A negritude ao seu redor parecia exaurir esta relação tão essencial de consangüinidade. "Certa vez, ouvi-a dizer que os bebês negros são mais bonitos que os brancos. Será este o motivo de eu ter rezado tão fervorosamente para me tornar negra, a ponto de correr todas as manhãs ao espelho para ver se ocorrera o milagre? E, embora jamais tenha ocorrido, eu não desistia. Querido Deus, faça com que eu seja negra." Em *Wide sargasso sea*, a maldição da mãe é a beleza e a loucura, transmitidas para a filha. Na autobiografia, lassitude e indiferença parecem ser a herança — uma resignação parasitária, como a de um zumbi, em não se estar inteiramente viva. "Todas as noites alguém dava um baile; podíamos ouvir os tambores. Poucas eram as nossas festas. Os negros eram mais vivos, mais parte do lugar do que nós."

Não apenas indiferença, mas também ódio foi cedo urdido na alma de Ella Gwendolen Rees Williams, seu nome de batismo. Uma recordação apavorante da região do Caribe, vividamente dramatizada em *Wide sargasso sea*, é a de que os negros odiavam os brancos que viviam entre eles. Em *Smile please*, Jean Rhys lembra haver admirado uma colega de classe mulata que se sentava ao seu lado no colégio de freiras:

> Procurei, timidamente a princípio, depois com mais coragem, puxar conversa com minha linda colega.
>
> Finalmente, sem nada falar, ela se voltou e olhou para mim. Eu sabia reconhecer um olhar de irritação, de enfado, de "Ah, vê se vai embora"; este era diferente. Este era ódio — um ódio impessoal, implacável. Eu o reconheci de imediato, e quem acredita que uma criança não consegue reconhecer ódio e lembrar-se dele para o resto da vida está terrivelmente enganado.
>
> Nunca mais tentei fazer amizade com qualquer outra garota de cor. Eu era polida; nada mais.
>
> Eles nos odeiam. Nós somos odiados.
>
> Não é possível.
>
> Sim, é possível, e assim é.

Uma autenticidade concedida há muito à emoção negativa confere um toque macabro a *Smile please*. A narradora "odeia" explicitamente muitas coisas: sua própria aparência no espelho aos nove anos de idade; costurar; uma fotografia de sua mãe quando era jovem e bonita; seu pai quando ele corta o cabelo curto; os desconhecidos que anos mais tarde derrubam a cruz do túmulo dele. "Eu odiei quem quer que houvesse feito isso e pensava: 'Eu também posso odiar'." De uma babá negra, Meta, "que de qualquer maneira já não gostava muito de mim", ela absorve medo e as superstições do vodu: "Meta mostrara-me um mundo de medo e desconfiança, um mundo no qual ainda permaneço". Num incidente que merece todo um capítulo, a garotinha esmaga o rosto de uma boneca com uma pedra: "Lembro-me vividamente da satisfação de ser má. A culpa que era metade triunfo". Ao ler *Paradise lost* [Paraíso perdido], ela fica fascinada por Satã; mais tarde, "inconscientemente maniqueísta", chega "à certeza de que o Diabo é tão poderoso quanto Deus, talvez ainda mais [...]. Eu estava ardentemente do lado de Deus, mas era dificílimo descobrir o que eu poderia fazer a respeito". Depois da terrível morte de seu *fox-terrier* Rex com cinomose, ela decide que "o Diabo é indubitavelmente mais forte que Deus; para que tudo isso então?". A notável combinação de intensidade e apatia na visão de mundo de Jean Rhys tem seu germe na atmosfera negra/branca, crivada de medo, de Dominica. Ela se impregnou daquele algo macabro que há no Caribe, essas economias maltrapilhas incrustadas num mar de dias belos e plangentes. Rhys tornou-se européia, mas não pôde deixar de enxergar tudo com olhos partidos. Enquanto escritora, ela nos choca com coisas que nem lhe passa pela cabeça omitir.

Na segunda metade desta autobiografia inacabada, que Diana Athill habilmente intitulou "It began to grow cold" ["Começou a esfriar"], a narradora, agora já uma jovem mulher morando na Inglaterra, continua odiando coisas, até mesmo o zoológico de Londres e as proprietárias de imóveis de aluguel e, com sua beleza recém-desabrochada, volta-se para uma vida mundana no teatro de revista. Esse estimulante universo de dúbia reputação e também os universos vizinhos do dinheiro e do sexo ("Parece-me agora que esse negócio todo de dinheiro e sexo mescla-se com algo muito primitivo e muito profundo.") são descritos de relance, sob uma óptica quase coquete. E, é claro, constituem o terreno bem delineado em seus quatro primeiros romances, todos escritos antes de 1939. O início de sua carreira de escritora é retratado, caracteristicamente, como um triunfo da veneta e do capricho. Rhys, incomodada com a desgraciosa nudez de uma mesa em seu quarto recém-redecorado em Fulham, passa por uma papelaria "onde canetas de pena, muitas delas, estavam expostas na vitrine, vermelhas, azuis, verdes, amarelas. Algumas ficariam bem num vaso, alegrando minha mesa, pensei. Entrei na loja e comprei cerca de uma dúzia. Reparei então em alguns cadernos pretos de exercício no balcão [...]. Comprei vários destes, não sei por quê, só por gostar da aparência deles. Adquiri uma caixa de pontas de pena, da marca que eu gostava, um porta-canetas comum, um vidro de tinta e um tinteiro barato. Agora aquela velha mesa não vai parecer tão vazia, pensei". E então, como num transe, ela utiliza esses implementos tão acidentalmente adquiridos para ficar escrevendo noite adentro. Os cadernos que preencheu em alguns poucos dias — antes de escrever a sentença final: "Meu Deus, tenho só vinte anos, e vou ter de continuar vivendo, vivendo, vivendo" — ela carregou em sua bagagem ainda durante sete anos antes de se tornarem a base do romance *Voyage in the dark* [Viagem na escuridão].

Após a Segunda Guerra, ela própria seria posta de lado: sua exígua reputação havia se reduzido a quase nada, até que uma adaptação radiofônica de *Good morning, midnight* [Bom dia, meia-noite] em 1957 revelou sua existência numa casa de campo em Devonshire, provocou seu renascimento como escritora ativa e proporcionou-lhe um amplo reconhecimento que, nas palavras de Diana Athill, veio "tarde demais para lhe dar muito prazer". Ela encerrou sua vida surpreendentemente longa num país que odiava, a Inglaterra, e numa casa de campo que ela e seu terceiro marido haviam comprado sem ver e pela qual, vendo-a pela primeira vez, sentiu "imediata aversão". Nenhum autor moderno digno de menção apresenta uma carrreira aparentemente tão sem sentido. Todavia, escreveu Rhys em seu diário: "se eu deixar de escrever, minha vida terá sido um abjeto fracasso"; e, de si mesma quando criança: "Antes de aprender a ler, quando era ainda quase um bebê, eu imaginei que Deus, essa estranha coisa ou pessoa da qual ouvia falar, era um livro. Às vezes era um grande livro posto em pé, entreaberto, cujas palavras impressas eu podia ver embora não fizessem sentido para mim. Outras vezes o livro era menor e dentro dele havia coisas agudas cintilantes''. Mais tarde, já sabendo ler, ela se perdeu ''no mundo imenso dos livros, e tentei abolir o mundo real que me era tão enigmático. Mesmo então eu tinha uma vaga e persistente sensação de que permaneceria sempre perdida nele, derrotada''. De modo que o ato de escrever, que Jean Rhys empreendeu com tão fanático controle e nobre candor, era-lhe um tipo de ascensão para fora de um mundo dominado pelo Diabo e em direção à metade divina, repleta de ''coisas agudas cintilantes'', da equação maniqueísta.

William S. Burroughs, ainda que não pertença indiscutivelmente ao bando do Diabo, é com certeza autor do mais sinistro romance americano, *Naked lunch* [Almoço nu], a atingir a condição de um clássico. Ademais, seus livros, desde que publicou em 1959 aquelas ''anotações detalhadas sobre a doença e o delírio'' (descrição dele), não se tornaram menos sinistros, nem mais coerentes. *Port of saints* é acintosamente descrito na contracapa como ''a história totalmente pirante de um homem cujas várias personalidades levam-no a uma fantástica jornada pelo espaço, pelo tempo e pela sexualidade''. Somos também informados de que o volume foi escrito, ou compilado, ou seja lá o que for que Burroughs faz com tesouras e batedeiras para engendrar seus livros, pouco antes de ele voltar aos Estados Unidos em 1973. Temos aqui, portanto, algo como uma peça de época que, como *Dance the eagle to sleep* [Dance até fazer a águia dormir], de Marge Piercy, gira em torno de um embate estilizado entre uma sociedade americana doentia e uma salutar contracultura tribalizada. Na fantasia de Burroughs, os heróicos forasteiros são os Wild Boys [garotos selvagens], também conhecidos como Parries, de Paranormais — os inimigos sendo os abomináveis Norms [Normais], liderados por um tal Mike Finn, se pudermos chamar isso liderar: ''Sob o domínio de Mike Finn não valia a pena ser bom em coisa alguma. Como conseqüência, toda a estrutura da sociedade ocidental entrara em colapso''. Finn ''organizou uma vasta Polícia do Pensamento. Qualquer indivíduo com a expressão absorta ou distraída era imediatamente preso e executado''. Buchas de canhão, sem dúvida, para as imponentes hordas de garotos selvagens: ''Onda após onda de invasores avançaram, descendo pelos estreitos de Bering e subindo pela fronteira mexicana, destruindo todo e qualquer vestígio do pesadelo americano, arrasando as cidades hediondas e massacrando os Norms sobreviventes como gado com aftosa. Qualquer um que usasse as palavras CERTO E ERRADO era IMEDIATAMENTE MORTO. A terra foi então lavrada usando-se os Norms como fertilizante''. Antes disso, vale notar, os garotos selvagens haviam sido algumas vezes perfunctoriamente batidos: "O *flashback* mostra os garotos selvagens dizimados por narcoagentes de olhar gélido e por policiais sulistas sustentados pelas mulheres religiosas e pelo grande capital".

Todavia, toda nuance de alegoria política é logo deglutida pelo deleito absolutamente olímpico de Burroughs com qualquer tipo de destruição, seja ela provocada por explosivos tecnológicos seja por doenças surreais. Os Bubu Boys, por exemplo (não confundir com os *snake boys* [garotos da serpente] nem com os *roller-skate boys* [garotos dos patins]), "vestindo camisas rosas, roxas e amarelas para combinar com suas feridas", apresentam vistosas pústulas e acabam por fim mudando de pele: "É claro que guardamos as peles. Elas são moídas num pó bem fino, como gás lacrimogêneo [...] uma ou duas bombas de pele seca de Bubu lançadas sobre Nova York fariam a bomba atômica parecer ridícula. Imagine dez milhões de pessoas putrefazendo-se em questão de segundos — só o fedor deixaria muita gente ligada". Burroughs também gosta de descrever contatos homossexuais, preferivelmente múltiplos e entremesclados com assassinatos. Desde o marquês de Sade não se via tanta copulação maquinal tão circunspectamente organizada. A ejaculação é uma espécie de explosão, e o jovem corpo masculino é a arma derradeira. Garotos atiram facas com os dedos dos pés ao ritmo de seus espasmos, possuem "olhos cinza-metálicos" e esporram com o "ruído de metralhadoras". A transação sexual é sentida como uma eletricidade mortífera: "Os dois corpos estremecem juntos como que grudados a um fio de alta-tensão, vibrando dos pés à cabeça e exalando um forte cheiro púrpura de ozônio".

Port of saints é um amontoado de parlapatices, mas, como são parlapatices mortíferas, sentimos que devemos ao livro algum respeito. Gostaríamos de poder simplesmente descartá-lo, mas não conseguimos inteiramente. Uma estranha sagacidade e uma integridade para além da corrupção brilham por entre suas contorções selvagens, e também uma genuína melancolia pessoal. Um herói vacilante de nome Audrey parece guardar algumas lembranças do próprio Burroughs; a ele pertence uma vulnerabilidade juvenil que encontra consolo em sonhos de sexo e violência. "Audrey lera coletâneas de contos e de histórias de aventuras e via-se como o Major, o aventureiro galante [...]. Ele lera uma coleção de histórias fantásticas e via-se como o primeiro homem a pisar na Lua, desenhando diagramas de foguetes. E decidiu ser escritor e criar os seus próprios Majores e Zulu Jims e Snowy Joes e Carl Cranberrys." Se boa parte deste livro à-toa e saliente parece-nos o devaneio de Walter Mitty depravado, há nele também um James Bond poetizado: "Asas camuflavam-se na voragem do sol poente para desaparecer com o vento oeste, fazendo chover setas envenenadas do céu. Gansos selvagens derrubam um avião de transporte de tropas. Os garotos selvagens mal podem ser vistos nas cores que não enxergam nos lugares aos quais nunca foram [...]. O velho financista meneando a cabeça em sua varanda olhou para cima e viu uma paisagem no céu. Lembrou-se de um velho livro de gravuras e pôde ver um menino em pé dentro de um riacho. Enquanto o velho observava, o menino tomou uma flecha de prata da sua aljava e ergueu o arco. Uma rajada de ar atingiu a face do velho e tirou-lhe o fôlego''. Burroughs seria insuportável se acreditasse na morte; mas como ele não acredita mais firmemente na finalidade do que no id ou no animador dos desenhos de Tom e Jerry, um fogo-de-santelmo de perversa ternura pode ser visto bailando em seu lúrido quadro vivo e um *pathos* pubescente ouvido no clamor dos garotos selvagens. ''Chamando todos os garotos da terra nós lhe ensinaremos os segredos do controle mágico do vento e da chuva [...]. Nós lhe mostraremos a magia sexual que transforma o corpo em luz. Nós o libertaremos para sempre do útero''.

Embora haja um inconfundível sabor autobiográfico em *Port of saints*, poucos fatos são revelados. Um leitor poderia supor que o autor nasceu em St. Louis, pendeu para o homossexualismo e vivenciou um pouco de drogas e do México. Um instante de iniciação homossexual numa pequena casa de veraneio volta a repetir-se de maneira cada vez mais extravagante até que este momento naturalista de vida vivida é transposto para um firmamento de violência coruscante onde a imaginação do autor encontra repouso. 'Tudo se despedaça à medida que caminho... geladas privadas distantes sereias no nevoeiro lá fora cinzas de cigarro numa coxa nua em quartos mobiliados garoa azulada nos pêlos púbicos crepitando e virando poeira enquanto caminho.'' O ''eu'' torna-se o ''nós'' de um exército triunfante: ''Estamos nos afastando cada vez mais. Tropa alguma poderá penetrar os Desertos do Silêncio e além deles há o Bloqueio da Luz Azul. Não precisamos mais do inimigo. Edifícios e estrelas estatelados para armazenagem. O último parque de diversões vai sendo demolido''. Para além do último parque de diversões está uma feira do fim do mundo: ''O Tempo de Xolotl parece uma feira mundial espraiada numa enorme praça onde são exibidos e trocados armamentos, sexo e técnicas de luta''. Nenhum programa contínuo, nem mesmo de niilismo, chega a ser elaborado; a filosofia de Burroughs permanece tão misteriosa quanto sua pessoa. Será que ele realmente é favorável a todos esses pescoços quebrados, armas de putrefação e garotos impassíveis que arreganham os dentes como cães? A intencional fragmentação de sua arte chega mesmo a ocultar até que ponto Burroughs é de fato um escritor. A maior parte da sua prosa é mera confusão e o diálogo parece saído diretamente dos gibis de aventura. Às vezes ele soa como Kerouac ou Mailer, lançando apressadamente numa sentença tudo o que lhe vem à mente: "Derrotado e perseguido, com apenas um punhado de seguidores, Audrey lança uma maldição sobre a Deusa Branca e todas as suas obras, desde os Conquistadores e as Criaturas do Pântano até a Rainha, desde Dixie [sul dos Estados Unidos] até a África do Sul...". Ele consegue ser engraçado, como quando descreve a droga Bor Bor: "O efeito desta droga, temida e execrada pelos garotos selvagens e usada somente como arma contra nossos inimigos, consiste em amortecer o usuário até um estado de penugento bem-estar e benevolência, uma sensação cálida e gostosa de que tudo acabará dando certo para os americanos". Mas a sátira não é realmente seu ofício; nem a propaganda, apesar de uma série eventual de programas drásticos de mutação em massa e despovoamento maciço. Testemunhamos em sua obra atos não de exortação, mas de exorcismo. Retorna uma certa paisagem, nostálgica como as campinas e dunas formadas pelo vento de Winslow Homer, banhadas na espectral luz verde das ilustrações de Maxfield Parrish, antes de transmutar-se num azul extragaláctico: "O garoto não falava. Ele se aproximou e depois subiu na cama ajoelhado. Estava nu, em seus olhos as gélidas extensões do espaço interestelar. Atrás dele Audrey podia ver um céu vazio reluzindo, um polvilhamento longínquo de estrelas". O efeito final obtido por Burroughs é convencer-nos de que ele viu e fez coisas tristes além de qualquer descrição possível.

Parece seguro afirmar que, em momentos de suas vidas, tanto Burroughs como Rhys mantiveram íntimo contato com aqueles demônios da autodestruição a quem nos damos modernamente o luxo de entreter. O consumo alcoólico de Jean Rhys, embora ignorado em *Smile please*, figura com proeminência em sua ficção, notadamente em *Good morning, midnight*, e nas recordações da maioria das pessoas que a conheceram. No caso de Burroughs, as drogas — de cujo vício ele conseguiu safar-se aos 45 anos — são, é claro, seu tema central, e não há relato mais cruciante de seu próprio drama do que a carta sucintamente factual que ele enviou a um médico (publicada no *British Journal of Addiction*, em 1956) na qual prestimosamente arrola a horripilante variedade de drogas e curas malogradas que um usuário temerário e presumivelmente bem financiado pode experimentar. Não obstante, ele sobreviveu, e nas fotos de divulgação vemos que os seus traços amainaram-se na calma pensativa de um banqueiro, indistinguíveis dos de qualquer outro formando de Harvard de 1936. E Jean Rhys, nascida num mundo de antigamente ainda ebulindo com as conseqüências da abolição da escravatura, vivenciou três maridos e duas carreiras literárias completamente distintas.

Idéias relativas à sobrevivência e à sua ausência surgiram na mente deste resenhista graças a um estranho compêndio recentemente lançado por Katinka Matson, *Short lives* [Vidas curtas]. Matson, inspirada pela vida efêmera de um amigo seu, o poeta e autoproclamado "Bobo da Cidade de Nova York", Thomas (Tyler) Bootman, apresenta aqui em ordem alfabética esboços das vidas de trinta dos mais famosos artistas que viveram sofregamente e morreram cedo. A escolha é sagaz, a pesquisa alentada, e fascinantes os fatos lúgubres. Nijinsky, é verdade, viveu até os sessenta anos, e não deve ser culpado por sua loucura; e também Antonin Artaud, que morreu aos 51 anos de câncer no reto. Quanto aos diversos cantores e cantoras incluídos nesta antologia de mortes precoces (Judy Garland, Billie Holiday, Janis Joplin, Elvis Presley), poder-se-ia dizer que a vida do *show business*, com sua exigência crônica de vivacidade noturna, é naturalmente debilitante. Contudo, a espinha dorsal literária de sua lista, independente de o personagem haver efetivamente cometido suicídio (Hart Crane, Jack London, Sergei Esenin, Vladimir Maiacóvski, Yukio Mishima, Malcolm Lowry, Sylvia Plath, Anne Sexton) ou de haver cultivado hábitos deletérios (Scott Fitzgerald, Jack Kerouac, Dylan Thomas), leva-nos à conclusão irrefutável de que, pelo menos desde a decisão anunciada por Rimbaud de tornar-se um visionário através do "desregramento de todos os sentidos", o excesso autodestrutivo tem sido uma força legitimada nas vidas de muitos escritores. Lowry escreveu: "Não se pode confiar naqueles que são cuidadosos demais. Seja como escritores seja como bebedores. O velho Goethe não pode ter sido tão bom homem quanto Keats ou Chatterton. Ou Rimbaud. Aqueles que ardem". Na poética da ardência, álcool e haxixe e heroína e éter agem como destiladores da pureza. Modigliani, este pintor espetacularmente alcoólico, propôs: "O álcool, para a classe média, é mau. É um vício. É o chamamento do Diabo. Mas para nós artistas é uma necessidade". Para o poeta Max Jacob, tudo em Modigliani estava subordinado a "uma necessidade de pureza cristalina... Ele era cortante, mas também frágil como o vidro; e inumano como o vidro, por assim dizer". Num certo sentido, tais boêmios levaram adiante sob um novo estandarte a antiga luta cristã da alma contra o corpo. A autodestruição está próxima do auto-sacrifício, e uma convicção religiosa da realidade transcendente é comum a ambos. A própria negligência com que, digamos, Dylan Thomas disse adeus à sua vida como algo insignificante implica uma crença impotente de que há significação em alguma outra parte. Um certo arrebol cristão ilumina a literatura do modernismo. Proust e Joyce, enclausurando-se em suas vastas e arcanas obras, submeteram-se a uma espécie de martírio, e desde Yeats até Faulkner a vocação do escritor tem sido proclamada como um sacerdócio heróico. O idealismo sobreviveu à teologia, e conferiu sua energia fantasmagórica à Arte. Agora, Jean Rhys e William Burroughs, apesar de serem turistas alertas no Inferno e de serem fascinados pela magia, possuem pouco do otimismo compulsório do idealista, ou da paixão deste pela pureza. A realidade irrompe nua e inconseqüente sobre suas pessoas. Uma certa aridez pragmática, que sentimos em seus estilos, um certo entorpecimento mortal mesmo, permeia seus mundos causticados. Talvez esse mortífero torpor tenha se provado sua salvação no mundo, e faz deles, enquanto artistas, pós-modernos.

ROLAND BARTHES

S/Z, de Roland Barthes, traduzido do francês por Richard Miller. 217 p. Hill & Wang, 1974.

The pleasure of the text, de Roland Barthes, traduzido do francês por Richard Miller. 67 p. Hill & Wang, 1975.

O *nouveau roman* exigiu seus *nouveaux critiques;* Roland Barthes atraiu atenção pela primeira vez em 1954, como defensor do então pouco conhecido e praticamente inédito Alain Robbe-Grillet. Durante os anos 60, Barthes adquiriu notoriedade quando, após a publicação de seu livro *Sur Racine* [A respeito de Racine, 1963], entrou numa áspera e animada discussão pública com críticos relativamente desatualizados como Raymond Picard, cujo ataque a Barthes levava o título de "Nouvelle critique ou nouvelle imposture?" ["Nova crítica ou nova impostura?"]. Em sua jornada intelectual, Barthes percorreu diversas das estações gaulesas obrigatórias; passou do existencialismo e do marxismo para a "psicanálise das substâncias" e as teorias lingüísticas de Ferdinand de Saussure, e associou recentemente seu nome à "nova" antropologia de Claude Lévi-Strauss. Barthes é não só um expoente dentre os autores modernos do pós-guerra, como também um comentador dos clássicos franceses: Racine, Sade, Fourier e Michelet. Ele escreveu algumas obras totalmente áridas e técnicas sobre semiologia (a ciência dos signos), além de ensaios jornalísticos extremamente aprazíveis a respeito dos mais variados assuntos, desde a pintura holandesa e o cinema até a personalidade do plástico e a mística do vinho. Nos Estados Unidos (onde seu ingresso no mundo editorial foi, talvez, facilitado pela associação eufônica com Barth e Barthelme), Barthes foi agraciado com a publicação de seis de seus livros pela Hill & Wang, entre os quais alguns volumes bastante breves e abstrusos, e com uma coletânea de seus ensaios publicada pela Northwestern University Press. Para Susan Sontag, a glamourosa vivandeira americana da *avant-garde* francesa, ele é "um homem de prodigiosa erudição, infatigável energia mental e sensibilidade penetrante e original"; para Frank Kermode, o príncipe dos críticos britânicos, "Roland Barthes não tem rival aparente, sendo o mais interessante, fértil e ambicioso crítico em atividade". A publicação de *S/Z* e de *Le plaisir du texte* [O prazer do texto], em volumes extraordinariamente bem concebidos, proporciona ao leitor americano uma oportunidade de avaliar uma figura que, aos sessenta anos, é, em seu meio intelectual, indiscutivelmente carismático e imponente.

S/Z é um livro sobre a leitura praticamente ilegível, um lento rastejar de duzentas páginas através das trinta páginas de um conto de Balzac, uma "*decomposição* (na acepção cinematográfica) do trabalho da leitura: uma passagem em *câmara lenta*, por assim dizer, nem inteiramente imagem nem inteiramente análise". O conto de Balzac, "Sarrasine", é subdividido em "fragmentos breves e contíguos que denominaremos *lexias*"; o comprimento destas unidades varia de uma sentença a diversos parágrafos de texto. Elas são comentadas, numa miscelânea de textos em corpo 10 mesclando itálicos, asteriscos e maiúsculas, segundo um sistema de cinco "códigos", ou "vozes", esquecivelmente especificados como "a Voz da Empiria (os proairetismos), a Voz da Pessoa (os sememas), a Voz da Ciência (os códigos culturais), a Voz da Verdade (os hermeneutismos) e a Voz do Símbolo". Há, entre estas seções impressas em corpo 10, ensaios em corpo 11 que ampliam as especulações e comentários acerca de questões como padrões simbólicos, suspense narrativo, contexto histórico e preconceitos culturais. Quinhentas e sessenta e uma *lexias* são assim examinadas. Como na máquina imaginária de Kafka que gravava mandamentos na pele do transgressor, o leitor desponta aqui lexicamente enriquecido porém lacerado; não me lembro de outro livro ostensivamente em inglês que tenha me dado tanto trabalho para ler. Barthes, em outra obra, afirma acerca da boa prosa que "ela range, ela corta"; seu vocabulário é mesmo uma mistura rilhante e faiscante de grego ("anastomose", "tmese", "sintagmático", "proairético"), de termos tomados da lingüística moderna (*closure*", "significante", "semema") e de palavras comuns ("código", "mito") recunhadas com um significado específico mas difícil de apreender. Seu estilo é denso, conciso, nervoso, parentético, às vezes malicioso e levemente insolente. Ele parece, com freqüência, estar recapitulando algo que deveríamos ter lido, mas não lemos, em alguma outra parte. Ele apropria para a linguagem da crítica literária uma certa precisão pseudomatemática. Seu método, em *S/Z*, de avançar aos solavancos por entre o que é, afinal, uma narrativa melodramática e romântica, produziu no crítico que lhes escreve sentimentos tão opressivos de prevenção e estorvamento somente aliviados sob a forma crônica de uma irresistível modorra e, ao menos em uma ocasião, de uma dispepsia plena de absolvição.

Uma tal confissão do desconforto de um leitor é pertinente aqui, pois Barthes insiste, nestes dois livros, na supremacia da literatura "de ler" (*lisible*) sobre a literatura "de escrever" (*scriptible*). Prefaciando sua exposição dos códigos e significações do conto de Balzac, ele afirma: "Nós denominamos 'de ler' qualquer texto clássico", e também: "Interpretar um texto não é conferir a ele um sentido (mais ou menos plausível, mais ou menos livre), mas, pelo contrário, apreciar a *pluralidade* que o constitui [...]. Nesse texto ideal, as redes internas são multas e interagem, sem que uma delas possa sobrepor-se às demais; o texto ideal é uma galáxia de significantes, não uma estrutura de significados; não tem começo; é reversível; obtemos acesso a ele por diversas entradas, nenhuma das quais pode ser enfaticamente declarada a principal".

A interação entre um leitor nunca ideal e a infinita diversidade dos textos é mais concretamente, e mais jovialmente, elaborada em *O prazer do texto*. Pular trechos ou palavras, por exemplo, é algo que acaba entretecendo-se no "ritmo daquilo que é lido e daquilo que não é, criando o prazer das grandes narrativas: alguém já leu Proust, Balzac, *Guerra e Paz*, palavra por palavra?". A tradicional crítica explicativa pressupõe um texto do qual todas as máculas da desatenção ou da má compreensão tenham sido removidas por um estudo atento, restando apenas texto puro. Barthes, ao invés, rejubila-se nas irregularidades do processo de leitura: "Assim, o que eu aprecio numa narrativa não é diretamente seu conteúdo, nem mesmo sua estrutura, mas as abrasões que imponho a sua lisa superfície: estou lendo, pulo um trecho, distraio-me, e mergulho novamente no texto". De maneira curiosa e intrigante, mas nunca frívola, Barthes personifica o texto; é o texto que seduz, que deseja: "O texto que você escreve precisa provar a mim que *me deseja*". Em *S/Z*, o texto do conto de Balzac, no esforço de manter seu suspense, contorce-se como um criminoso: "Isso mostra-nos que o discurso está tentando mentir *o mínimo possível*: apenas o necessário para assegurar o interesse da leitura, ou seja, sua própria sobrevivência". Naquela região transparente onde texto e leitor interagem, Barthes detecta uma tal multiplicidade de níveis que, num brilhante comentário à margem, ele chega a detectar o próprio leitor manifestando-se numa frase ("como que aterrorizado") que não caberia logicamente nem ao narrador nem ao personagem em questão.

É o leitor que quer que a verdade seja simultaneamente nomeada e evitada. É essa a ambigüidade que o discurso cria escrupulosamente com um *era como se*, indicando a verdade e, todavia, reduzindo-a peremptoriamente à mera aparência. O que ouvimos, portanto, é a voz *deslocada* do leitor conferida, por procuração, ao discurso: é o discurso sendo proferido conforme os interesses do leitor. De onde podemos ver que escrever não é a comunicação de uma mensagem que parte do autor e procede até o leitor; é especificamente a voz da leitura em si; *no texto, somente o leitor fala*.

Enquanto outros críticos empenham-se em sondar os segredos simbólicos ou ideológicos de uma obra, Barthes, com o tino empresarial de um editor, demonstra uma preocupação íntima com a manipulação verbal do suspense e com detalhes tão prosaicos quanto a cronologia da ficção. Seu tato para a ocupação de contar histórias produz um símile surpreendente, que é ainda mais surpreendentemente ampliado:

> O texto, enquanto está sendo produzido, é como um tecido de valenciana criado diante de nossos olhos pelos dedos da mulher rendeira; cada seqüência permanece pairando como o bilro temporariamente inativo que aguarda enquanto a rendeira mexe no bilro vizinho. Até que, quando chega sua vez, a mão volta a retomar o fio [...]. Cada fio, cada código, é uma voz; essas vozes trançadas — ou trançantes — formam a escrita [...]. Nós conhecemos o simbolismo da trança: Freud, considerando a origem da tecelagem, concebeu-a como obra da mulher trançando seus pêlos púbicos para formar o pênis ausente. O texto, em resumo, é um fetiche; reduzi-lo a uma unidade de sentido, através de uma leitura enganosamente unívoca, é como *cortar a trança*, é esboçar o gesto da castração.

Se Freud estava ou não correto em supor que as mulheres sentem tão agudamente a falta do pênis a ponto de trançarem um para si (um hábito, aliás, raramente observado na Costa Leste dos Estados Unidos), não importa: a abordagem crítica de Barthes parece especificamente viril — insistindo, não na passividade, mas na atração do leitor, e sempre lembrando a si mesma (e nisso Barthes continua sendo o crítico marxista que era quando começou) que a leitura é uma transação, uma troca econômica. Quando, ao concluir, ele busca descrever a literatura clássica como "Literatura Repleta", suas metáforas de repleção gravitam em torno do universo doméstico, do mundo da dona de casa: "literatura que é repleta: como um armário de cozinha onde significações são armazenadas, empilhadas, protegidas... como uma mulher grávida, repleta de significados que a crítica não deixará de parir [...]".

A sentença seguinte desta passagem assevera: "A Literatura Repleta, a literatura de ler, não pode mais ser escrita". Por que não? Por que é preciso haver um *nouveau roman*, e *nouveaux critiques*? Esta pergunta, o produto final do engenhoso discurso crítico de Barthes, é levantada em *S/Z*, mas não respondida. A Literatura Repleta que, a seu ver, encerra-se com Flaubert, é "mortalmente empavonada pelo exército de estereótipos que contém". Os motivos de uma crise haver surgido irreversivelmente num momento específico da história são esboçados por Barthes em seu primeiro livro, *Le degré zéro de l'écriture* [O grau zero da escritura] (1953). A literatura clássica teve início na França com a ascendência dos ideais burgueses sobre as doutrinas do *ancien régime* em meados do século XVII, e sobreviveu às aparentes rupturas do romantismo e da Revolução.

> A Revolução em nada modificou a escritura burguesa, e [...] há somente uma ligeira diferença entre aquilo que foi escrito, digamos, por Fénelon e por Mérimée. Isso porque a ideologia burguesa permaneceu intata até 1848, não sendo em absoluto abalada por uma Revolução que concedeu à burguesia poder político e social, ainda que não o poder intelectual, que detivera durante tanto tempo.

Por volta de 1850, contudo, de acordo com Barthes, a ascensão na Europa do capitalismo industrial moderno criara uma outra classe social: o proletariado. O escritor burguês, até então o "único juiz das aflições alheias e ajuizado por ninguém", passa então a sentir-se "dilacerado entre sua condição social e sua vocação intelectual", sendo "vitimado pela ambigüidade, pois sua consciência já não representa a totalidade de sua condição".

Em *Mythologies* [Mitologias], um sobrecarregado Barthes tem dificuldade em explicar por que, ainda hoje, os mitos burgueses, odiosos e rançosos que são, parecem ser os únicos existentes; os mitos da esquerda, admite ele, são "assolados pela pobreza", "estéreis", "escassos", "canhestros" — o mito stalinista, por exemplo. Na condição de um crítico que disseca, do ponto de vista da esquerda, os "saciados, luzidios, efusivos e gárrulos" mitos da direita burguesa, ele detecta em seu próprio papel um vazio, uma mera destrutividade. "O mitólogo é condenado a viver numa sociabilidade teórica [...]. Sua ligação com o mundo é da ordem do sarcasmo." A mesma inteligência que permite a Barthes, seja nos anúncios da revista *Elle* seja nas sentenças de Balzac, enxergar além dos mitos ou códigos burgueses — assim como o psicólogo enxerga além das neuroses ou o antropólogo além dos tabus — descortina-lhe o misterioso negativismo, a terrível rarefação e insuficiência da alternativa revolucionária. No âmbito dos horizontes do mundo ocidental, os mitos burgueses detêm a posse e o domínio da realidade: o vinho, por exemplo, existe; sua realidade não cessa com mitos que a França e sua indústria vinícola lhe impõem. Espicaçando-se a si mesmo para oferecer um contramundo revolucionário em oposição ao mundo nauseantemente abastado dos "consumidores de mitos",

Barthes cita uma "estranha máxima" de Saint-Just: "O que constitui a República é a total destruição daquilo que se opõe a ela". Uma tautologia selvagem cuja significação é comprovadamente a tirania e o terrorismo, e cuja significação para Barthes não nos fica clara.

O prazer do texto — mesmo depois de Richard Howard, em sua introdução às 67 páginas aforísticas e coquetes do livro, haver explicado as conotações sexuais intraduzíveis de "*jouir*" — proporciona-nos um ligeiro, e breve, prazer. Os parágrafos, que Howard denomina *prosas*, são organizados em ordem alfabética por tópico (*Affirmation, Babel, Babil, Bords, Brio, Clivage* etc.) — um *tour de force* que também não chega a propiciar qualquer senso de um fluxo temático ou tema central. As sutilezas de Barthes parecem comprazer-se consigo mesmas num vácuo; não há momentos concretos suficientes de prazer textual. Quando um é citado, geralmente trata-se de um lapso do autor, de um "hiato":

> Nós lemos um texto (de prazer) do modo como a mosca zumbe numa sala: com súbitas guinadas, impetuosas e fúteis e enganosamente decisivas — a ideologia perpassa o texto e a sua leitura como o rubor sobre a face [...]. Todo escritor de prazer tem desses rubores idiotas (Balzac, Zola, Flaubert, Proust: somente Mallarmé, talvez, seja dono de sua pele) [...].
>
> Em nossas linguagens há ainda heroísmo demais; entre as melhores — e penso aqui na de Bataille — há um eretismo em certas expressões e, finalmente, uma espécie de heroísmo insidioso. Mas o prazer do texto (a beatitude do texto) é, pelo contrário, como uma súbita obliteração do *valor* guerreiro, uma descamação momentânea dos pêlos eréteis do autor, uma suspensão do "coração" (da coragem).

A segunda citação é uma *prosa* completa e um espécime razoável do estilo um tanto afetado das percepções e expressões de Barthes aqui. Ele encontra beatitude (*jouissance*) em palavras esquisitas como "horodeítico" e "fractivo" cunhadas por Leibniz; e também em certos momentos de "pura representação" em Stendhal e Flaubert, que enumeram alimentos e explicam como as roupas são presas a varais por pregadores. A beatitude de se pular trechos é exaltada, e até o enfado e o tédio tornam-se uma espécie de beatitude, "é beatitude vista das margens do prazer". Não podemos senão sentir que os autores acalentados de maneira tão caprichosa estão sendo condescendentemente desdenhados e impudentemente pilhados. Barthes permite a si mesmo, e também a nós, vaguear em meio aos clássicos como um ateísta vagueia em meio à natureza, livre para entreter-se onde e como quiser sem jamais considerar as intenções de um Criador.

Esta minha última frase, é claro, contém uma série de pressupostos deliberadamente ofendidos, como o de que os grandes livros são coisa séria e o de que uma obra de arte possui uma única intenção. Os *aperçus* jocosos e dispersos de Barthes em busca do "prazer" são, como a rigorosa análise de *S/Z*, uma maneira de combater a "leitura enganosamente unívoca" que castra. *O prazer do texto*, enquanto texto, é apenas um flerte; mas acaba ampliado por um ataque vigoroso de imagens sexuais de um Barthes que, ao ler, exige ouvir "o matiz da garganta, a pátina das consoantes, a voluptuosidade das vogais, toda uma estereofonia carnal"; que insiste em que a escritura possua "tanto frescor, maciez, umidade, delicada granularidade e vibração quanto o focinho de um animal"; que define sua luxúria crítica como o desejo de admitir "o corpo anônimo do ator em meus ouvidos". Assim é sua beatitude; assim é o relacionamento estrênuo que ele propõe entre o leitor letrado e a literatura. Estrênuo e, contudo, estéril de discriminações. O focinho que a prosa de Barthes impinge em nossos ouvidos tem um sorriso curioso, ou mesmo fátuo, como o de sua fotografia no verso de ambos os volumes. Barthes obtém nosso respeito mais pelo que exige do que pelo que oferece. Sua crítica carece apenas da qualidade de inspirar confiança. Ele nos ensina a ver múltiplas camadas de interações leitor-autor pairando sobre cada página. Sobre suas páginas, porém, tênue e ofuscante, paira uma camada fria e reservada de ironia que confunde obra e comentário num único plano.

O PARAÍSO DE UM VELHO LAR

Souvenirs and prophecies: The young Wallace Stevens, de Holly Stevens. 261 p. Alfred A. Knopf, 1977.

A cidade de Reading, no sudeste da Pensilvânia, situa-se, em meio a devaneios e decadência, no centro de Berks, um condado em forma de losango cheio de terras férteis. Sua silhueta urbana, à sombra do monte Penn, é dominada por um palácio de justiça com dezoito andares, erguido numa área de quarteirões compactos com casas de tijolinhos em 1932 — o ano em que eu nasci no Reading Hospital — e que continua sendo o edifício mais alto à vista. A população de Reading, outrora superior a 100 mil habitantes, vem diminuindo a cada recenseamento desde 1930; em sua principal via pública, a rua Penn, onde na minha infância prosperavam lojas e cinemas, hoje brotam como folhas de asfalto estacionamentos cada vez maiores numa tentativa de atrair os consumidores de volta ao centro. Salgadinhos do tipo *pretzel* e aço continuam sendo produzidos, mas a cervejaria Old Reading Brewery deixou de existir, o velho mercado dos fazendeiros já se foi, a indústria têxtil há muito mudou-se para o Sul, e a Reading Railroad, a ferrovia tão conhecida dos jogadores de Monopoly, é hoje um ramal atrofiado da Conrail. Até mesmo as negociatas que lá floresciam, e os funcionários públicos permissivos que permitiam que florescessem, perderam a notoriedade. Mas lá ainda se come bem, e a população de ascendência predominantemente alemã mostra uma lealdade sedentária para com esse lugar afável e aprazível. Os moradores são ao mesmo tempo conservadores e extravagantes; amuletos e talismãs adornam os celeiros de Berks, e há um surpreendente pagode empoleirado no alto do monte Penn. As instituições cívicas de Reading — seus hospitais e escolas, bibliotecas e quartéis do corpo de bombeiros — são bem equipadas. Durante os verões brumosos e os invernos em que a neve e o gelo semiderretidos misturam-se com a lama, persiste uma espécie de febre cultural. Lojas de instrumentos musicais e de artesanato existem em profusão, e a maioria das crianças recebe sua dose de lições de valorização pessoal. Os artistas, ainda que não gozem de tanto prestígio social quanto os oftalmologistas e os bombeiros, têm, não obstante, seu lugar. Mas, durante minha infância e juventude nas cercanias de Reading, o nome de Wallace Stevens nunca foi ouvido, e só depois de partir para Harvard é que descobri que o maior dos poetas modernos americanos nascera e crescera no coração da cidade, a rua Cinco Norte.

Também Stevens foi para Harvard. Ao sair de lá em 1900 (sem se formar), viveu em Nova York e depois em Hartford, inicialmente como um jornalista principiante, em seguida como estudante de direito e por fim trabalhando como executivo para companhias de seguro. Tendo vivido em Hartford de 1916 até sua morte em 1955, Stevens passou a ser tão automaticamente identificado com Connecticut quanto Robert Frost é com New Hampshire e Robinson Jeffers com a costa da Califórnia. Na imensa e festiva gama de referências geográficas em sua poesia, as do condado de Berks são talvez significativamente poucas, e só ocorrem nos últimos poemas. Neversink, Schuylkill, Tulpehocken e Oley aparecem na coletânea *Transport to summer* [Transportamento ao verão] (1947), mas de modo emblemático, como lugares na mente de Stevens:

> De um Schuylkill em meio à terra vieram surgindo
> Flotilhas, desejadas e necessárias, trazendo entre si
> Sombras de amigos, dos que ele conheceu...
>
> [*From a Schuylkill in mid-earth there came emerging*
> *Flotillas, willed and wanted, bearing in them*
> *Shadows of friends, of those he knew...*]

O rio Schuylkill, assoreado por sedimentos de carvão já na minha época, nem mesmo nos dias de Stevens comportava flotilhas de "canoas, um mil milhar" ["canoes, a thousand thousand."].* Como seu *alter ego*

(*) Embora Donald R. Shenton afirme (na legenda de uma fotografia do Schuylkill publicada na edição de outono de 1959 da *Historical Review of Berks County*, inteiramente dedicada a Stevens) que o rio em 1897 havia sido represado em diversos locais: "O rio tinha, pois, uma largura impressionante. Festas anuais eram celebradas neste amplo rio, pelo qual desfilavam canoas e barcos iluminados à noite com velas em lanternas chinesas". Quanto ao pagode no monte Penn, foi construído em 1908, no estilo japonês, e a primeira peça de Stevens, *Three travelers watch a sunrise* [Três viajantes observam um pôr-do-sol] (1916), situa incongruentemente alguns chineses fazendo piquenique "numa floresta de grossas árvores no alto de um morro no leste da Pensilvânia".

Crispin em "The comedian as the letter C" ["O comediante como a letra C"], Stevens "Afastou-se de seu continente por lenta reclusão / Às coisas que o seu olho podia divisar" ["Slid from his continent by slow recess / To things within his actual eye."]. Sua Natureza, tantas vezes e tão ardentemente evocada, torna-se vaga e indefinida — bucólica e idílica:

> Veados passeiam em nossas montanhas, e as codornas
> Silvam a nossa volta seus pios espontâneos;
> Amoras doces maduram ao ermo...
>
> [*Deer walk upon our mountains, and the quail*
> *Whistle about us their spontaneous cries;*
> *Sweet berries ripen in the wilderness*...]

No lento e meticuloso fazer-se poeta (depois de deixar a faculdade, só veio a publicar seus poemas com 35 anos de idade; a primeira coletânea, o magnífico *Harmonium*, saiu em 1923, quando tinha 44 anos), Stevens precisou deixar Reading bem para trás; e, ao invés, escreveu de lugares onde nunca esteve, ou apenas de passagem: Flórida, Yucatán, um Oriente imaginário. No entanto, a família Stevens havia sido ferrenhamente apegada a Reading: seu pai, Garrett, lá chegara em 1870 como jurisconsulto; seus dois outros irmãos, Garrett Jr. e John, lá praticaram a advocacia; e o mesmo faz hoje o filho de John. Wallace morou no mesmo sobrado de tijolinhos, no número 323 da rua Cinco Norte, durante seus primeiros dezoito anos de vida — e, exceto pelas excursões de verão, passou lá todos os seus anos de formação. De modo que a filha de Stevens, Holly, prestou-nos um serviço valioso, além de filial, recontando e reconstituindo o que foi capaz de descobrir sobre o pai antes de ele, como homem de negócios em ascensão e poeta altamente consumado, embora praticamente desconhecido, mudar-se para Hartford. Seu dossiê recebeu o título *Souvenirs and prophecies. The young Wallace Stevens* [Lembranças e profecias. O jovem Wallace Stevens].

Holly Stevens recorreu basicamente a três tipos de documentos: os primeiros poemas de Stevens, dos quais o mais antigo ainda existente foi publicado na revista do colégio de Reading em 1898; seus diários, que ele começou em Harvard em 1898 e manteve, com muitas interrupções, e posteriormente excisões, até 1912; e suas cartas a Elsie Viola Kachel, que se tornou sua esposa em 1909, após cinco anos de namoro — embora o item mais antigo que sobreviveu da copiosa correspondência entre ambos date de março de 1907. Além destas fontes, sua filha foi buscar material nas conversas familiares e nos traços bastante exíguos de si mesmo que Stevens deixou nos arquivos de Reading, Cambridge e Nova York. Seus históricos escolares foram destruídos num incêndio; ele deixou Harvard, de acordo com seu amigo Witter

Bynner, obscuramente; e sua carreira jurídica, depois de começar a advogar em Nova York em 1904, é tema de relances esparsos. Ademais, seus diários foram exasperantemente mutilados — talvez, conjectura a srta. Stevens, por sua mãe, "caso ela tenha encontrado referências pessoais que não quisesse preservar". A esposa de Stevens deixou evidente sua pouca reverência pelo testamento do marido: "Quando eu ainda era criança, minha mãe nunca leu os poemas de meu pai, e parecia ver com maus olhos o fato de seus livros haverem sido publicados". Sua "consideração pela privacidade" parece tê-la feito ressentir-se de alguns poemas originalmente escritos para seu aniversário que foram mais tarde publicados e assim divulgados ao público. Elsie Stevens, cuja beleza e talento musical permeiam tantos versos de Stevens, figura como uma nota dissonante nas reminiscências da filha:

> Toda a sua vida, pelo menos durante o tempo em que eu a conheci, ela sofreu de um complexo de perseguição que indubitavelmente teve origem na infância, e que por muito tempo não consegui compreender [...]. Só começamos a nos dar bem depois da morte de meu pai.

Até seu devotado pretendente chegou a escrever em seu diário em 1907: "Mais ou menos impossível lidar com a Elsie". Se foi ela a editora incógnita desses diários, chegando a arrancar deles páginas inteiras, como teria esta referência em particular escapado ao seu escrutínio? Minha mais pia esperança é que o profanador de tantas passagens irrecuperáveis tenha sido o próprio Stevens; é sabido que ele releu os diários, fazendo anotações e comentários, e em algum momento é bem possível que tenha eliminado trechos que achasse embaraçosos ou insípidos — tão implacavelmente quanto ao eliminar de sua personalidade o provinciano da Pensilvânia.

Nas anotações que sobreviveram, as menções de Stevens a Reading descrevem uma curva. Ao voltar de Harvard para passar o natal de 1898 em casa, ele registrou em seu diário: "A cidade esfumaçada e barulhenta, mas os confins do campo prodigiosamente silenciosos [...]. Quando cheguei em casa, vi o sol pondo-se por trás de um véu de fuligem". Há muito mais anotações no diário quando ele está de volta a Berks: "As paisagens campestres ao mesmo tempo depuram e fartam nossa imaginação", observa; e, tendo descrito uma gota de chuva deslizando de folha em folha em uma clematite, afirma que "foi certamente um prazer monstruoso conseguir ser específico sobre algo assim". Parágrafos inteiros são dedicados à botânica e às condições atmosféricas locais; ele termina um apontamento com "*Salut au Monde*!". E um outro com "o esplendor é quase grandioso demais: as coisas parecem talvez um pouco exageradas, um pouco excessivas". Depois de estar morando um mês em Nova York, ele sente saudades: "Não importa o que mais eu possa estar fazendo, nunca cesso de pensar nos campos que circundam Reading. Em agosto espero poder voltar & ver todas os caminhos & montanhas outra vez. Pois não me parecem reais se não estou lá''. Seis meses depois, no entanto, em 1901, ele escreve: ''Vim para Nova York com entusiasmo e sinceridade [...]. Tomei a decisão de jamais me fixar em Reading''. Em cada visita ao lar, o encantamento esvai-se um pouco: ''Reading pareceu-me o ápice da monotonia & fiquei contente, portanto, de voltar a esta cidade elétrica que eu adoro''. Em 1902, ele já se mostra filosófico a respeito do torpor provinciano: ''Corri para casa a semana passada [...]. O clima deixou-me estupefato [...]. O destino esculpe lá suas imagens de maneira tediosa — nem bem nem com beleza. E as próprias asas do Tempo pairam flácidas no ar imóvel. Desgraça! Choveu o tempo todo''. Transcorrem outras temporadas, até que no dia de Ação de Graças de 1904 ei-lo escrevendo: ''Sob outros aspectos, minha visita foi como tantas outras. A família, para ser franco, incomparavelmente maçante. A região toda incomparavelmente mais maçante''. Todavia, uma sentença abaixo: ''Na manhã de domingo, fui dar uma caminhada. Havia nevado um pouco e, à distância, as campinas estavam brancas. Mais para longe, os pequenos montes azulados, pálidos à luz, frágeis e graciosos''. De volta a Nova York, é seu hábito adormecer imaginando-se ''numa montanha verde''. De 1904 em diante, assumindo a forma de Elsie, surge outro tirante a arrastá-lo para Reading: ''No caminho de volta, parei em Reading e, para minha alegria, lá encontrei Elsie. Um modo seu de pegar em minha mão fez-me sentir maravilhosamente bem-vindo''. Embora sua cidade natal agora o afete ''qual fase graciosa de paralisia'' e ''todas as coisas bonitas em Reading não bastariam para encher um baú'', a ninfa do lugar o faz voltar, com uma farta mistura de sentimentos:

> Reading me deu nos nervos. É um lugar terrível exceto para quem lá nasceu. Os campos são adoráveis. Ontem fui caminhar pelas montanhas — desci a trilha Easter Egg e subi a estrada Oriole, até o monte Stone, atravessando a Eglantine Hedge. O sino da igreja Spies tocou enquanto eu passava. Olhei Oley de cima, contornei o lago da Beautiful Lady e depois — casa. Elsie estava em tudo.

Elsie é bem uma nativa do lugar. Depois que se casaram, ela muitas vezes deixa o apartamento da rua 21 Oeste, em Nova York, e passa semanas inteiras em Reading, a ponto de ele precisar escrever-lhe implorando: ''Volte para dar vida a esses quartos silenciosos e cuidar um pouco de mim''. Uma carta de 1911 afirma severamente: ''Seu sonho de uma casa em Reading é bastante caprichoso [...]. Eu pretendo decididamente prosseguir com minha atividade atual — porque ela me provém o sustento e porque parece oferecer possibilidades''.

A atividade dele jamais o levará a morar novamente em Reading; mas a cidade virá até ele na pessoa de sua noiva, a quem ele permanece dedicado, embora ela, além de ser linda, seja "delicada, frágil" e — esta é a implicação clara — difícil. Stevens ternamente a aconselha em 1910: "Temos mais vida a nossa frente do que atrás de nós. Acalente, pois, aquelas antigas cenas e aqueles pensamentos de outrora. Se eu quisesse refletir sobre toda a vida, penso que o faria melhor lá em Tulpehocken, ou sentado numa cerca ao longo da estrada de Bernville [...]. Terra natal! Isso faz de nós gigantes". Passam-se alguns anos e seu pai morre, e depois sua mãe, e em seguida a casa da família é vendida. Em 1913, é ele quem está em Reading de passagem, e a última menção à cidade em *Souvenirs and prophecies* resolve a questão com esmerada firmeza. Ele deixará o lugar de fato, e o reterá na imaginação. E escreve a Elsie:

> Em que lugares estranhos acordamos! Reading era tão pouco — congenial, achava eu. O problema é que continuo vendo o lugar como eu o conheci. Não o conheço tal como é. Preciso me adaptar pois não pretendo privar-me do paraíso de um velho lar.

Como um poeta da requintada sofisticação e temperamento rarefeito de Stevens pôde ter vindo de um burgo tão terreno quanto Reading é uma pergunta que talvez não precise ser feita. Não podemos todos nascer em Cambridge ou Nova York* (embora possamos ir para lá, como fez Stevens), e estes centros culturais não são infalíveis em inspirar seus filhos com o entusiasmo e a coragem da criatividade. O pai de Stevens foi também um poeta, cujas contribuições eram publicadas anonimamente nos jornais locais. Um ano antes de morrer, Stevens recordou-se de sua vida no 323 da rua Cinco Norte nos seguintes termos: "Éramos todos ávidos leitores, e o velho aprazia-se, nas tardes de domingo, em retirar-se para a sala chamada de biblioteca a fim de ler

(*) Entretanto, na época em que Stevens ia e voltava de Nova York para Reading, as duas cidades eram menos diferentes do que se tornaram; em ambas predominavam as casas geminadas de quatro andares feitas de tijolos ou pedras, quarteirões inteiros repletos de chaminés, entremeados com lojas e fábricas. Toda a região do Meio Atlântico que produziu Stevens e William Carlos Williams (nascido em Rutherford, Nova Jersey, em 1883) e Hilda Doolittle (nascida em Bethlehem, Pensilvânia, em 1886) ainda tinha grande peso na balança nacional. "Trenton makes — the world takes" ["Trenton faz — o mundo consome"] era um *slogan* no qual meu pai (nascido em Trenton, Nova Jersey, em 1900) se deleitou até o fim de seus dias. Filadélfia em 1910, com seu *Post* e suas exuberantes escolas de artistas, deve ter sido um lugar muito menos provinciano do que pareceria duas gerações mais tarde. Talvez tenha sido a Depressão que, espalhando o desânimo por todo o Leste americano, eximiu apenas as luzes brilhantes de Nova York do desalento. Até mesmo nos tempos de Mencken, Baltimore podia ser a morada escolhida de qualquer arauto decididamente nacional de erudição.

um romance de quinhentas ou seiscentas páginas''. Essa rotina, contanos Holly Stevens, foi recriada na casa de Stevens em Hartford, onde ela era filha única.

A casa estava quieta e o mundo calmo.
O leitor tornou-se o livro; e a noite de verão
Era como o ser consciente do livro.
A casa estava quieta e o mundo calmo.

[*The house was quiet and the world was calm.*
The reader became the book; and summer night
Was like the conscious being of the book.
The house was quiet and the world was calm.]

Na Reading do século XIX, as oportunidades educacionais para uma criança de boa família estavam longe de ser desprezíveis. Stevens freqüentou um ''jardim-de-infância particular dirigido por uma senhora francesa'', a primeira fase de sua paixão de uma vida pela língua francesa e o pensamento gaulês. Do ambiente ao redor também assimilou o alemão, e sua poesia inclui títulos com trocadilhos em ambas as línguas: ''Le monocle de mon oncle'', ''Lebensweisheitspielerei''. Antes de adquirir noções de latim, grego e elementos da retórica no Boys' High School [colégio para meninos] de Reading, ele freqüentou escolas paroquiais luteranas, além da igreja presbiteriana, e a esta formação religiosa talvez possa ser atribuída sua infinita disponibilidade para considerar as coisas metafisicamente; embora seus poemas falem, com deliberação e *pathos*, de ''um mundo sem céu a lhe seguir'' [''A world without heaven to follow''], as reflexões neles contidas são engendradas num arcabouço dualista. Para Stevens, nunca deixou de parecer extraordinário que mente e matéria estivessem trancafiadas juntas num mesmo universo. Ele continuou freqüentando igrejas durante todos os seus anos em Nova York, embora em uma ocasião tenha jubilosamente jogado fora a Bíblia de sua infância (''Detesto a aparência das Bíblias [...]. Fico contente que esta coisa estúpida tenha sumido.'') e em outra garanta a Elsie: ''Não sou devoto. Mas as igrejas são lindas de se ver''. ''A vida peculiar dos domingos'' fascinava-o, e mais de uma carta e apontamento dos seus diários são datados com as palavras — ''manhã de domingo'' — que seriam o título de seu mais celebrado poema. Nessa fase juvenil ao menos, os diários de Stevens revelam-no tentando orar, e ele escreve a Elsie: ''As pessoas põem em dúvida a existência de Jesus... Mas não entendo que neguem Deus''. Suas opiniões adultas eram inequivocamente ateístas, embora não chegasse a perder sua índole religiosa, que colocou a serviço do que chamava poesia. Em 1948, numa palestra para alunos do Bard College, ele descreveu o ''ato poético'' como tornar-se ''comprometido com algo irreal'', dando como primeiro exemplo: "Nós fazemos esse tipo de coisa em larga escala quando vamos à igreja aos domingos". Em 1940, um "Memorandum" sobre a "teoria da poesia" assevera: "A principal idéia poética no mundo é e sempre foi a idéia de Deus". Em outra palestra, afirmou com uma sinceridade que eleva a idéia para além do banal: "Numa era de descrença [...] é o poeta quem proporciona as satisfações da crença, em sua medida e em seu estilo". É como se, na mente de Stevens, a idéia de poesia fosse tão vasta e sublime que ela e Deus se fundem, naquele plano metafísico onde a irrealidade não é uma deficiência. Pois, como dois de seus "Adagia" afirmam, "A realidade é um vazio" e "No final a verdade não importa" — paradoxos com um marcante timbre kierkegaardiano.

O condado de Berks também não deixou de oferecer-lhe, além de livros, escolas, igrejas, estradas e natureza em abundância, companheirismo intelectual. Edwin Bechtel, que foi colega de Stevens no colégio, lembrava-se dele como "um excêntrico e imprevisível jovem entusiasta, que satirizava as aventuras lacrimosas de Dido na caverna, ou redigia dísticos enigmáticos para gazelas" — uma antecipação notavelmente precisa do que seria o tom maduro de Stevens. Embora seu desempenho acadêmico fosse errático, Stevens ganhou prêmios de retórica e oratória, e, mais de uma década depois, contou orgulhoso a Elsie numa carta: "Você sabe, eu levei *todos* os prêmios na escola!". Em casa, vindo de Harvard, envolvia-se em densas discussões com Christopher Shearer, cujos grandes quadros de florestas emaranhadas hoje adornam o Reading Museum:

> Ele afirmava que, afinal, a natureza é superior à arte! Esta conclusão tardia não é consistente com sua crença de que ao morrermos estaremos acabados? [...] Eu defendia que o ideal é superior ao fato, pois é o homem criando & acrescentando algo à natureza. Ele, todavia, sustentava que os fatos são superiores, posto que infinitos, ao passo que o ideal é raro.

Stevens nunca abandonou sua luta em prol do ideal; para ele todos os fenômenos eram vistos sob o prisma do ideal, que lhes conferia um lustre mítico e precioso. Seu permanente senso do abstrato coloca "gigantes" no ar; com a tranqüilidade de um ser primitivo ou de uma criança ele conjura presenças intermediárias, nuvens de verdade condensadas a partir de nossa atividade mental. Quase aleatoriamente, sua poesia contém instantes deste hábito radicalmente poético de percepção. "Contrary theses (II)" ["Teses contrárias (II)"] começa:

> Numa tarde química em meio ao outono,
> Quando as grandiosas mecânicas da terra e do céu estavam próximas
>
> [*One chemical afternoon in mid-autumn,*
> *When the grand mechanics of earth and sky were near*]

e prossegue:

> O abstrato que ele viu, como as folhas da alfarrobeira, claramente:
> A premissa da qual todas as coisas eram conclusões,
> A nobre verve alexandrina.
>
> [*The abstract that he saw, like the locust-leaves, plainly;*
> *The premiss from which all things were conclusions,*
> *The noble, Alexandrine verve.*]

A este senso estranhamente palpável do invisível, acrescente-se outro aspecto revigorante da herança luterana de Stevens: a capacidade de admitir o prazer como um parâmetro ético e estético. A palavra aparece amiúde em seus diários, do "prazer monstruoso" citado acima, à sua idéia de que "falamos francês pelo prazer que nos proporciona", à iniciativa de grifar na faculdade a sugestão de Jowett, tradutor de Platão, de que, "quando trocamos um prazer inferior por um superior, elevamos os homens na escala da existência", e, por fim, ao credo completo que ele pôde estabelecer já em 1899:

> Acredito plenamente que, neste exato momento, eu não obtenho qualquer dos meus principais prazeres senão daquilo que é imaculado. O amor ao belo exclui o mal. Uma vida moral é simplesmente uma consciência pura: uma fonte física, mental e ética de prazer. É, ao mesmo tempo, uma vida inumana para se levar. É uma forma de estreiteza no que se refere à companhia humana. *Urge* fazermos concessões aos outros; mas jamais haverá necessidade de macular a pureza interior. A única vida exeqüível no mundo, como homem do mundo, não como Professor Universitário, Fazendeiro ou Cidadão Aposentado, Filantropista, Pregador, Poeta ou coisa semelhante, mas como um próspero comerciante, um bem remunerado advogado, um soldado ou um político é ser, ainda que inevitavelmente um pseudovilão na encenação pública, ao menos uma pessoa decente na vida privada.

De modo que a decisão, embora não posta à prova, já foi tomada: viver dualisticamente, como um "pseudovilão", um "bem remunerado advogado" que seja também "uma pessoa decente na vida privada". *O amor ao belo exclui o mal*: a palavra *belo* completa aqui a antiquada trilogia — ideal, prazer, beleza — pela qual Stevens viveu e engendrou seu universo verbal espantosamente elástico e prolífico. Suas opções de carreira já haviam sido explicitadas pelo pai numa carta escrita quando Stevens estava em Harvard: "Pois a vida ou é um sonho pastoral — o ideal do vagabundo errante ou do fazendeiro provinciano aposentado — ou é a selvagem atividade e tumulto daqueles indivíduos que tornam o mundo melhor e mais rico por estarem nele".

Talvez não seja exagero afirmar que as paisagens naturais do condado de Berks parecem demasiado cuidadas e usadas — e, ainda que não bucólicas e pastoris, pelo menos bastante européias para olhos americanos. O céu raramente carece de nuvens, e os cumes felpudos das montanhas fazem-nas parecer de fato gigantes domados. Os territórios fronteiriços parecem ainda mais remotos aqui do que na Nova Inglaterra, onde uma austeridade subjacente assemelha-se a eles. Reading, como bem sabem seus habitantes, é um lugar civilizado. Construída de acordo com esmerados princípios ingleses por Thomas Penn, um dos primeiros centros da indústria americana, habitada por artesãos especializados e, nas palavras da Enciclopédia Britânica de 1911, congregando "vantagens industriais e comerciais incomuns" e condições típicas de uma "rica região agrícola", Reading, nos anos em que Stevens melhor a conheceu, tinha um sobranceiro senso de si mesma como um *lugar*. Stevens concebia-se como um homem de lugares: "A vida é uma questão de pessoas, não de lugares. Mas para mim a vida é uma questão de lugares, e este é o problema". Além da marcante fisionomia "holandesa" que vemos nas sobrecapas, seu "solo natal" dotou Stevens de uma natureza humana robusta, paciente, leal e espirituosa.

Podemos avaliar a paciência que ele precisou para fazer fruir seus dons a partir do material de juventude, compilado e publicado aqui por sua filha. Seus versos permaneceram juvenis até depois dos trinta anos. Embora haja vislumbres de seu tom característico em alguns dos poemas que compôs quando ainda estudava na Harvard —

pois entre as samambaias eu vi o sol
Incandescer-se contra o orvalho; o lírio matinal
Branco e vívido era suave ao tato; o roseiral
Exalava à luz um perfume silvestre.

[*for in the fern I saw the sun*
Take fire against the dew; the lily white
Was soft and deep at morn; the rosary
Streamed forth a wild perfume into the light]

— os sentimentos são henleyescos* e a métrica aliterada; em Nova York ele acrescenta uma certa elegante *chinoiserie* aos buquês de aniversário de Elsie, mas preserva o íncubo da rima até o limiar de sua emancipação e maturidade artística, que parece datar (como no caso de Proust) da morte de sua mãe em 1912. Ele escreveu a Elsie em 1911: "Estou longe de ser um gênio — e devo confiar no trabalho árduo e constante". Isso parece modesto; ele, porém, certamente não foi precoce. Suas contribuições ao *Harvard Advocate*, embora manejem conscienciosamente as especiosas contra-rimas da poesia do final do período vitoria-

(*) William Ernest Henley, poeta, dramaturgo e crítico inglês do século XIX. "Sou o senhor do meu destino; sou o capitão de minh'alma", diz ele em *Invictus*. (N. T.)

no, de maneira alguma fazem progredir a arte. Ao passo que, dez anos depois, T. S. Eliot, tendo descoberto Laforgue e Dante, já contribuía para o *Advocate* com poemas ("Nocturne", "Spleen") já bem próximos de "Prufrock".

Entretanto, embora Stevens tenha demorado a encontrar sua voz, demorado a reunir sua primeira coletânea e demorado ainda mais a coligir a segunda (*Ideas of order* [Idéias de ordem], em 1936), sua vida foi suficientemente longa para acomodar tais hesitações numa obra copiosa, de fluência sempre crescente; suas joviais variações finais sobre temas já dominados relembram Bach. Ele nunca deixou de avançar, e no final conquistou todos os prêmios. Sua robustez pessoal cedo encontrou expressão nos esportes e nas travessuras da meninice. "Eu fui nitidamente um arruaceiro", revelou numa carta a Elsie. Aos vinte e poucos anos, empreendia caminhadas de quase cinqüenta quilômetros pelas estradas poeirentas e ainda sem automóveis da Pensilvânia, Nova York e Nova Jersey. Acompanhando seu lado frio, reflexivo e deliberado havia algo de combativo e tumultuoso, que se expressava em contendas com as distâncias e o clima. Em 1908, descrevendo a Elsie uma caminhada ao túmulo de Grant num dia de inverno, Stevens escreveu: "Estava miseravelmente gelado — minhas mãos incharam de frio. Mas o ar derramava-se sobre nós como luz sobre as trevas". A imagem é puro Platão, e pura luxúria, mas sofrível. Em seus poemas maduros, Stevens chega até nós aos trambolhões, cheio de parvoíces, esquivandose do decoro com títulos escandalosos ("No possum, no sop, no taters",* "So-and-so reclining on her couch" ["Fulana de tal reclinandose em seu sofá], "A weak mind in the mountains" ["Uma cabeça fraca nas montanhas"], "Saint John and the back-ache" ["São João e a dor nas costas"] etc.), ruídos animalescos e sílabas sem sentido que tanto nos surpreendem em meio aos esplendores de seu vocabulário:**

> Poeta, sente-se ao piano
> Toque o presente, o ru-ru-ru do presente,
> O xu-xu-xu do presente, seu ric-a-ric,
> Sua invejosa gargalhada.

(*) *Possum* é gambá, *to play possum* é similar ignorância; *sop* é suborno ou peita; *taters* é uma expressão em dialeto equivalente a *potato* (batata), palavra que aplicada a pessoas denota sempre burrice ou ignorância. (N. T.)

(**) Michael Lafferty, no já citado número do *Berks Historical Review*, ressalta que "a técnica de Stevens de interpolar palavras e frases de outras línguas em seus poemas é típica da fala e da poesia holandesa da Pensilvânia". Quando Renato Poggioli tentou traduzir para o latim os versos: "*His robes and symbols, ai-yi-yi — / And that-a-way he twirled the thing*", Stevens explicou por carta: "Essas são expressões idiomáticas do holandês da Pensilvânia, e eu imagino que *this-a-way*, etimologicamente, provenha de '*dieser weg*'... As pessoas acham que *ai-yi-yi* seja espanhol, mas é igualmente holandês da Pensilvânia".

[Poet, be seated at the piano
Play the present, its hoo-hoo-hoo,
Its shoo-shoo-shoo, its ric-a-ric,
Its envious cachinnation.]

Stevens era conhecido por Pat em Reading, e por Pete em Harvard, e era tão estróina que, entre outras aventuras e estando certa vez "ligeiramente alto", foi acusado em seu último ano de faculdade de "anunciar jovialmente que iria estuprar" uma garçonete — chegando a rolar com ela pelo chão. Logo na página seguinte de *Souvenirs and prophecies* lemos que, também antes de deixar Harvard, ele passou uma noite com George Santayana discutindo, aparentemente de igual para igual, suas ambições poéticas. Cinqüenta anos depois, escreveu um poema a Santayana, tendo permanecido sempre leal ao que este filósofo buscava, "o possível celestial", conforme diz num verso do poema. Stevens manifestou lealdade a muitas coisas — a sua esposa, embora mesmo no início fosse "mais ou menos impossível lidar" com ela; e à Hartford Accident & Indemnity Company, para a qual trabalhou durante quase quarenta anos, bem além da idade de aposentadoria. A constância de suas preocupações é demonstrada pela freqüência com que os apontamentos de seu diário de juventude são ecoados em poemas décadas depois. Como um fazendeiro da Pensilvânia, ele ocupou a sua gleba e nela trabalhava, estação após estação. Assim como a atividade poética de Whitman foi uma constante revisão e expansão de *Leaves of grass*, também assim quase foi com Stevens e o *Harmonium* — o título que propôs para seus poemas reunidos foi *The whole of Harmonium* [A totalidade do Harmonium]. Acima de tudo, ele foi leal a sua inviolada concepção de literatura formada antes do início deste século: "Será a literatura realmente uma profissão? Será possível optar por ela, ou devemos deixar que ela decida em nós por si mesma? Eu estou determinado a fazer uma coisa, a saber, não *tentar* contentar ninguém exceto a mim mesmo".

Sua filha, por sua vez, mostrou lealdade tornando-se a editora do pai. Este é o terceiro volume que ela publica, os dois outros sendo *Letters of Wallace Stevens* [Cartas de Wallace Stevens] (1966) e a antologia em brochura *The palm at the end of the mind* [A palma no final da mente] (1972). Ela traz para a sua custódia um amor e um carinho mais do que eruditos e, neste caso em especial, precisou inventar uma maneira de apresentar seu material variegado e fragmentário. *Souvenirs and prophecies* é um livro incomum — "uma colação singular", poderíamos dizer, citando um verso de "The comedian as the letter C", poema do qual o título foi tirado:

Ele, portanto, redigiu seus prolegômenos,
E, sendo cheio de capricho, inscreveu

Variadas lembranças e profecias.
Ele compôs uma colação singular.

[He, therefore, wrote his prolegomena,
And, being full of the caprice, inscribed
Commingled souvenirs and prophecies.
He made a singular collation.]

Nem biografia nem antologia, este volume — em uniformidade com as belas edições de Stevens lançadas pela Knopf, e um contrapeso a *Opus posthumous*, editado por Samuel French Morse — reúne essencialmente os poemas de Stevens anteriores a 1915, todos os diários que sobreviveram ao misterioso retalhamento, a quase-totalidade das cartas de Stevens à esposa antes de mudarem-se para Hartford, um pouco da prosa jornalística e da época de faculdade, e as conjecturas e fatos biográficos considerados proveitosos. No que tange a estas duas últimas categorias, ficamos desejosos de mais. A prosa de Stevens firmou-se muito antes de sua poesia, e talvez gostássemos de ler, do *Advocate*, a "história um tanto esdrúxula de um jovem que leva uma fotografia de sua amada para ser emoldurada; isso feito, ele abre o pacote e encontra uma fotografia sua"; ou, do *Tribune*, o conto que, segundo William Carlos Williams, foi escrito da seguinte maneira: "Stevens sentado num banco de parque no Battery vendo a maré baixar e pensando em juntar-se a ela como cadáver [...]. Sentado lá vendo o lixo boiando à sua frente, ele começou a escrever — anotando os diversos artigos que iam passando".

Tantalizam-nos os poucos vislumbres oferecidos do longo período nova-iorquino de Stevens, e ficamos a imaginar se sua filha não poderia, com mais entrevistas e pesquisas, ter completado pelo menos os anos após 1909. A impressão que nos fica dos anos anteriores é, simultaneamente, da imensa capacidade de Stevens suportar solidão e de sua energia para farrear e freqüentar teatros e concertos. Sentimo-nos gratificados ao saber, por exemplo, que ele esteve presente à cerimônia fúnebre de Stephen Crane numa igreja da Sétima Avenida (e que a achou "absolutamente banal, tola e árida") no mesmo ano — 1900 — em que assistiu a uma apresentação em francês de *Hamlet* com Sarah Bernhardt (tendo ficado chocado com a maneira rude com que ela tratava Polônio). Acerca dos sete anos da vida conjugal de Stevens na cidade, Holly, que só nasceu em 1924, confessa uma ignorância que pouco fez para mitigar. Ela conversou com uma única pessoa que visitara o apartamento dos pais em Nova York e que observara apenas que "era esparsamente mobiliado, e que na noite em que esteve lá Wallace ficou sentado num canto lendo". Porém, não foram esses os anos em que Elsie Stevens — cuja beleza de camafeu foi descrita por um amigo como sendo "muito rija, ereta e rija, quase como um gendarme'' — posou para o escultor que desenhou a moeda de dez centavos cunhada em 1916, de tal forma que seu rosto atingiu uma circulação maior do que jamais tiveram os poemas do seu marido? E será que os Stevens não tinham amigos entre os literatos de Greenwich Village? Não era ele, em 1916, um dos poetas favoritos de Harriet Monroe? Não estava ele escrevendo peças que eram representadas nos teatros de Nova York? Tais perguntas, no entanto, talvez se situem além da *terra incognita* para a qual Holly Stevens oferece-nos um mapa introdutório de boas-vindas, um mapa mostrando o caminho que sai de Reading e que, num outro plano, foi também a estrada de volta.

SOLITÁRIO, MAS NÃO ARREDIO

W. H. Auden — a tribute, ed. Stephen Spender. 248 p. Macmillan, 1975.

O que teria W. H. Auden achado de *W. H. Auden — a tribute* [W. H. Auden — uma homenagem]? Teria, imagino, se retraído diante da opulência embalsamadora da produção (25 x 18 cm, 101 ilustrações) e da rapidez com que mortos indefesos são afligidos pela diligência sentimental, não necessariamente destituída de lucros, dos vivos. Em diversos instantes das memórias, poemas e apreciações críticas preparadas por 33 colaboradores, o desejo expresso por Auden de ter suas cartas negadas à posteridade é decididamente ignorado, e não se pode dizer que os esboços literários de Auden em ação, escritos por observadores sem rebuço como Cyril Connolly, Nicolas Nabokov e David Luke, sejam tais que fariam sua alma espectral sorrir. A começar pela sobrecapa dramática (com o rosto enrugado de Auden parecendo, como ele disse certa vez, "um bolo de casamento deixado debaixo de chuva"), o livro cheira a uma glorificação que se coaduna apenas vexatoriamente com seu personagem tão eficiente na profissão e tão descuidado das coisas de si mesmo. O mais próximo que eu pessoalmente cheguei de Auden foi na ocasião em que tomei um drinque no apartamento dele em St. Mark's Place, o qual ele havia sublocado a um amigo; ficamos impressionados, ao inspecionar a biblioteca do proprietário ausente, com o fato de seus próprios livros — suas coletâneas, peças, traduções e antologias — não estarem separados numa estante e sim distribuídos, em cópias puídas, pelas prateleiras, de acordo com o gênero e o assunto, como se houvessem sido escritos por qualquer um.

Todavia, como ressalta Spender na introdução, Auden interessou-se ativamente pelo *Festschrift** preparado para o seu 65º aniversário e não se furtava a receber tributos. Acreditava na amizade; em "New year letter" ["Carta de ano-novo"], ele aconselha todos a habitarem a "*polis* de nossos amigos", e certamente teria lhe agradado ver reunidos neste volume comemorativo tantos conhecidos e, depois de recolher-se cedo ao leito (ele que nunca achou rude demais sair na metade de uma festa), ouvi-los todos conversando a seu respeito. O editor deste volume fez o bom serviço de reunir sobreviventes que testemunhassem sobre cada fase da carreira bicontinental de Auden: temos desde o irmão mais velho, John, que se recorda dele ainda no berço, até Chester Kallman, que "o encontrou morto e frio / Azulando-se num quarto de hotel". Tornadas coesas por algumas resenhas críticas, as memórias avançam dos seus colegas de escola e primeiros mentores aos seus confrades durante os anos de grande fama como o maior novo poeta inglês (Spender, Isherwood, Connolly), aos colaboradores e colegas de conversa durante suas décadas em Nova York (Lincoln Kirstein, Ursula Niebuhr, Hannah Arendt, Louis Kronenberger) e, por fim, às testemunhas relativamente jovens (Orlan Fox, Oliver Sacks, David Luke) de seu *Dämmerung* [crepúsculo, ocaso] menos afortunado em Manhattan e seu retorno malogrado a Oxford. Cada voz acrescenta suas impressões de cego ao elefante com o qual outrora conviveram. (Michael Yates chega a descrever o grande homem indo deitar-se em Kirchstetten como "recolhendo-se de pantufas às nove da noite, uma garrafa de vinho nas mãos, parecendo o traseiro de um elefante, indo tomar seu banho de espuma".) Uma biografia comum, como uma obra de ficção, é controlada por uma única imaginação, que impõe suas limitações sobre um caos de informações e atinge assim a coerência, persuassiva ou não. Nesse álbum, contudo, a perspectiva se altera a cada poucas páginas e, para citar o poema de Chester Kallman, "Lavra Wystan laboriosamente / Às cegas como sempre, como sempre tornando / O caos solo fértil e tolerável" ["Wystan ploughs through / Blindly as ever, as ever making / Chaos good soil and bearable."]. Como um homem que valorizava a privacidade e que, a despeito de toda a sua sociabilidade, manteve para si algo que lhe era essencial, creio que Auden teria certamente sorrido ao ver que, ao tentarem 33 autores apreendê-lo, ele eludiu a todos.

Até sua aparência física mostrou-se esquiva. Nicolas Nabokov fala da "sujeira das suas unhas", mas sete páginas antes James Stern confessa-se abalado ao ver seus "dedos grossos, carnudos, insensíveis. Cada unha roída até o sabugo". Robert Craft sente-se impelido a notificar que,

(*) Coleção de ensaios e teses eruditas publicada por colegas ou admiradores de um literato ou cientista . (N.T.)

entre outras coisas, o poeta tinha "um cheiro ligeiramente estranho" — uma queixa logo qualificada por um elogio parentético sobre a sua "pureza de espírito e escrupulosidade intelectual" —, mas nós fomos repetidamente informados da paixão que Auden tinha pelos banhos, por banhos de espuma, por cantar no banho. Talvez a resposta esteja numa diretiva dada pelo poeta a Louis Kronenberger: "Levante-se bem cedo e comece logo a trabalhar; na realidade, trabalhe primeiro e lave-se depois". Craft deve ter cheirado Auden antes de ele encerrar a labuta do dia. É também Kronenberger quem esclarece sobre as notórias pantufas que Auden, para perplexidade de seus concidadãos americanos, usava dentro e fora de casa, no inverno e no verão: " [...] as pantufas", explica Kronenberger, "que seus pés doloridos tornavam necessárias". Orlan Fox, com ajuda do poeta, elucida mais um pouco o mistério: "Bem, na realidade ele sofria muito de calos nos pés. Mas admitiu para mim que escolhia deliberadamente o estilo mais mal-amanhado — 'Na minha idade', disse, 'é-me permitido parecer um pouco maluco' ". Será que Auden, quando jovem, era atraente? As fotografias ("A câmara sempre mente", disse ele certa vez) confirmam, ambiguamente, um rosto pálido ovalado, com um quê mole e pesado sob os olhos tristes e triangulares. Ele fez o papel de Peter Quince* assim como o de Isolda nas peças infantis; e Sebastian Shaw, que foi Petruchio ao lado da Catarina de Auden na produção de *A megera domada* da Gresham School, lembra-se dele " 'como um garoto pequeno, meio gorducho, com as bochechas rosadas e cabelos quase descorados', não muito bom no papel de mulher, 'punhos avermelhados projetando-se das mangas cheias de babados, sem nunca saber o que fazer com as mãos' ". As mãos de Auden recebem poucas menções favoráveis nessas reminiscências, e prevalece a unanimidade com relação a sua extraordinária palidez. Sir John Betjeman lembra-se de um "membro arisco, de pele leitosa, de 'The House' (Christ Church) que contradisse todas as minhas afirmações sobre poesia [...]. Entretanto, havia uma qualidade oracular naquele jovem renitente de calças de veludo que atraiu minha atenção". Dentre todos os colaboradores deste volume, somente o impressionável Cyril Connolly parece ter sido perturbado pela aparência física de Auden: "Fiquei imediatamente obsedado por sua aparência, que penetrou fundo em meu subconsciente, a ponto de eu sonhar freqüentemente com ele". E descreve um sonho em que o poeta aparecia com "pequenos seios rijos" além dos atributos percebidos por Connolly à luz do dia:

> Ele era alto e magro, com um sinal de nascença no lábio superior, os desgrenhados cabelos cor-de-estopa formando um laço sobre a testa, com

(*) Um carpinteiro em *Sonhos de uma noite de verão*. (N. T.)

magníficos olhos esverdeados sugerindo aquele olhar de *iceberg* que ele gostava de afirmar provir de seus ancestrais nórdicos.

Connolly, o colaborador que com mais emoção nos faz sentir o impacto dos primeiros poemas de Auden sobre o público literário inglês, também é o que melhor descreve o rosto enrugado e sulcado por pequenas cicatrizes (''marcas de arado cruzando uma campina'', para Henry Moore) do Auden idoso: ''Aquela máscara romana estriada, de autoridade luminosa, que foi se tornando cada vez mais difícil de penetrar''. Auden tinha a pele excepcionalmente macia quando jovem, e monstruosamente enrugada quando velho. Manteve os cabelos, qualquer que tenha sido a cor deles, até o fim. Em 1938, na China, ele parecia um ''enorme coelho branco demente'' para Basil Boothby.

O toque estrambótico na aparência de Auden talvez tenha vindo de seus ancestrais islandeses; sua vida apenas o preservou e o amplificou. O retrato cumulativo que este tributo vai formando não chega a enfatizar, nem consegue ocultar, elementos infantis que a personalidade de Auden reteve. Ele dormia na posição fetal, conta-nos Michael Yates, e ''durante toda a sua vida, qualquer que fosse a temperatura, sua cama era atulhada com um fardo sufocante de coisas — não pelo calor, mas porque ele gostava do peso''.* Sua predileção por coisas pesadas ao dormir provocou anedotas sobre os casacos, tapetes, cortinas e até um quadro emoldurado que seus anfitriões descobriram haverem sido apropriados por ele a fim de sentir-se confortável. ''*Cosy*'',** de acordo com Oliver Sacks, era um de seus conceitos favoritos; quando foi tomar chá com Auden pela primeira vez, em 1969, Sacks deparou-se com um bule envolto num *tea cosy*, seu ovo servido num *egg cosy* e a cobertura do tanque da sua motocicleta elogiada como um ''*bike cosy*''. Ao aconchego e aos banhos de espuma e à insistência cada vez mais petulante do Auden idoso em recolher-se ao leito pontualmente às nove da noite, Orlan Fox acrescenta a revelação de que, ao jantar, ''Auden sempre se sentava em cima de um volume do OED [Oxford English Dictionary], como se fosse uma criança pequena demais para alcançar a mesa''. Enquanto viveu, Auden referiu-se sempre à mãe como uma autoridade moral, e na primeira fotografia deste livro ela nos é mos-

(*) Esta predileção pouco comum, que poderíamos denominar ''claustrofilia'', está ligada a uma paixão de infância por minas e equipamento de mineração: ''Dos quatro aos treze anos'', escreveu ele em *The prolific and the devourer* [O criador e o devorador], ''tive uma série de casos passionais com figuras particularmente atraentes, ao menos para mim, de turbinas hidráulicas, motores de cabo de guindastes, britadeiras de rolete etc., e nunca me sentia mais emocionalmente feliz do que quando estava debaixo da terra''.

(**) Trocadilho intraduzível. *Cosy* é algo aconchegante, confortável, íntimo; é também abafador para bule de chá (ou, no caso, para ovos e motocicletas). (N. T.)

trada como uma senhora idosa, espantosamente parecida com o poeta, sem, no entanto, a corpulência deselegante que, por fim, transformou-se naquela abundância de rugas como a das morsas. Um de seus últimos poemas é um acalanto para si mesmo:

> Você agora tem licença para deitar-se
> nu, enrolado qual camarãozinho,
> recolhido ao leito e gozar
> o aconchego do seu microclima...
> Durma, grande pequenino, durma até saciar-se.
>
> [*Now you have licence to lie*
> *naked, curled like a shrimplet,*
> *jacent in bed and enjoy*
> *its cosy micro-climate...*
> *Sleep, Big Baby, sleep your fill.*]

Se a ligação não-rompida de Auden com seu eu fetal o acorrentou, atendo sua poesia a pelo menos alguns limites de mansidão e comunicabilidade, também lhe conferiu um vigor inesgotável, a docilidade de uma criança ainda confiante. De sua terra natal, em "In praise of limestone" ["Em louvor do calcário"], ele escreveu:

> O que poderia ser mais como Mamãe, um pano de fundo mais apto
> para seu filho, o viril namorador que se espreguiça
> Contra uma rocha à luz do sol, sem jamais duvidar
> Que mesmo com todos os seus erros é amado; cujas obras são
> nada mais do que extensões do seu poder de encantar?
>
> [*What could be more like Mother or a fitter background*
> *For her son, the flirtatious male who lounges*
> *Against a rock in the sunlight, never doubting*
> *That for all his faults he is loved; whose works are but*
> *Extensions of his power to charm?*]

A autoconfiança de Auden foi comentada por muitos que o conheceram. Seu irmão John, um geólogo eminente, recorda-se de sua "impertinente precocidade" em "uma família na qual havia amor e incentivo a muitas atividades". Harold Llewellyn Smith, um colega de classe de Auden quando este foi para a escola St. Edmund's aos oito anos de idade, afirma que "Wystan, quando garoto, era não apenas esperto e precoce, mas também perfeitamente ciente do fato [...]. Ele tinha um tremendo respeito pelo pai — um homem de ampla erudição — e adorava a mãe, uma devota anglicana de inclinação ritualística. Ela mimou um pouco o 'Witny", pois era o mais jovem de seus três filhos". Cinqüenta anos depois, Auden contou a Anne Fremantle que, "como caçula da família e o menino mais jovem da minha classe na escola, sempre me senti como se fosse mais jovem que todo mundo...".

Embora alguns de seus professores tenham demorado a reconhecer (ele recebeu um mero terceiro lugar em Oxford), seus colegas submetiam-se ao seu talento promissor. Rex Warner conheceu Auden em Oxford: ‘‘Minhas impressões dele foram de uma puerilidade mais do que comum, um rosto viçoso, rosado e sem rugas, e uma tremenda efervescência intelectual. Seu apetite por fatos e idéias era voraz. Sua conversa rápida e volúvel, repleta de deliciosas idas e vindas, tinha sempre uma espécie de caráter positivo que o distinguia do restante de nós’’. Spender, relembrando-se ‘‘do poeta que estudava conosco, de sua cabeça virando-se abruptamente, de seus olhos capazes de medir rapidamente pessoas ou idéias’’, diz: ‘‘Éramos gratos por uma pessoa tão diferente de nós mesmos, uma pessoa não exatamente como as outras são’’. Golo Mann detectou nele ‘‘o ar de alguém acostumado a ser *primus inter pares*, poder-se-ia dizer mesmo um ar triunfante, desde que isso não sugira algo exagerado ou teatral’’. A fenomenal sagacidade e a argúcia de Auden estavam, assim como suas excentricidades, atreladas a uma admirável positividade moral; seu ‘‘ar triunfante’’ tinha um ‘‘caráter positivo’’. Kronenberger escreve: ‘‘Afora o seu grande talento, o que mais parecia notável a seu respeito era o quão decididamente ele sabia o que queria, e o que gostava, ou não gostava, e o que achava maçante; na realidade, era por saber tão bem onde pisava que ele conseguia pensar e agir tão depressa’’. Lincoln Kirstein, rememorando a figura incongruente de Auden, com seu sotaque inglês e suas pantufas, servindo como major no Exército americano, expressa-se melhor que todos:

> Paradoxalmente, da atmosfera excêntrica emanava um discurso salutar e objetivo que bem anulava o fantástico. Sua presença era reconfortante, quase afetuosa; ele era ao mesmo tempo tão jovial, tão inofensivo, tão brilhante, tão correto.

A formação de Auden na terra do calcário conferiu-lhe não apenas sua invencível confiança intelectual, mas também o que John Bayley chama de ‘‘vida familiar’’ no âmago de sua poesia: a preocupação social espontânea pela qual seus versos, independente de toda a métrica e destreza verbal, ‘‘unem-se com facilidade à vida’’. Kronenberger chega ao mesmo ponto tendo-o conhecido: ‘‘Seu senso pessoal do que se faz ou não se faz cheirava muito mais a berçário e a classe de aula do que a outras origens posteriores no mundo’’. Oliver Sacks, que é médico, enfatiza solidariamente a preocupação de Auden com a cura, com o desvelo; filho de médico, este, que é o mais são e mais generoso dos poetas modernos, exibe em sua arte ‘‘o amálgama da precisão e do afeto’’ que é a essência do desvelo. Nenhuma dessas apreciações, contudo, menciona um aspecto secundário de Auden que sempre me impressionou: o intento e a originalidade que ele punha em cada obra sua. Suas antologias — de versos ligeiros, de Kierkegaard — jamais carecem de idéias, expressas na introdução e incorporadas nas seleções. Não há compêndio mais inteligente da poesia de língua inglesa do que a antologia *Viking portable* que ele e Norman Holmes Pearson editaram, com seus cinco volumes agradáveis de manusear, todos repletos de descobertas e discriminações, sendo que até os seus títulos (*Marlowe to Marvell, Milton to Goldsmith*) superam os agrupamentos batidos pelo hábito de uma maneira que — conforme elucidado nos pequenos prefácios brilhantes de Auden — faz perfeito e novo sentido.

E, todavia, quanta solidão. A palavra *solidão* ecoa por entre essas díspares memórias e apreciações como uma sugestão unificadora. "Rodeado por toda a parafernália das técnicas de divulgação, ele permanecia só, como sobre a superfície vaga da lua..." "Descrito na escola como 'solitário mas não arredio', Wystan..." "Certamente, Wystan era e sentia-se só..." "Muitos anos depois ele retornou e permaneceu sozinho naquele exato lugar..." "Não acho que eu seja demasiado ansioso acerca do futuro, mas confesso que fraquejo um pouco às vezes diante da possibilidade de ele ser solitário [...]." "[...] ficando mais velho, mais ranzinza, mais solitário..." "Wystan anunciou à imprensa que estava freqüentando a Christ Church porque poderia morrer na cidade e passar uma semana antes que alguém achasse seu corpo..." "Vezes demais, com a aparência um tanto formidável, ele ficaria sentado sozinho, sendo observado das outras mesas..." "Ele havia talvez adquirido também uma certa qualidade trágica de isolamento [...]." A vida de um homossexual é solitária em seus contatos passageiros* e em sua esterilidade procriadora; Auden sentia agudamente a falta de uma família. Mas fazia amizades facilmente, e pelo menos uma de suas relações companheiras chegou perto da estabilidade conjugal; sua natureza sexual não estava na raiz do "toque de solidão" que Golo Mann detectou em meio à sua

(*) Um soneto de juventude, publicado em *New Verse*, em outubro de 1933, e nunca mais republicado, dirige-se a

                    você
Lindo e desejoso todas as tardes.
Mas vejo-me com a minha rotina por fazer,
E sabendo que logo o esquecerei.
Há uma dor e quem irá estancá-la?

                    [*you,*
Lovely and willing every afternoon.
But find myself with my routine to do,
And knowing that I shall forget you soon.
There is a wound and who shall staunch it up?]

"intricada teia de relações humanas". Em seus versos sobre a morte de Freud, Auden escreveu "ser livre / É freqüentemente ser só" ["To be free / is often to be lonely."]. Se parecia mais solitário que seus contemporâneos, talvez seja porque ele, com a firmeza e resolução que eram suas, tinha voltado uma porção maior de si mesmo para dentro, para sua arte e para sua determinação, tão cedo proclamada, de ser grande. E, se ele consegue eludir estes amigos e admiradores, a despeito de toda a afeição e das reminiscências que lhe dedicam, Cyril Connolly esclarece-nos o motivo:

> Fico tentando descrever Wystan, todavia sinto que não faço senão grotescos esboços em cera porque não posso comunicar a certeza da misteriosa inspiração que fazia cobrir velhos envelopes com sua caligrafia miúda e quase ilegível.

UM BANQUETE DA RAZÃO

The origin of table manners, de Claude Lévi-Strauss, traduzido do francês por John e Doreen Weightman. 551 p. Harper & Row, 1978.

O terceiro volume da monumental tetralogia de Claude Lévi-Strauss, *Introdução a uma ciência da mitologia*, foi agora traduzido e, onze anos após sua publicação na França, chega aos Estados Unidos com um título apetitoso, *The origin of table manners* [A origem da etiqueta à mesa] e um preço para *gourmets* de trinta dólares. Quem adquirir este volume na esperança de entreter-se com um relato anedótico dos costumes alimentares de povos primitivos não ficará inteiramente desapontado, pois um dos capítulos nos oferece "Um pequeno tratado de antropologia culinária"; porém, até chegar a ele, o leitor precisa percorrer 470 páginas de uma prosa árdua como uma provação que combina a opacidade "crua" dos mitos selvagens com a obscuridade "cozida" de uma densa análise estrutural.

O cru e o cozido e *Do mel às cinzas* são os outros dois volumes antecedentes da *Introdução* de Lévi-Strauss, cujo ambicioso projeto de entrelaçar, sobrepor e mutuamente iluminar os mitos indígenas norte e sul-americanos estende-se para além de um eixo entre o cru e o cozido — entre a natureza e a cultura. O quarto e último volume, *O homem nu*, ainda não existe em inglês. Este terceiro volume, conforme admite o autor na introdução, empreende uma tarefa "mais complexa do que os outros dois volumes pretenderam realizar". Enquanto os dois primeiros trataram exclusivamente dos mitos sul-americanos, o terceiro interpreta seu texto de partida, a lenda tucuna do "caçador Monmanéki e suas esposas", recorrendo a lendas norte-americanas que, preservadas por tribos distantes milhares de quilômetros do território dos tucunas, revelam por meio de afinidades estruturais que a semimulher incontinente grudada às costas de Monmanéki é na realidade um sapo, e que Monmanéki e seu indolente cunhado sentados numa canoa são na realidade a lua e o sol. O tortuoso trilhar do antropólogo por cerca de duzentos mitos e suas variantes apresenta-nos uma série de tais identificações — muitas delas brilhantes e esclarecedoras; outras, porém, ao menos para este leitor, intratavelmente esconsas. Lévi-Strauss, ao aproximar-se do final deste estágio de seu "longo itinerário dialético", parece estar ele mesmo enfastiadamente ciente da "longa e sinuosa rota" imposta por "esta investigação por demais comprida". Um de seus diagramas mais atraentes mapeia a odisséia que ele e seu leitor suportaram juntos, e ele recapitula triunfante:

> Uma tão complicada jornada pelo campo mítico, por caminhos que às vezes procedem na mesma direção, mas seguem cursos distantes uns dos outros, ainda que paralelos, ou que se cruzam ou mesmo se voltam sobre si mesmos, seria incompreensível se não percebêssemos que foi ele que nos permitiu realizar diversas tarefas simultaneamente. Este volume oferece a elaboração de um argumento em três dimensões — etnográfica, lógica e semântica. E, caso possa pretender reivindicar para si alguma originalidade, será somente porque, a cada estágio, mostrou-nos como cada dimensão permanece inseparável das outras duas.

Isso ao menos parece certo: uma enorme erudição antropológica é aqui manejada e exercida por uma das cabeças mais aguçadas do mundo, e os próprios mitos nunca foram levados mais a sério, nos termos que eles próprios podem fornecer. "Ao contrário daqueles que praticam o método histórico", afirma Lévi-Strauss, "eu não posso aceitar a idéia de que os mitos possam conter temas gratuitos e sem sentido, especialmente quando um mesmo detalhe tem lugar proeminente em diversas versões." Segundo ele: "o fato é que o método histórico considera apenas a ausência, ou a presença e distribuição geográfica, de elementos que são deixados num estado de não-significação". Ele despreza "as interpretações subjetivas apresentadas por certos comentadores", e promete: "Felizmente, a análise estrutural pode compensar as incertezas da reconstrução histórica".

Não é fácil atinar qual exatamente é a metodologia desta "análise estrutural", embora Lévi-Strauss pare a cada cem páginas para louvar seus méritos. Ela partilha com a etnografia tradicional uma investigação escrupulosa de qualidades e propriedades precisas, na medida em que possam ser determinadas, da flora e da fauna mencionadas nos mitos; por exemplo, o porco-espinho norte-americano (*Erethizon dorsatus*) e a importância e extensão do artesanato realizado com seus espinhos pelos índios das Grandes Planícies são exaustivamente discutidos.

Nem são ignoradas as pistas etimológicas, do tipo que Robert Graves tão abundantemente forneceu em sua matéria sobre os mitos gregos. Onde Lévi-Strauss tenta ir além do que fizeram seus predecessores é no rigor com que busca significações afins ou análogas, na força convincente e irrefutabilidade de seus esquemas e diagramas de significantes e de temas, e na sensibilidade ao conteúdo ético subjacente aos incidentes absurdos e bárbaros dos mitos. Partindo do repulsivo amontoado de acasalamentos bestiais, massacres fortuitos e reanimações bizarras destas narrativas, ele extrai moralidades humanas tais como: "Em sua busca de um consorte, o ser humano pode procurar perto demais ou longe demais", e: "As mulheres, sejam elas lindas ou feias, merecem todas obter um marido"; concluindo: "Um humanismo sadio não começa com nós mesmos, mas coloca o mundo antes da vida, a vida antes do homem e o respeito pelos outros antes do interesse pessoal". Em meio aos meandros de narrativas míticas e costumes cruéis, ele constata uma procura aristotélica da medida conveniente e do justo meio. As severas sanções sociais contra toda uma gama de inocentes cidadãos tribais, desde garotas menstruando até coveiros, ele interpreta sob uma óptica positiva, como sinais de moralidade superior à das nossas sociedades:

> Nós usamos chapéus para *nos* proteger da chuva, do frio e do calor; usamos garfos para comer, e luvas quando saímos, para não sujar *nossos* dedos [...]. Enquanto nós concebemos as boas maneiras como um modo de proteger a pureza interior do sujeito contra a impureza exterior das coisas e dos seres, nas sociedades selvagens as boas maneiras protegem a pureza das coisas e dos seres contra a impureza do sujeito.

Esta maneira de ver as coisas, embora não totalmente inédita, possui um impacto considerável quando abordada pelo laborioso método da "ciência da mitologia" de Lévi-Strauss. Ele levanta questões e em seguida resolve-as com a argúcia e o suspense de um autor de romances policiais. Por exemplo, quase no cerne de sua investigação da chamada etiqueta à mesa está um mito dos índios das Grandes Planícies que ele intitulou "A disputa entre o sol e a lua"; num dos incidentes deste mito, a esposa humana da lua triunfa sobre a esposa-sapo do sol devorando ruidosamente uma tigela cheia de tripas, enquanto a desdentada mulher-sapo tenta imitar o barulho enchendo a boca de carvão e consegue apenas produzir saliva preta. A atribuição de mérito ao comer ruidoso está em enigmática contradição não só com nossas noções de propriedade, mas também com diversos mitos sul-americanos cujos heróis sobrevivem a uma provação mastigando em silêncio. Lévi-Strauss procura desemaranhar o problema concentrando-se nos mandanos, uma tribo de índios das Grandes Planícies cujos mitos possuem um "tom particularmente trágico e uma sublimidade particularmente sombria". A cosmologia dos mandanos representa o sol e as estrelas, concebidos juntos como o "Povo de Cima", como "criaturas demoníacas, igníferas, canibalescas e instigadoras de outros tipos de desastres". Numa versão mandana da disputa entre o sol e a lua, a Mulher Velha, matriarca do Povo de Cima, serve o sol e a uma mulher Cheyenne que é sua hóspede "um guisado feito de mãos, orelhas e pele humana. A mulher Cheyenne e o Sol comeram com apetite". Por extensão, então, em todos os mitos das Grandes Planícies que incluem a competição alimentar, a mulher terrena come ruidosamente a fim de mostrar que ela é, por assim dizer, páreo para seus anfitriões canibalescos. "Sem tornar-se canibal, ela tenta mostrar ao sol, possuidor das fontes da vida, que, embora o homem provenha das entranhas da terra e dependa da água para sua sobrevivência, ele pode tomar o partido do sol contra a água [representada pela mulher-sapo anfíbia]."

Este resenhista não é competente — e poucas pessoas no mundo podem sê-lo — para julgar com que grau de justiça Lévi-Strauss seleciona seus mitos e considera as paráfrases destes existentes nas bibliotecas de informações antropológicas que têm se acumulado desde a descoberta das Américas. Sua bibliografia inclui quase quinhentas publicações, e já são 528 os mitos — muitos deles com variantes profundas — que ele citou e resumiu nos três volumes. Os dotes estilísticos que ele demonstrou em *Tristes tropiques* [Tristes trópicos] foram suprimidos, exceto por uma ou outra sentença ocasional que reúne grande número de pacientes colações num desfecho dramático: "O véu é erguido para revelar um vasto sistema mitológico comum às Américas do Sul e do Norte no qual a submissão das mulheres é o fundamento da ordem social". A argumentação ramifica-se: "A transição de natureza para cultura exige que o organismo feminino deva tornar-se periódico, pois tanto a ordem social quanto a ordem cósmica seriam ameaçadas por um estado de anarquia em que a alternação regular de dias e noites, das fases da lua, da menstruação feminina, da duração fixa da gravidez e do curso das estações não se sustentassem mutuamente [...]. Portanto, as mulheres têm de permanecer submissas às regras". Em outro canto longínquo da cosmologia selvagem, Lévi-Strauss investe contra a questão da freqüência dos grupos de dez nos mitos, e conclui que estes "representam *conjuntos saturados* que a dialética dos mitos visa a reduzir". Ou seja, em contraste com os romanos, que exultavam no poder da multiplicação e projetavam-na para o passado e futuro de sua história, os índios tinham pavor dos grandes números:

> Esta diferença de atitude com relação aos números elevados reflete admiravelmente o contraste entre uma sociedade já intenta em tornar-se histó-

rica, e outras que sem dúvida também são históricas, embora muito a contragosto, pois acreditam que prolongarão sua duração e fortalecerão sua segurança excluindo a história de seu ser. É um velho ditado o que afirma que a natureza odeia o vazio. Mas não se poderia dizer que a cultura, em sua forma primária de oposição à natureza, odeia a plenitude?

Por seu talento em dispor inumeráveis fatos e discernimentos em elegantes generalizações, Lévi-Strauss é um supremo cientista que faz os outros praticantes da antropologia parecerem canhestros. Todavia, persiste a curiosa sensação de que, ao lê-lo, estamos testemunhando uma atuação fundamentalmente artística, não tanto uma revisão pragmática da realidade quanto a execução de um teste de inteligência diabolicamente difícil que ele impôs a si mesmo. Lévi-Strauss escreve sobre os mitos como se fossem peças de um quebra-cabeça: "Podem ser simétricos ou anti-simétricos, imitando-se diretamente uns aos outros, com ambientações ou linhas mestras de matizes diferentes; imagens espelhadas, ou cópias em positivo ou negativo, exibidas normalmente, ou de lado, ou invertidas". Seu uso de diagramas e termos matemáticos como *conjunto, vetor, transformação* e *valência* beira a paixão obsessiva, e sua necessidade de simetria roça no limiar do vertiginoso. Embora suas sobreposições sejam convincentes uma a uma, o ritmo insistente da equivalência começa a parecer comicamente mecânico: "Segue-se então que o sangue menstrual opõe-se à resina e, como postulei, é equivalente à seiva do bordo — que também opõe-se à resina". A própria genialidade da análise estrutural contém um germe de antimaterialismo e de jovial e descontraído *nonsense*. O pai da análise estrutural, o lingüista Ferdinand de Saussure, é citado como tendo dito: "O elo que estabelecemos entre as coisas existe *antes das próprias coisas*, e ajuda a determiná-las".

Muitos dos elos de *The origin of table manners* parecem forjados no pressuposto de que semelhança é mais uma questão de forma do que de conteúdo. "A tarefa que empreendi [...] consiste em provar que mitos *que não são iguais*, ou nos quais as similaridades parecem à primeira vista incidentais, podem não obstante apresentar uma estrutura idêntica e pertencer ao mesmo grupo de transformações." Em outras palavras, o que está em cima é uma versão invertida do que está embaixo, e preto e branco são aspectos do mesmo paradigma. "O significado de cada termo resulta da posição que ocupa em sistemas que se transformam porque correspondem a um número de cortes transversais sincrônicos efetuados num discurso mítico que vai pouco a pouco sendo desvelado." Concedida tal licença de caça, fica fácil capturar paralelos e homologias — brincadeira de criança para um cérebro ágil como o de Lévi-Strauss. Tendo exposto minuciosamente as analogias entre mel e sangue menstrual, ele, numa nota de rodapé, com pleno domínio de si, lança a notícia de que "um informante dos chocos [apresentou] toda uma teoria identificando mel silvestre com esperma". E comenta:

> Esta extraordinária inversão de um sistema que demonstrei ser característico de um vasto território que se estende da Venezuela ao Paraguai não contradiz minha interpretação, mas, ao invés, confere-lhe uma dimensão adicional e permite que se complete o grupo Klein — do qual, até agora, o quarto termo estava faltando. Esperma é *aquilo que deveria* ser transmitido do marido para a mulher; sangue menstrual é *aquilo que não deveria* ser transmitido da esposa para o marido [...]. Obtemos assim um sistema geral de quatro termos [...].

Uma espécie de loucura platônica, uma busca de estruturas "profundas", obseda o estruturalismo à medida que ele se amplia da lingüística para as antigas "humanidades". O que sentimos falta na antropologia de *The origin of table manners* é do pulsar antropóide. Ficamos sabendo o que essas lendas podem significar para um intelectual do século XX ocupado em mexer e remexer os padrões; mas o que elas teriam significado para aqueles que as contavam, e para aqueles que as ouviam? "Como recompensa por tais feitos, a irmã do herói costurou-lhe um belo manto feito de peles de castor, ornado com espinhos coloridos de porco-espinho. Mas, um dia, o rapaz adormeceu enquanto o sol estava a pino no céu e o calor dos seus raios queimou seu manto, manchando-o. O rapaz chorou violentamente. Pediu então à irmã um de seus pêlos púbicos, e construiu uma armadilha com a qual quase estrangulou o sol." Terá alguém dado risada ouvindo isso? Em que plano os próprios contadores dessas histórias teriam reconhecido as significações urgentes por detrás de suas narrativas incoerentes de serpentes peludas, cabeças decepadas, porcos-espinhos pedantes e outras quimeras? Não ficamos sabendo. As lendas pairam no firmamento da análise de Lévi-Strauss como anjos em manobras militares; um fato subliminar assustador é que estes mitos, tão vivos com significados sempre mais amplos para seus interpretadores, pertenciam a tribos hoje drasticamente dizimadas, como os mandanos, ou extintas. Apresenta-se um vasto sistema religioso do qual Lévi-Strauss é virtualmente o último iniciado.

No pólo oposto desta grave sistemática temos um livrete publicado na Inglaterra pela Cape, contendo as conversas radiofônicas que em 1959 Lévi-Strauss consentiu em manter com o crítico francês Georges Charbonnier. Aqui, o antropólogo, incitado por seu entrevistador, oferece-nos uma metáfora pitoresca e comovente da diferença entre nossa sociedade e as sociedades primitivas:

> Eu diria que, comparadas com nossa grande sociedade e com todas as grandes sociedades modernas, as sociedades estudadas pelo antropólogo são num certo sentido "frias" e não "quentes"; ou que estão para nossa so-

> ciedade como o relógio está para o motor a vapor. São sociedades que criam o mínimo da desordem que os físicos chamam "entropia", tendendo a permanecer indefinidamente em seu estado inicial, o que explica por que elas nos parecem estáticas e sem história.

Ele explica que as sociedades modernas, como as máquinas a vapor, "funcionam baseadas numa diferença de temperatura entre suas partes componentes, entre a caldeira e o condensador" — um desequilíbrio que em termos sociais traduz-se em "escravidão, servidão e diferenças de classe". Uma tal análise é nitidamente marxista, com a diferença de situar a utopia não no futuro mas no passado, naquelas sociedades em que "não pode haver minoria; sociedades que tentam continuar funcionando como um relógio, em que todas as partes do mecanismo funcionam harmoniosamente, ao contrário daquelas máquinas que parecem ocultar um antagonismo latente no próprio cerne de seu mecanismo". *Como um relógio*: a "ciência da mitologia" de Lévi-Strauss também funciona como um relógio, com suas proporções calibradas, seus eixos, suas simetrias e suas engrenagens. Ela é bela como um relógio, e fria como um relógio — um patrimônio estranhamente elegante vindo de geração em geração das selvas e planícies onde grassam a tortura e o medo. Suas revoluções e transposições ordenadas têm a função invertida de estacar, e não de marcar, o tempo, criando para seu ardente e dedicado analista um refúgio da torção e do calor da modernidade.

> ciedade como o relógio está para o motor a vapor; são sociedades que criam o mínimo daquela desordem que os físicos chamam "entropia", tendendo a permanecer indefinidamente em seu estado inicial, o que explica por que elas nos parecem estáticas e sem história.

Ele explica que as sociedades modernas, como as máquinas a vapor, funcionam baseadas numa diferença de temperatura entre suas partes componentes, entre a caldeira e o condensador — um desequilíbrio que, em termos sociais, traduz-se em escravidão, servidão e diferenças de classe. Uma tal análise é nitidamente marxista, com a diferença de situar a utopia não [illegible], mas no passado, naquelas sociedades em que "não pode haver minoria", sociedades que [illegible] continuar funcionando como um relógio, em que todas as partes do mecanismo funcionam harmoniosamente, ao contrário daquelas máquinas que parecem ocultar um antagonismo latente no próprio cerne de seu mecanismo. Como um relógio, a "ciência da mitologia" de Lévi-Strauss também funciona como um relógio, com suas proposições calibradas, seus eixos, suas simetrias e suas engrenagens. Ela é bela como um relógio, e fria como um relógio — um patrimônio estranhamente elegante vindo de geração em geração das selvas e planícies onde [illegible] a tortura e o medo. Suas revoluções e transposições ordenadas têm a função invertida de estancar, e não de marcar, o tempo, criando para seu ardente e dedicado analista um refúgio da agitação e do calor da modernidade.

BORGES REQUENTADO

Borges: a reader, eds. Emir Rodrigues Monegal e Alastair Reid, traduzido do espanhol por vários autores. 368 p. Dutton, 1982.

Será que todo o tráfego que concorre para Jorge Luis Borges, outrora um mero filete por algumas ruas secundárias de Buenos Aires mas hoje um congestionamento estrondoso nas capitais literárias do mundo ocidental, suportará a entrada em circulação de *Borges: a reader* [Borges: um livro de leituras]? A sobrecapa deste volume afirma que o grande fantasista argentino "foi vertido para o inglês de maneira fortuita, e o crescente número de seus leitores tem sido obrigado a seguir seu rastro por entre uma confusão de coletâneas incompletas, compondo-o a partir de um conjunto de peças deslocadas". Todavia, que mais esta coletânea incompleta, composta a partir de poemas, ficção, críticas, jornalismo e das tipicamente fragmentárias auto-revelações borgianas, resolva ou esclareça a questão parece-me discutível. A disposição cronológica do material, a inclusão de vários de seus escritos mais antigos nunca antes traduzidos para o inglês, os sumários biográfico e bibliográfico, e os comentários de Monegal sobre cada uma das 118 peças desta antologia, tudo isso é especial e valioso. Porém, enquanto seleção, *Borges: a reader* carece da autoridade direta da *personal anthology*, escolhida pelo próprio Borges, editada por Anthony Kerrigan e publicada pela Grove Press em 1967. Enquanto introdução à obra de Borges, carece da estonteante integridade e pureza de *Ficciones*; um leitor que desconheça Borges faria melhor em começar por esta última obra, cuja publicação em inglês em 1962 colocou Borges em nosso mapa cultural, ou com o mais extenso e parcialmente duplicativo *Labyrinths* [Labirintos], lançado pela New Directions no mesmo ano. Até mesmo a edição bilíngüe de *Selected poems 1923-1967*, editada por seu energético ex-criado, Norman Thomas di Giovanni, serviria como uma rota de acesso mais branda ao universo do mestre. Borges tem sido um consumado e completo profissional literário — poeta, tradutor, conferencista, antologista, parodiador, editor, bibliotecário —, mas é sua "ficção curta" (não há nele "ficção longa") que constitui seu passaporte para a fama e a imortalidade, e *Borges: a reader* omite preciosidades do cânone da brevidade, como "A Biblioteca de Babel", "O jardim de caminhos que se bifurcam" e "Funes, o Memorioso". Na introdução, os editores admitem que "o aficionado haverá de notar algumas omissões", mas invocam dificuldades na obtenção de autorizações legais. Ao invés, oferecem juntamente com pequenos clássicos como "Tlön, Uqbar, Orbis Tertius", "As ruínas circulares" e "O Sul" várias outras peças anteriores e menores, algumas das quais não chegaram a ser reunidas por Borges em espanhol. A disposição cronológica do material, que para muitos autores poderia revelar um modelo de desenvolvimento, no caso de Borges apenas confirma nossa impressão de que poucos dentre os grandes escritores agraciados com uma vida longa provaram-se tão leais às suas obsessões iniciais e demonstraram tão pouco medo de se repetir. "Eu sou decididamente monótono", Borges mesmo escreveu.

Este livro, caso seu aparato erudito incluísse um índice, nos permitiria ao menos localizar toda a invulgar repetição de temas e alusões. Exatamente as mesmas noventa palavras de uma citação de Chesterton, com a mesma e idêntica elipse, aparece três vezes — nas páginas 143, 219 e 231. Um poema de Chesterton é descrito como "fisicamente tocante, como a proximidade do mar", e duas páginas adiante diz-se do *Unvanquished* [Invicto], de Faulkner, que é um desses livros que "nos tocam fisicamente como a proximidade do mar". Uma curiosa especulação de Coleridge ('Se um homem pudesse passar pelo Paraíso em sonho, e receber uma flor como prova de que sua alma havia realmente estado lá...") é o tema de um ensaio de 1945 que retorna — "De repente, lembrei-me de uma das fantasias de Coleridge" — num conto escrito trinta anos depois, "O outro". A primeira peça incluída em *Borges: a reader* é um poema, de 1923, que funde a madrugada em Buenos Aires com um pertinaz senso de insubstancialidade — "aquela tremenda conjectura/ de Schopenhauer e Berkeley/ que declara o mundo/ uma atividade da mente" — criando uma atmosfera que tem ecos nos derradeiros versos do volume: "E pensar que a noite não existiria/ sem tais tênues instrumentos, os olhos". Sonhos, labirintos, espelhos, multiplicações aproximando-se do infinito, uma pluralidade de deuses ineficientes ou mesmo malévolos, o estonteante paradoxo e negação do idealismo berkeleyniano, o segundo paradoxo de Zenão, o eterno retorno de Nietzsche, o arcano destino de cada um, a difícil sina dos gaúchos lutadores de punhal e dos guerreiros anglo-saxões, a manipulação do acaso, o Minotauro e o tigre e o leopardo, o mistério premente de subúrbios indefinidos e planícies desertas, aquele algo impalpável existente na qualidade da própria identidade — Borges desde cedo assumiu estes temas e nunca mais os abandonou.

Os autores ingleses prediletos de sua infância foram Stevenson, Wells e Lewis Carroll, e ele também nunca mais os abandonou. Seus elogios a Wilde e a Shaw vêm do coração, mas sua homenagem a Joyce e James já é mais relutante. Sua própria ficção, ainda que não inteiramente fantástica (pois há nela uma qualidade de tardes infindáveis, de matizada insipidez e monotonia, que ele sempre consegue atingir com uma ou duas frases e que transporta nossas imaginações para um lugar real), manifesta pouco ímpeto para despojar a realidade e desmascarar o sentimentalismo à maneira heroicamente modernista de, digamos, um Hemingway. Num impressionante ensaio sobre Apollinaire, Borges afirma: ''De todas as obrigações que um autor pode impor a si mesmo, a mais comum e indubitavelmente a mais perniciosa é a de ser moderno''. O próprio Apollinaire é caracterizado como ''tão não-moderno que a modernidade parecia-lhe pitoresca, talvez até mesmo comovente''. O mesmo não se pode dizer de Borges. Enquanto a erudição multilíngüe de Eliot e Pound era parte de uma busca universal de uma autenticidade capaz de renovar suas línguas e tradições de origem, a erudição de Borges, com suas irônicas e criteriosas citações e suas recônditas referências medievais e orientais, é uma paródia da erudição na qual o investigado e o inventado jazem ironicamente lado a lado — um sistema vasto mas claustrofobicamente fechado que implica nada haver de novo debaixo do sol. O mofo das bibliotecas dos alquimistas permeia seu saber; seu caos de textos (Monegal chega a citar a ''enumeração caótica'' como um dos recursos retóricos de Borges) existe como metáfora do ''negro labirinto de átomos cegos'' que constitui o universo, agora que a ''monstruosa'' opção por um Deus tricéfalo foi descartada. A profunda admiração de Borges pelo apologista católico Chesterton constitui uma das duplas de pai-e-filho mais estranhas nos anais da influência. Da apologética fervorosa do autor mais velho, Borges, numa apreciação de 1936, escreve tortuosamente: ''A certeza de que nenhum dos atrativos do cristianismo pode realmente competir com sua exótica improbabilidade é tão notória em Chesterton que suas eulogias mais edificantes sempre me recordam a 'Elegia à loucura' ou 'O assassinato considerado como uma das belas-artes' ''. Este amante latino de segredos sinistros encontrou um em seu mentor anglo-saxão: ''A poderosa obra de Chesterton, o protótipo da sanidade física e moral, está sempre no limiar de tornar-se um pesadelo''. Num ensaio, ''Sobre Chesterton'', não incluído aqui mas publicado em *Other inquisitions*

[Outras inquisições] (1964), Borges afirma: "Algo na constituição de sua personalidade pendia para o horripilante, algo secreto, e cego, e fundamental". Estes três últimos adjetivos revelam-nos a essência borgiana, aquela terrível desolação fundamental em torno da qual suas invocações de "atrocidade", "misteriosa monotonia" e "heresiarcas camuflados" revolvem como planetas crônicos em torno de um sol morto.

Borges: a reader carece justamente daquela elegância do mínimo que a obra de Borges e os livros que a contêm invariavelmente possuem. A página é grande demais e os tipos pequenos demais; a barafunda de adendos editoriais, com suas portentosas abreviações (numa nota típica lê-se: " 'About Oscar Wilde' Tit. esp.: 'Sobre O. W.' Pub. *Los Anales de B. A.*, Dez. 1946, col. *O. I.*"), emoldura de maneira incômoda e desajeitada o bom gosto dos pedantismos de Borges; a sensação que se tem ao ler esta seleção do começo ao fim é a de uma longa viagem sacolejante em um veículo fechado. Para este leitor cuidadoso e sistemático, pelo menos, os sentimentos claustrais e confusos amorteceram até mesmo seu prazer naquelas obras-primas da miniatura que ele lera com deleite em outros volumes menos embaralhados. O principal valor desta coletânea está nas 28 peças nunca antes traduzidas para o inglês. E, embora não contribuam para a reputação de Borges, ressaltam nossa percepção dele como um argentino, e em particular como um jovem dândi intelectual um tanto pugnaz buscando conciliar suas precoces vivências cosmopolitas com uma lealdade de sangue para com o insípido e muitas vezes brutal fim de mundo onde nasceu.

Ficamos sabendo, numa cronologia de sete páginas de sua vida preparada por Monegal, que Borges aprendeu inglês bem jovem, ainda em casa; que anunciou aos seis anos sua determinação de ser um escritor; que em 1914 seu pai, um advogado e professor, e poeta ocasional, aposentou-se cedo por problemas de vista e mudou-se com a família, incluindo "Georgie", que tinha então quinze anos, para a Suíça, onde a Primeira Guerra os deixou ilhados por quatro anos. Nessa época, o jovem Borges aprendeu francês e latim e, sozinho, alemão. Ele descobriu e leu Whitman, os simbolistas franceses e a filosofia alemã, sobretudo Schopenhauer e Nietzsche. Depois da guerra, a família de Borges mudou-se para Lugano, perto da fronteira italiana (as muitas línguas de Borges incluem o italiano) e em seguida para diversos lugares da Espanha, onde nosso autor de vinte anos preparou dois livros jamais publicados, participou das atividades literárias de um grupo *avant-garde* que fundou o ultraísmo e, um tanto tardiamente, travou contato com a literatura clássica da sua língua de nascença, o espanhol.

Em 1921, Borges retornou a Buenos Aires por um ano, quando conheceu o filósofo nativo e amigo de seu pai, Macedonio Fernández. Nesse período, ele ajudou a fundar duas pequenas revistas, *Prisma* e *Proa*, e publicou seu primeiro livro, uma coleção de poemas intitulada *Fervor de Buenos Aires*, embora seu fervor não o tenha impedido de empreender uma segunda longa viagem à Europa. As primeiras páginas de *Borges: a reader* contêm poemas — dentre os quais alguns de seus mais populares — que o mostram deliberadamente tomando posse do cenário e da história de Buenos Aires. Este ato de reempossamento, partindo de uma mente que vagara tão longe, caracteriza sua produção literária a partir de então, conferindo-lhe um ar deslocado e assombrado, de surreal especificidade e abissal informidade, de nostalgia pelo ambiente circundante. O primeiro ensaio reproduzido em *Borges: a reader* arrola sistematicamente os dísticos às vezes poéticos inscritos em velhas carroças puxadas a cavalo. O título original, "Séneca en las orillas" ["Sêneca nos bairros miseráveis"], foi deixado de lado, talvez por ser revelador demais. Outros ensaios posteriores examinam, com a ternura altiva de um visitante de uma civilização antiga, fenômenos locais como o tango e um jogo de cartas chamado *truco*. O tango, assim como as brigas de punhal que tão persistentemente permeiam sua obra, representam para ele uma religião popular atemporal — "a dura e cega religião da coragem, do estar pronto para matar e morrer".

Quando ainda um jovem literato em Buenos Aires, nos longos anos em que suas "ficções" singulares e requintadamente pseudofactuais iam sendo incubadas, Borges foi um crítico arrojado, repudiando o barbarismo argentino ("Nossas inadequações", 1931), e as teorias estéticas aceitas ("Arte narrativa e magia", 1931; "Prólogo a *A invenção de Morel*", 1940) com inflexível presença de espírito. Ao refutar a opinião de que Edgar Wallace construía enredos melhores do que Chesterton, Borges escreveu: "Garanto a meus leitores que quem afirma tais coisas está mentindo e que as profundezas abrasadoras do Inferno serão sua derradeira morada". Proclamando-se "livre de toda a superstição da modernidade", ele atacou o "romance psicológico":

> O romance psicológico típico é informe. Os russos e seus discípulos demonstraram, tediosamente, que é impossível não haver motivação alguma. Alguém poderia, por exemplo, suicidar-se por estar feliz ou assassinar como um gesto de benevolência. Amantes poderiam se separar para sempre como uma conseqüência de seu amor. E um homem poderia denunciar outro por fervor ou humildade. No final, esta liberdade absoluta acaba sendo equivalente ao caos.

Como alternativa, ele concebeu uma "história de aventuras" ideal que "não pretende ser uma transcrição da realidade", mas que, ao invés, é "um objeto artificial, nenhuma parte do qual carece justificação". Tal eficiência é semelhante à magia, que pressupõe, conforme estabeleceu Frazer em *The golden bough* [O ramo de ouro], que "as coisas agem umas sobre as outras à distância por meio de uma secreta simpatia". No caso da literatura, a "única integridade possível" é a da "magia, em que cada detalhe — claro e definido — é um presságio e uma causa". Por mais especiais e rarefeitas que possam parecer tais teorias, Borges leu com uma infatigável catolicidade naqueles anos. Ele ofereceu aos leitores de *El Hogar*, um semanário ilustrado cuja seção de livros ele editava, biografias condensadas e cáusticas resenhas de, entre muitos outros, Oswald Spengler, Virginia Woolf e William Faulkner ("Que William Faulkner seja o principal romancista da nossa época é uma asserção concebível."). Para o periódico de Victoria Ocampo, *Sur*, Borges escreveu críticas de filmes, e as poucas aqui reproduzidas revelam uma mente olímpica vigorosamente partidária de uma arte popular — uma arte, como a sua própria, de sombras.* Da versão de Spencer Tracy para *Dr. Jekyll and Mr. Hyde* [O médico e o monstro], Borges reclamou que não apenas um mas dois atores (sugerindo George Raft como o outro) deveriam representar os dois personagens. Sobre a obra-prima de Orson Welles, disse: "*Citizen Kane* [Cidadão Kane] perdurará tanto quanto alguns filmes de Griffith ou o 'último' de Pudovkin; ninguém nega o valor deles, mas ninguém volta para revê-los. Eles sofrem de gigantismo, de pedantismo, de tédio". Tal objeção, numa instância estética imediata, a uma obra bem realizada de magia cinematográfica revela mais da mente do artista, talvez, do que suas teorias formais um tanto herméticas. Seria de se desejar que o livro contivesse apenas material novo e surpreendente como este, e que um autor cujo corpo de obra já tem laivos de uma seleção rigorosa e de uma compressão enciclopédica fosse poupado do elogio desairoso de uma reciclagem supérflua.

(*) E uma arte que satisfizesse seus critérios de artificialidade e magia: "Um tipo de romance — o romance psicológico que se desenrola lentamente — busca forjar uma intricada rede de motivos semelhantes aos da vida real [...]. No romance de aventuras, motivações desajeitadas e enfadonhas desse tipo são inadequadas; o mesmo se pode dizer do conto e das infindáveis fantasias especulares criadas em Hollywood, com as imagens prateadas de Joan Crawford, que são lidas e relidas em todo o mundo. São regidas por uma espécie bem diferente de ordem, uma ordem baseada não na razão mas na associação e na sugestão — a antiga luz da magia".

A HORA E A VEZ DE SUZIE CREAMCHEESE

Doris Day: her own story, de A. E. Hotchner. 305 p. Morrow, 1976.

Só me apaixonei por algumas poucas figuras públicas — Errol Flynn, Ted Williams, Harry Truman e Doris Day. Os três homens têm um denominador comum em sua petulância; mas o quanto Doris Day também é arrojada e petulante eu só vim a descobrir quando li *Doris Day: her own story* [Doris Day: sua própria história], orquestrada por A. E. Hotchner. "Devo enfatizar", informa-nos ela nas fitas autobiográficas que Hotchner editou, "que nunca tive a menor dúvida quanto à minha capacidade em tudo o que já empreendi." Em outra parte do livro, descrevendo o teste de voz que, aos dezesseis anos, fez para o papel de cantora principal dos Bobcats de Bob Crosby, ela diz: "Mas, para ser bem honesta, apesar de meu nervosismo e de minha relutância em cantar para aqueles tremendos profissionais, nunca me ocorreu que a posição não seria minha. Nunca cheguei a competir por alguma coisa sem que a obtivesse". E, em verdade, sua vida revela uma rotina notavelmente consistente de êxito profissional alternado com tribulações pessoais. Aos onze anos, seu pai, o "professor" William Kappelhoff, "o regente mais solicitado de Cincinnati", abandonou a mãe de Doris por outra mulher. Aos doze, a dupla de dançarinos Doris & Jerry ganhou o primeiro prêmio num concurso de dança amadora da cidade, e com o dinheiro eles visitaram Hollywood, onde as pessoas "ficaram tão entusiasmadas com nosso talento que não tive dúvidas de que iríamos nos sair muito bem". Porém, ao deixar uma festa de despedida organizada para ela na véspera de sua partida para Hollywood, o carro em que estava foi abalroado por uma locomotiva. A perna direita de Doris sofreu várias fraturas, encerrando assim sua carreira de dançarina (e também a de Jerry; sem Doris Kappelhoff como parceira, ele veio a tornar-se entregador de leite em Cincinnati). Durante os quase dois anos de convalescença, Doris ouviu rádio, admirando especialmente a voz de Ella Fitzgerald e, ainda de muletas, já estava cantando num restaurante chinês do centro da cidade e numa rádio local. Um emprego numa boate de Cincinnati levou-a a Chicago e aos Bobcats, e de lá para Les Brown e seus Blue Devils — tudo isso antes dos dezessete anos.

Numa das entrevistas que Hotchner sabiamente inseriu em meio aos relatos de sua biografada, Les Brown recorda-se de tê-la "ouvido por cinco minutos, corrido para os bastidores e a contratado para minha orquestra. Ela era o sonho de todo *band leader*, uma vocalista com talento inato, uma aguçada sensibilidade para os versos das canções e uma aparência atraente [...]. O motivo de seu salário ter subido tão rapidamente foi que todas as outras orquestras quase sem exceção tentaram tirá-la de mim". E, todavia, aos dezessete anos ela deixou os Blue Devils para casar-se com um trombonista rude, ríspido e obscuro chamado Al Jorden. "Desde menina", diz ela, "minha única verdadeira ambição na vida foi casar, cuidar do lar e ter uma família. Cantar era algo para fazer até chegar este momento, que então chegara." Embora ela já conhecesse Jorden em Cincinnati, ele a surpreendeu, depois de casados, com um comportamento psicopata que beirava o homicida. Era freneticamente ciumento, batia nela, pedia perdão em repentes de remorso que se tornaram tão repulsivos quanto sua fúria e exigiu que ela abortasse um filho concebido no segundo mês destas núpcias às pressas. Doris Day, como já começara a ser chamada, numa rápida sucessão teve o bebê (seu único filho, Terry), divorciou-se de Al, voltou para a banda de Les Brown e gravou "Sentimental journey", seu primeiro grande sucesso em disco — e o instante em que eu, e milhões de outros, apaixonamo-nos por ela. Desconhecendo meus sentimentos, ela se casou com outro músico de orquestra, George Weidler, que tocava sax-alto. O casamento acabou ainda mais depressa do que o anterior, embora num tom diferente. Weidler, com quem estava vivendo satisfeita num acampamento de *trailers* na Los Angeles do pós-guerra, disse-lhe que ela iria se tornar uma estrela e que ele não queria ficar sendo o "marido de Doris Day". Ao que ela protesta ainda hoje: "Eu o amava, ou pelo menos acreditava que sim; e, apesar de todas as dificuldades e durezas, estava gostando de minha vida de esposa no *trailer*". Nem Weidler deixara de sentir-se atraído por ela. "Não havia como duvidar de seu intenso desejo por mim. Mas acho que seu desejo de não ser o 'marido de Doris Day' era ainda mais forte, pois na manhã seguinte nos separamos. E eu sabia que seria definitivo." Foi nesta maré baixa, portanto, sem lar, sem marido e sem dinheiro, que ela se deixou arrastar para um teste de filmagem, quando obteve o papel principal do primeiro de seus muitos filmes de sucesso, *Romance on the high seas* [Romance em alto-mar]. Ela e as câmaras apaixonaram-se à primeira vista.

> Descobri que era capaz de entrar numa sala e caminhar direto até as minhas marcas no chão sem precisar procurá-las. Eu sentia uma animação gostosa quando ouvia a palavra "Ação!" e também logo em seguida reagindo sob a pressão das câmaras rodando. Era algo que não me exigia esforço, que era plenamente agradável [...]. Desde a primeira tomada, eu nunca tive temor algum acerca do que me era exigido. Ser artista de cinema foi para mim mais fácil e mais natural do que qualquer outra coisa que eu fizera antes [...]. Nunca me senti aflita ou apreensiva. Trabalhar em cinema não me causava mal-estar algum: era como água escorrendo pelas penas de um pato.

Escorridas duas décadas, Doris chegou ao ponto culminante de sua carreira no início dos anos 60, quando se tornou a campeã de bilheteria. Em 1953, porém, ela sofrera um colapso nervoso incapacitante, e durante todos os melhores anos de sua carreira cinematográfica sua vida pessoal foi marcada pela timidez, pela Ciência Cristã, por um horário de trabalho tirânico e por seu casamento com um homem de quem ninguém mais gostava: Marty Melcher. Les Brown é citado como tendo dito: "Marty Melcher era um homem horroroso, metido, irritante, grosseiro, e que só pensava em dinheiro. Ele vivera à custa de Patty Andrews; e então, quando Doris surgiu parecendo um páreo melhor, ele grudou em cima dela". Sam Weiss, outrora diretor do departamento de música da Warner Brothers, diz o mesmo mas de modo mais elegante: "O fato é que a única coisa que Marty amava era o dinheiro. Ele amou o dinheiro de Patty até aparecer o dinheiro de Doris. E, como havia mais deste, ele amou mais o dinheiro dela". "Eu agüentava o Marty", confessa ainda Weiss, "e todos os outros o suportavam, por causa de Doris. Não conheço ninguém que gostasse do Marty. Nem mesmo sua família."

Melcher, que além de marido era o empresário de Doris, manteve as câmaras rodando e produzindo Fantasias Açucaradas. Mas o tom foi se tornando cada vez mais melífluo, mais cor-de-rosa, mais simplório, enquanto o público americano já começava a descobrir os corpos nus e o *rock*. Em 1968, Doris Day realizou o último de seus 39 filmes e Marty Melcher subitamente faleceu; a autópsia financeira revelou que, como tantos outros homens amantes do dinheiro, ele fora capaz apenas de perdê-lo. Nos anos de abundância, ele desviara todo o dinheiro de Doris para as negociatas de um escroque chamado Rosenthal, deixando-a com uma dívida de meio milhão de dólares. Ela conseguiu safar-se levando adiante, contra as suas inclinações, um seriado de televisão ao qual Melcher a havia secretamente comprometido, e suportando cinco anos de programas de entrevistas na telinha. Como um trauma adicional, seu filho, Terry, que se tornara empresário de música *pop*, esteve marginalmente envolvido no assassinato de Sharon Tate pelo grupo de Charles Manson e enfurnou-se numa caverna de bolinhas e de vodca. Em uma estranha reprise do acidente de infância da mãe, ele quebrou as *duas* pernas enquanto dirigia embriagado uma motocicleta. Agora, já beirando os sessenta anos, Doris Day não tem nenhuma carreira visível, mas manteve seu *status* de celebridade e sua confiança. "Sei que posso dar conta de praticamente tudo o que me lançarem, e para mim isso é sucesso verdadeiro", conclui ela, petulantemente.

Os detalhes de sua vida nos surpreendem, como pichações numa estátua sagrada, pois ela parece ser símbolo puro — de um tipo de beleza, de um tipo de inocência energética e revigorante, de um tipo de banalidade. Seu nome parece em si denotar menos uma pessoa do que um produto, envolta numa aura aliteradora. Constatamos que ela própria não gosta de seu nome, que lhe foi dado porque "Kappelhoff" não cabia numa marquise. (Seu primeiro nome também tem a ver com marquises; sua mãe inspirara-se numa estrela de cinema muito popular em 1924, Doris Kenyon. E, seguindo a mesma tradição, Doris deu ao filho o nome de Terry em 1942 por causa de sua tira em quadrinhos favorita, "Terry e os piratas".) A respeito de seu nome, Doris afirma:

> Jamais gostei dele. E ainda não gosto. Acho um nome fajuto. Na realidade, ao longo dos anos, muitos de meus amigos acharam que Doris Day não combinava comigo, e começaram a me chamar por nomes que eles mesmos inventavam. Billy De Wolfe batizou-me Clara Bixby... Rock Hudson chama-me de Eunice... outros me chamam de Do-Do, e ultimamente um de meus amigos começou a me chamar de Suzie Creamcheese [Suzie Requeijão].

Esta deusa tímida que evita festas e esquiva-se de platéias ao vivo fascina-nos pelo espaço que imaginamos haver entre seu rosto e sua máscara. De todos os seus colegas de cinema e da música que permitiram que suas palavras fossem usadas neste livro, somente Kirk Douglas chega a tocar no mistério: "Não tenho a menor pista para saber quem é realmente Doris Day. A face que ela mostra ao mundo — sorridente, falando só coisas agradáveis, feliz, ligada em Deus — no que me tange é apenas uma máscara. Não faço idéia do que existe por trás. Doris é praticamente a pessoa mais remota que eu conheço". Numa inflamada nota de rodapé, ela contra-ataca: "É que Kirk nunca se esforça muito para aproximar-se de quem quer que seja. Ele está por demais envolvido consigo mesmo". O livro em si é promovido por ela como uma investida contra sua própria imagem de "Miss Chastity Belt" ["Miss Cinturão da Castidade''] ou de ''America's la-di-da happy virgin'' [''A melindrosa virgem contente dos EUA'']. E, de fato, ela parece ter rendido sua virgindade antes de casar-se aos dezessete, dezoito anos, e a vida dura que levou transparece no conselho duro que ela dá a seus leitores: ''Não se conhece realmente uma pessoa enquanto não se viver com ela; não basta apenas dormir com ela [...]. Eu acredito ferrenhamente que duas pessoas nunca deveriam se casar sem viverem juntas antes. Os jovens é que estão certos''. Apesar de todo o seu amor pelo matrimônio, ela recusou seus dois primeiros maridos quando eles imploraram uma reconciliação, e num dado instante do casamento com Melcher foi ela quem o expulsou, observando apenas. ''Chega uma hora em que um casamento tem de ser dado por encerrado. Nada é para sempre''. O fato de Patty Andrew acreditar que ela lhe roubou o marido é desconsiderado por Doris com uma frase: ''Ninguém troca um bom casamento por uma outra pessoa''. E de um amante pós-Marty, ela diz: ''Eu não me importei se ele era casado ou não. Não tenho escrúpulos de consciência sobre a vida conjugal alheia''.

Será que ela é sensual, esta *girl next door* [vizinha do lado] do sonho de todos os americanos? Seu filho, todo cheio de opiniões, não reluta em afirmar: ''Ela está decidida a casar-se novamente, mas na realidade não tem a menor idéia de como reagir às atenções de um homem [...]. Triste dizer isso, mas não acho que minha mãe tenha tido muita vida sexual''. Ela, porém, faz questão de nos informar, acerca de cada marido, que a vida sexual de ambos era boa; e James Garner, com quem Doris fez duas daquelas comédias românticas que vieram em seguida ao grande sucesso de *Pillow talk* [Confidências à meia-noite], confessa:

> Já atuei em cenas de amor com muitas damas da tela... mas, de todas as mulheres com quem precisei ser íntimo na tela, eu diria que duas são de longe as mais sensuais: Doris e Julie Andrews, ambas notoriamente ''vizinhas do lado''. Fazer uma cena de amor com qualquer uma das duas é canja, porque elas transmitem alguma coisa de sensual, o que significa que também posso me soltar, e é isso que faz uma cena de amor funcionar [...]. O fato é que com Doris, houvesse ou não centenas de técnicos em volta, sempre *acontecia* algo — e devo admitir que, se eu não fosse casado, teria tentado prosseguir, depois do expediente, do ponto em que havíamos parado no estúdio.

A verdade desta questão é provavelmente que a qualidade de estrela é a emanação de uma energia nervosa superabundante, e que a sensualidade, num outro contexto, seria uma outra emanação.

Logo no início de sua carreira cinematográfica, Doris Day ouviu do diretor Michael Curtiz (conforme ela se recorda das suas locuções húngaras): "Não importa o que você fizer na tela, não importa o papel que representar, você será sempre você. O que quero dizer é que Doris Day irá sempre brilhar através do personagem. Isso fará de você uma estrela muito importante. Ouça o que estou lhe dizendo. Trata-se de algo muito raro. Veja Gable atuando, e Gary Cooper, e Carole Lombard; estão todos representando papéis diferentes, mas sempre a mesma personalidade forte transparece". E foi a mesma personalidade forte por trás de seu sucesso profissional que indubitavelmente contribuiu para seus problemas pessoais; os ciúmes de Al Jorden, o abandono de George Weidler e os negócios desastrosos de Marty Melcher podem ser todos concebidos como tentativas por parte de um ego masculino de sobreviver a uma disputa com a abelha rainha. A respeito de um amante recente, Doris Day, tendo entoado seus louvores, gelidamente confessa: "Mas aconteceu que ele foi um homem que passou pela minha vida sem deixar um único vestígio de si mesmo". Mais ou menos na mesma época, ela cruzou com seu segundo marido na rua e não o reconheceu — "O mais embaraçoso foi que sua aparência não havia mudado muito". Mesmo aos dezessete, era ela o algoz:

> — Sinto muito, Al — eu disse —, mas aquilo que eu sentia por você morreu e não existe mais. Não há como ressuscitar esses sentimentos. Eu não o amo mais, e sem amor não iria dar certo. Não há nada sobre o que conversarmos... os bons sentimentos se foram, e tudo acabou. Está tudo acabado. [...]
>
> Quando eu me preparava para sair do carro, ele pôs a mão em meu braço. Olhei para ele. Seu rosto estava cheio de dor, e quase em lágrimas. Mas pensei comigo mesma: "Não, não vou mais consolá-lo". E senti uma curiosa espécie de repulsa.

Ela anseia pelo paraíso conjugal, mas é incapaz de incluir nele o componente costumeiro da dependência feminina.

> — Como você vai se arranjar? — minha tia perguntou.
>
> — Ora, vou conseguir um emprego — respondi. Toda a minha vida eu sempre soube que poderia trabalhar no que quisesse na hora que quisesse.

E trabalhar ela trabalhou. De ascendência inteiramente alemã, Doris Day é uma técnica dedicada na indústria da ilusão romântica. Cantando ou representando, ela consegue produzir, em seu rosto e em sua voz, um "efeito", um pincho ou um tremor, uma frágil sutileza que nos toca. Nestas memórias faladas, ela parece ser mais ela mesma, menos resguardada e mais excitante, quando fala de assuntos profissionais — detalhes do tipo: como evitar pipocar os pês ao cantar no microfone de uma rádio (vire a cabeça "ligeiramente para o lado") e as dificuldades especiais de se dançar diante das câmaras ("Uma dançarina de cinema não tem a liberdade de uma dançarina de palco. Ela precisa dançar precisamente conforme as marcas. Suas piruetas têm de ser exatas. Ela deve voltar-se diretamente para a direção exigida pela câmara enquanto executa passos dificílimos.''). Seus colegas de profissão elogiam sua maestria técnica; Bob Hope maravilha-se com a ''tremenda noção de tempo humorístico'' que ela levava para os programas radiofônicos que os dois faziam juntos, e Jack Lemmon explica por que ela era o ''deleite dos diretores'' — ''Quando Doris acaba de interpretar uma cena, é como se a trancasse dentro dela. Não importa quantas tomadas são necessárias, ela dá sempre a mesma interpretação perfeita. Para mim, esta é a parte mais difícil do trabalho de ator de cinema''. Doris nunca assiste aos copiões, e é incapaz de assistir a um de seus filmes antigos sem querer ''refazer todas as cenas''. Ela não só não gosta de representar ao vivo para o público, como muitas vezes chega a gravar acompanhada pelo *playback* de uma orquestra ausente. ''Na solidão de um ambiente com acústica perfeita, eu podia gravar uma canção tantas vezes quantas fossem necessárias para que saísse perfeita.'' A longa e constante traição de Melcher evidentemente não lhe fez merecer uma recriminação pior do que esta, depois que ele a comprometeu com um fiasco chamado *Caprice*:

> — *Você* fez o negócio; você e Rosenthal, não foi? Ora muito bem, não é você nem Rosenthal que têm de ficar diante das câmaras e tentar criar algo a partir de uma porcaria como essa! Eu sei que você e seus amigos estão interessados apenas em ganhar dinheiro, mas estou interessada em algo mais. Estou me danando para o dinheiro. Nunca vi a cor dele e não tenho tempo para usá-lo mesmo se soubesse o que fazer com ele, coisa que não sei.

Ela é bem uma artista moderna quando sua felicidade maior é sua arte, um porto seguro na vida:

> Eu realmente gosto de cantar; é algo que me dá a sensação de estar me soltando. É uma outra dimensão, que faz feliz. E acho que as pessoas que me ouvem sabem e sentem isso instintivamente.
>
> [...]
>
> Eu me sentia bastante real nos papéis de faz-de-conta que tinha de representar. Sentia o que o roteiro pedia que eu sentisse. Gostava de representar e de cantar para as câmaras e acho que esse prazer transparecia na tela... Quando a câmara rodava [...] era com alegria e facilidade que eu fazia o que quer que fosse exigido de mim.

O fato de Marty Melcher estar jogando todo o dinheiro dela pelo esgoto da própria ganância importa-lhe menos que as recordações das surras que levou de Al Jorden, e que ela conjurava sempre que a câmara exigia que chorasse.

*

As palavras *Doris Day* provocam uma reação, geralmente adversa. Constituem um encantamento, e mesmo pessoas que não têm motivo para desprezar seus belos dotes de atriz e cantora evitam-na enquanto força religiosa. Sua qualidade peculiar de estrela tem um brilho que nos desafia e nos irrita — a imagem de Monroe embalava-nos como a lua vista da cama de um motel, e não há nada na "bondade" de Katherine Hepburn que nos incite a examinar a nossa própria. Na sobrecapa de *Doris Day: her own story*, a foto alegre e vivaz da heroína traz-nos a incômoda lembrança daquelas infatigáveis e elásticas damas da televisão que nos exortam a acordar bem cedo e fazer exercícios. De fato, o livro termina com os exercícios feitos por Doris Day, e que realmente parecem exaustivos. Ela *gosta* do regime espartano dos artistas de cinema, cujo dia começa às cinco da manhã, e em mais de uma ocasião fala com prazer de "corresponder à marca" de giz no chão de um estúdio. Durante anos, ela professou a Ciência Cristã; o mesmo, porém, fizeram Ginger Rogers e Charlotte Greenwood, e ninguém as culpa por isso. Na verdade, Doris Day, religiosamente falando, é uma pelagianista americana, inimiga do dualismo propenso ao desespero que tem sido o orgulho intelectual tanto de nossos protestantes escoceses quanto de nossos católicos irlandeses. Doris Kappelhoff foi criada no catolicismo, mas "o meu lado católico nunca pegou". Ela não conseguia aceitar a obscuridade do latim, e aceitava menos ainda ter tido, aos sete anos, de inventar pecados para confessar. "Eu tinha minha própria igreja interna, que me permitia questionar muitos dos dogmas católicos." Doris buscou a Igreja certa vez, depois do colapso de seu primeiro casamento, "desesperada para encontrar algum meio de recuperar a visão positiva que eu sempre tivera diante da vida". Mas, quando o padre lhe disse que nunca estivera efetivamente casada e que seu filho era ilegítimo, ela se retirou. Seus três casamentos foram cerimônias civis informais, e Doris faz questão de não ir a enterros — nem mesmo ao de seu pai. Depois do divórcio, George Weidler (o mais espectral e irreal mas, de certo modo, o mais simpático homem de sua vida) interessou-a pelos ensinamentos de Mary Baker Eddy, e desde a primeira linha que leu da fundadora da Ciência Cristã — "Para aqueles que dependem do infinito que nos sustenta e confiam nele, hoje é um dia pleno de bênçãos" — ela deparou nas "palavras de luz reluzente" uma prefiguração de sua própria "igreja interna". Embora em algumas de suas crises ela tenha chegado a consultar médicos* e, após a morte de Melcher, tenha

(*) A Ciência Cristã lê nas Escrituras que a doença e o pecado são causados por erro mental e que podem ser eliminados mediante tratamento espiritual, sem se recorrer à ajuda médica. (N. T.)

rompido com a igreja organizada, o dogma da Ciência Cristã de que "Tudo é Mente infinita" tem sido um princípio pelo qual vive. Doris descreve-se sentada do lado de fora do quarto de hospital do filho pensando: "Não posso rezar a um Deus para curá-lo, pois não há dualidade, nenhum Deus fora de Terry [...]. Existe apenas um poder, e, se for para aquele adorado filho meu *viver*, então não há nada nessa Terra que poderá levá-lo". O fatalismo que acompanha o monismo satisfaz tanto sua dureza quanto seu otimismo. Quase brutalmente, ela arrola os infortúnios no desenrolar de sua carreira: "E a morte de Marty — bem, para ser franca, se ele tivesse vivido eu teria acabado completamente arruinada". *Que sera, sera.* Inabalada, ela vê sua vida como uma irresistível florescência:

> Não é o acaso que faz uma semente germinar uma flor roxa e outra semente, idêntica à primeira, germinar uma flor amarela; nem foi o acaso que transformou Doris Kappelhoff de Cincinnati num símbolo sexual das telas de cinema.

Seu senso de bondade natural e ordem universal torna-se um pouco empanzinado quando estendido a seus cachorrinhos de estimação, mas no geral Doris fala de suas convicções religiosas arrazoadamente e sem insistência, como algo que deu certo para ela. Quanto aos demais, rara é uma palavra sua de reclamação ou censura. Ela é uma purista, certamente, mas não uma puritana. Sua ética sexual, e também seu misticismo apregoando que o Homem-é-Espírito, está para os anos 70 assim como sua imagem está para os anos 50. Mas, enfim, há muito que nossas rainhas do cinema vêm criando para si metafísicas naquela fronteira onde as normas burguesas se esvaecem. Doris Day, a meu ver, só é ingênua com relação a seu próprio demônio pessoal; não foi apenas por determinação divina que um casamento tranqüilo e pacífico sempre a eludiu, mas não a fama. Quando sofreu um colapso nervoso, seu psiquiatra a descreveu como "exigente demais para consigo mesma". Antes dela, seu pai já fracassara como criatura do lar; sua "vida inteira era a música". Ela foi impelida ao palco e permitiu que as situações da vida forçassem-na sempre de volta ao palco. O quanto de magia editorial A. E. Hotchner salpicou sobre as fitas gravadas é impossível dizer; mas as seções em que a própria Doris Day ostensivamente fala são melhor escritas do que o prólogo e epílogo, que soam como *press-releases*. Doris, se pudermos tomar suas palavras como verdadeiramente suas, é capaz de lançar termos como *sanctum sanctorum* e *reativo*, de recordar-se de trechos de diálogos ocorridos trinta anos antes, de ser muito engraçada quando menciona um hotel pavoroso construído em seu nome, e de evocar Bob Hope: "o modo como os dentes dele tomam conta do rosto quando sorri. E o modo como ele bravateia pelo palco, assim meio de lado, sorrindo radiante para a platéia, espalhando alegria". Não resta dúvida de que Doris tornou-se uma comediante de sucesso em parte por ser uma das poucas atrizes de cinema da sua geração cuja figura transmite inteligência.

O amor, contudo, não deve turvar nossos olhos, e os feitos de Doris Day, por mais versátil que ela seja e por menos que se deixe abater pela vida, não devem ser exagerados. Embora tenha aprendido com Ella Fitzgerald "as maneiras sutis pelas quais ela modulava a sua voz, o modo informal e, todavia, cristalino de ela pronunciar as palavras", há paragens doces e melancólicas que a voz de Ella alcança, mas não a de sua discípula. E não foi apenas a obtusidade de Hollywood que a fez estrelar películas tão insípidas e insignificantes; seu pelagianismo torna impossível para ela ser má, de modo que o ápice de sua gama emocional é a histeria da vítima inocente. Porém, como anteviu Michael Curtiz ao prepará-la para seu primeiro filme, o talento do artista, num caso como o dela, funciona como um mero halo de refinamento em torno de uma "personalidade forte". Em seu terceiro filme, por mais estranho que pareça, ela acaba casando-se com Errol Flynn. Um par celestial, num domínio onde ambos são adoráveis. Ambos trouxeram para os momentos mais piegas da tela a esplêndida e ingênua alegria de serem eles mesmos, um tênue ar de excesso, uma hábil despreocupação que, naqueles sonhos portentosos projetados em nossas noites de sábado, insinuavam como é que nós, se fôssemos anjos, agiríamos.

SOBRE MEU OFÍCIO...

Depoimento prestado numa audiência perante a Subcomissão de Educação Seleta da Comissão sobre Educação e Trabalho do Congresso dos Estados Unidos presidida por John Brademas, em Boston, em 30 de janeiro de 1978.

Sinto-me honrado de ter sido convidado a depor nesta audiência sobre a lei que irá requerer uma conferência presidencial sobre as humanidades: e esta já é o primeiro item do meu depoimento. Nós, das humanidades, não importa se nos dizemos literatos ou eruditos, somos fascinados e encantados pelo poder, e ansiosos por agradá-lo. Na semana depois de haver aceito o convite para falar aqui por cinco minutos, recebi da National Endowment for the Humanities [Órgão Nacional de Dotação para as Humanidades], em uma sucessão de envelopes, pelo menos um quilo de material xerocado, abrangendo desde biografias do presidente do seu conselho de diretores, [Joseph] Duffey, até apreciações sobre os quadros de Paul Cézanne — boa parte deste material sendo em duplicata e até em triplicata, mas todo ele dando testemunho de recursos brobdingnagianos,* seja em funcionários de escritório, seja em equipamentos de fotocópia. Ora, um escritor *free-lancer*, trabalhando num cantinho de sua própria casa, produzindo seus manuscritos numa velha máquina de escrever com vinte anos de idade, opera numa escala liliputiana, e é obrigado a considerar um interesse ainda que marginal do governo pelo seu ofício com a mesma mistura de gratidão e alarme de uma corruíra cujo ninho está sendo avaliado por uma águia.

(*) Em *As Viagens de Gulliver*, Brobdingnag é o país das dimensões colossais, contraponto de Liliput. (N. T.)

É da essência do governo a preocupação pelo mais amplo interesse público possível; e é da essência das humanidades, parece-me, o estudo individual, o pensamento, o raciocínio e a paixão. A publicidade é tão essencial no primeiro caso quanto a privacidade no segundo. Poderão ambos estes domínios ser associados sem distorções? Será verdade, como afirma a Resolução Conjunta 639, que "o desenvolvimento e o incentivo da força nacional nas humanidades é da maior importância para a vida e o patrimônio cultural dos Estados Unidos", e que, portanto, "é apropriado incentivar a máxima participação possível dos cidadãos"?

Fui convidado aqui não como juiz, nem como advogado ou promotor, mas como testemunha; é, portanto, apropriado que meu testemunho seja pessoal. Minha carreira nas humanidades deparou-se em diversas ocasiões com meus vários governos, federal, estadual e municipal. Fui educado em escolas públicas e, quando meus interesses ultrapassaram o currículo delas, pude encontrar farto material para exploração na biblioteca pública surpreendentemente bem suprida de uma cidade próxima. Quando ainda era um escritor principiante, candidatei-me e obtive uma bolsa concedida por uma fundação particular cujos incentivos fiscais representavam um investimento indireto do governo nas artes e nas humanidades. Hoje, um escritor já mais maduro, tenho sido abençoado com convites, viagens e vários oferecimentos subsidiados pelo governo. Minhas amizades com autores e críticos tentando seguir carreira nos países comunistas e do Terceiro Mundo tornaram-me um enfático apreciador das liberdades e oportunidades de que gozo como americano. Eu amo o governo de meu país por sua tentativa de, num mundo tão precário, preservar uma ordem pacífica na qual o trabalho é possível e a felicidade pode ser buscada não para o bem do Estado, mas num Estado que existe para nosso bem. E amo meu governo no mesmo grau e medida em que ele me deixa em paz.

Minha ambição pessoal tem sido simplesmente viver pelo trabalho de minha pena. Não é uma ambição de muitos melindres e, se soubesse que uma grande quantidade de verbas federais estaria disponível aos que trabalham com a palavra escrita, eu procuraria ter acesso a elas. Contudo, prefiro ter como patrono uma hoste de cidadãos anônimos que tiram dinheiro de seus próprios bolsos para comprar um livro ou uma revista do que um pequeno corpo de indivíduos esclarecidos e responsáveis administrando fundos públicos. Prefiro arriscar que minha visão pessoal da verdade atinja alguém aqui e ali no caos editorial existente do que tentar filtrá-la através de alguns conjuntos de escrúpulos oficiais de espírito honradamente público.

Poderia ser dito que o verdadeiro feito da National Endowment for the Humanities foi o de ampliar a divulgação pública de obras produzidas em particular. A recente exposição dos quadros de Cézanne em Nova York foi em certo sentido um triunfo do patrocínio governamental; tornou-se um evento, um "acontecimento", atraindo tamanhas multidões ao primeiro andar do Museum of Modern Art que, em busca de alívio físico, minha esposa e eu subimos ao segundo andar, onde os Cézannes da coleção permanente do museu excluídas do *show* do andar de baixo permaneciam pendurados na parede, desconsiderados, numa atmosfera de espera pacífica — os quadros esperando em fila, não as pessoas — que eu associo a museus e à apreciação artística. Onde prevalece uma escala governamental, um único equilibrista torna-se um circo, e a quantidade confunde-se com a qualidade.

O perigo não é tão óbvio quanto a censura direta. Numa família onde todos os filhos recebem bombons regularmente, negar este prêmio torna-se uma reprimenda. Um totalitarismo cultural impõe-se através de tais negações mais freqüentemente do que com penalidades ostensivas. Já existe no mundo acadêmico uma arte altamente desenvolvida de conceder bolsas e distribuir verbas; os campos da pesquisa científica estão hoje inextricavelmente envolvidos com fundos governamentais. Não é razoável temer que as humanidades e as artes possam se tornar similarmente dependentes?

Se tento pensar nos autores que, no último século, mais brilhantemente iluminaram nosso senso de humanidade — que eu tomo como sendo o propósito final das humanidades —, eu penso em Freud e Kafka, em Proust e Joyce, em Whitman e Henry James, e pergunto-me: quantos desses espíritos corajosos, estranhos e obstinados teriam obtido um subsídio de seus governos? Eu acredito que, com o passar do tempo, um governo pode vir a acalentar a herança cultural de uma nação, depois de seus criadores estarem seguramente mortos e em perspectiva. Mas, no presente vivo, como é que homens recebendo salários do governo poderão *não* pensar em termos de respeitabilidade, de otimismo socialmente benéfico, de um interesse amplo e não-controvertido? Como é que comissões de concessão de verbas poderão *não* se sentir atraídas pelo sociologicamente cativante e ludicamente comunitário? Como é que legisladores instados a distribuir o dinheiro dos impostos podem *não* começar a pensar em "diretrizes" que insidiosamente irão se aproximando da censura? Se o dinheiro governamental tornar-se uma presença cada vez mais importante no financiamento das humanidades, não existe o perigo, pergunto respeitosamente, de os humanistas tornarem-se lobbyistas, e das estratégias da política substituírem as estratégias da mente?

ESTA OBRA FOI COMPOSTA PELA HELVÉTICA PRODUÇÕES EDITORIAIS EM GARAMOND LIGHT E IMPRESSA PELA GRÁFICA EDITORA HAMBURG EM OFF-SET PARA A EDITORA SCHWARCZ EM MARÇO DE 1991.